A CABANA NA FLORESTA

A CABANA NA FLORESTA

ANA REYES

Tradução de Beatriz Guterman

ALTA BOOKS
GRUPO EDITORIAL
Rio de Janeiro, 2024

A Cabana na Floresta

Copyright © **2024** ALTA NOVEL

ALTA NOVEL é um selo da EDITORA ALTA BOOKS do Grupo Editorial Alta Books (Starlin Alta e Consultoria Ltda.)

Copyright © **2023** ANA REYES

ISBN: 978-85-508-2186-3

Translated from original The House in The Pines. Copyright © 2023 by Ana Reyes. ISBN 978-0-593-47371-9. This translation is published and sold by permission of Dutton, the owner of all rights to publish and sell the same. PORTUGUESE language edition published by Starlin Alta Editora e Consultoria Ltda., Copyright © 2024 by Starlin Alta Editora e Consultoria Ltda.

Impresso no Brasil — 1ª Edição, 2024 — Edição revisada conforme o Acordo Ortográfico da Língua Portuguesa de 2009.

Dados Internacionais de Catalogação na Publicação (CIP) de acordo com ISBD

R545c   Reyes, Ana

           A Cabana na Floresta / Ana Reyes ; traduzido por Beatriz Guterman. - Rio de Janeiro : Alta Novel, 2024.
           288 p. ; 13,7cm x 21cm.

           Tradução de: The House in the Pines
           ISBN: 978-85-508-2186-3

           1. Literatura norte-americana. 2. Romance adolescente. 3. Cultura coreana. I. Guterman, Beatriz. II. Título.

2023-2780   CDD 810
                                                  CDU 821.111(73)

Elaborado por Odilio Hilario Moreira Junior - CRB-8/9949

Índice para catálogo sistemático:
1. Literatura norte-americana 810
2. Literatura norte-americana 821.111(73)

Todos os direitos estão reservados e protegidos por Lei. Nenhuma parte deste livro, sem autorização prévia por escrito da editora, poderá ser reproduzida ou transmitida. A violação dos Direitos Autorais é crime estabelecido na Lei nº 9.610/98 e com punição de acordo com o artigo 184 do Código Penal.

O conteúdo desta obra foi formulado exclusivamente pelo(s) autor(es).

Marcas Registradas: Todos os termos mencionados e reconhecidos como Marca Registrada e/ou Comercial são de responsabilidade de seus proprietários. A editora informa não estar associada a nenhum produto e/ou fornecedor apresentado no livro.

Material de apoio e erratas: Se parte integrante da obra e/ou por real necessidade, no site da editora o leitor encontrará os materiais de apoio (download), errata e/ou quaisquer outros conteúdos aplicáveis à obra. Acesse o site www.altabooks.com.br e procure pelo título do livro desejado para ter acesso ao conteúdo.

Suporte Técnico: A obra é comercializada na forma em que está, sem direito a suporte técnico ou orientação pessoal/exclusiva ao leitor.

A editora não se responsabiliza pela manutenção, atualização e idioma dos sites, programas, materiais complementares ou similares referidos pelos autores nesta obra.

Produção Editorial: Grupo Editorial Alta Books
Diretor Editorial: Anderson Vieira
Vendas Governamentais: Cristiane Mutüs
Gerência Comercial: Claudio Lima
Gerência Marketing: Andréa Guatiello

Coordenadora Editorial: Illysabelle Trajano
Produtora Editorial: Beatriz de Assis
Tradução: Beatriz Guterman
Copidesque: Wendy Campos
Revisão: Andresa Vidal & Fernada Lutfi
Diagramação: Joyce Matos
Capa: Beatriz Frohe

Rua Viúva Cláudio, 291 — Bairro Industrial do Jacaré
CEP: 20.970-031 — Rio de Janeiro (RJ)
Tels.: (21) 3278-8069 / 3278-8419
www.altabooks.com.br — altabooks@altabooks.com.br
Ouvidoria: ouvidoria@altabooks.com.br

Editora afiliada à:

Para Bonk, Mãe, Pai, Vovô, Brian e Hilda.

PRÓLOGO

NAS PROFUNDEZAS DESTES BOSQUES HÁ UMA CASA QUASE IMPERceptível. Na verdade, a maioria das pessoas daria uma olhada e insistiria que não há nenhuma casa lá. E elas não estariam completamente erradas. O que veriam seria os escombros de uma casa, uma estrutura em ruínas, coberta de ervas daninhas. Uma casa há muito abandonada. Mas olhe bem para este piso, para este concreto marcado pelo sol e pela neve. É aqui que fica a lareira. Se olhar com atenção, uma faísca se acenderá. E, se a soprar, a faísca se tornará uma chama, uma luz quente nesta floresta fria e escura.

Se chegar mais perto, para fugir do frio, o fogo se tornará mais forte, lançando fumaça em seus olhos, uma fumaça espiralada com cheiro de pinheiro queimado, que se adocica até virar perfume, e então suaviza até se tornar o cheiro do casaco de sua mãe. Ela está murmurando no quarto ao lado. Vire-se e lá estão as paredes, tímidas, como um veado surgindo das árvores. O concreto congelado se transforma em um tapete. Tire os sapatos, fique um pouco. Lá fora, a ventania está aumentando, e de repente há um estalo, um rangido rápido e próximo. Devem ser os caixilhos das janelas. Uma neve leve cai do céu, cobrindo este lar acolhedor. É hora de dormir. "Boa noite, casinha. Boa noite, camundongo." Lembra-se? Pela primeira vez, não há motivo para se levantar, ninguém para perseguir ou de quem correr. Da cozinha, vem o cheiro de lar, os sons de algo fritando na panela. O mundo já foi assim antes da primeira cólica, da primeira queimadura, da primeira vez que se perdeu. E é por isso que repete estas palavras. "Boa noite, ninguém. Boa noite, mingau. Boa noite, velhinha fazendo 'psssiu'."

Tenha uma boa noite de sono, pois quando acordar essa casa não estará mais aqui.

M AYA AINDA NÃO SABIA, MAS O VÍDEO JÁ HAVIA COMEÇADO A CIR- cular nas redes sociais. Um trecho de imagens de segurança em baixa resolução, estranho e perturbador o suficiente para atrair centenas de visualizações no dia em que foi ao ar, mas não sinistro o bastante para garantir visualizações repetidas. Não para a maioria das pessoas, pelo menos. Mas, para Maya, a existência do vídeo colocaria em xeque tudo o que ela estivera construindo para si mesma nos últimos anos, esta vida, às vezes bagunçada, mas na maior parte do tempo sólida, compartilhada com Dan, que roncava baixinho ao seu lado na cama.

Ela ainda não havia visto o vídeo porque estava evitando olhar para telas, para que a luz azul não a mantivesse acordada. Havia tentado de tudo para dormir: antialérgicos, melatonina, contar de cem até um. Havia escondido o relógio, tomado um banho na banheira e um pouco de xarope, mas nada disso ajudou. Essa era a sua terceira noite seguida de insônia. Havia se mudado com Dan no começo do mês e sabia de cor o formato de cada mancha de mofo no teto. As ramificações de cada rachadura.

Virando-se de lado, Maya lembrou que precisava comprar cortinas. O aquecedor elétrico que estava ao pé da cama ligou, causando um som que ela geralmente gostava, mas agora o crepitar da grelha de metal a irritava. Afastando as cobertas, ela se levantou da cama e vestiu uma camisa de flanela por cima da roupa íntima. O apartamento era frio, a calefação central, apenas parcialmente eficaz, mas sua pele estava úmida de suor.

O piso de madeira gelado era agradável contra seus pés conforme ela andava pelo corredor escuro, passando pelo segundo quarto, agora vazio, exceto pela bicicleta que Dan havia comprado no Craiglist. Ela nunca havia feito muito esforço para decorar os apartamentos que havia compartilhado com os vários colegas de quarto que tivera desde que saiu da faculdade — nenhum pôster, retrato, nem mesmo uma almofada —, mas ultimamente havia começado a frequentar a loja de departamento que ficava em frente ao Centro de Jardinagem da Kelly, onde trabalhava, e ir direto para o setor de decoração. Comprava mesinhas de canto, tapetes para sala, e outras coisas que não tinha como pagar.

Maya tinha planos para este lugar. Estava determinada a fazer com que parecesse um lar.

Era pouco antes do amanhecer, uma luz cinzenta e invernal estava se pondo sob as compras recentes da sala de estar: a mesinha de centro que substituiria aquela que o colega de quarto de Dan havia levado quando se mudou. Novas prateleiras para todos os livros que ela havia comprado, além de todos que Dan já tinha. Um sofá seminovo, em veludo verde-escuro. E, pendurado na parede acima dele, o único objeto decorativo que ela havia trazido consigo, a única peça de arte que havia preservado pelos últimos sete anos.

Uma tapeçaria maia do tamanho de uma toalha de banho. Uma trama de fios vermelhos, amarelos, verdes e azuis entrelaçados em fileiras de símbolos que lembravam flores e cobras. Para Maya, aquilo era mais do que uma simples decoração. Não sabia exatamente o que os símbolos significavam, mas sabia que em algum lugar nas montanhas da Guatemala, havia pessoas que sabiam como interpretá-los. Ela passou pela tapeçaria no escuro.

A pia continha a louça suja da noite, pratos salpicados de bolonhesa. Ela adorava cozinhar com Dan na cozinha nova, e a comida inundara o ambiente com o perfume de alho e tomates frescos, mas o sabor estava estranho. Ou talvez ela simplesmente estivesse sem apetite.

A CABANA NA FLORESTA **5**

Talvez seu estômago estivesse contraído como um punho. Dan havia perguntado se havia algo errado, e ela respondera que estava bem, mas não estava. Abrindo a porta de um armário, afastou algumas xícaras, copos e taças de vinho até encontrar o que estava procurando. Um copo de dose, trinta mililitros. Era só isso que beberia, disse a si mesma, e a tirinha de fotos que serviam como ímã de geladeira a lembraram do porquê.

As fotos eram do Halloween passado, tiradas em uma cabine de fotos no bar em que passou a noite dançando com amigos. Maya havia se fantasiado de "Bruxa Fada", uma personagem que inventou enquanto vasculhava a internet no último momento. Usou um par de asas cheio de glitter, um chapéu preto pontudo e um vestido azul com lantejoulas na gola. De algum jeito, isso lhe rendeu o segundo lugar no concurso de fantasias.

Dan se vestiu de Max de *Onde Vivem os Monstros*. Foi difícil encontrar um macacão cinza grande o suficiente para seu corpo, ainda mais um que fosse produzido eticamente, mas Dan havia começado a procurar com bastante antecedência. Então, costurou uma cauda felpuda para o traseiro e fez uma coroa de cartolina dourada reciclada.

Eles pareciam opostos de diversas formas: ela era pequena e de aparência surpreendentemente atlética para alguém que nunca praticava esportes, enquanto ele era alto e parecia adorar comer; e realmente adorava. Ele tinha olhos azuis, pele clara, uma barba castanha curta e usava óculos, já a pele dela era oliva e sua etnicidade não era clara. As pessoas sempre supunham que ela era indiana, turca, mexicana ou armena. Na verdade, ela era metade guatemalteca, um quarto irlandesa e um quarto italiana. Cabelos negros espessos e maçãs do rosto altas, características dos maias, combinavam com seu queixo redondo e nariz arrebitado dos irlandeses. Ela e Dan poderiam parecer opostos, mas, se olhasse com atenção, era possível ver que havia algo na postura de cada um: um leve declive para baixo em direção a ela, uma inclinação para cima em direção a ele para encontrá-lo no meio do caminho. Pareciam felizes. E ela parecia bêbada — não extremamente, mas quase.

Tirou uma garrafa de gim do freezer. Vapor branco saiu da garrafa quando ela abriu a tampa, encheu o copinho até o topo, levantou-o — *Saúde!* — para os rostos no retrato e se fez uma promessa: na manhã seguinte contaria a Dan o motivo de não estar sendo ela mesma nos últimos dias, de não estar conseguindo dormir ou comer. Contaria a ele que estava passando por abstinência de Rivotril.

O problema é que Dan nem sabia que Maya tomava Rivotril, para começo de conversa. Quando se conheceram, ela já se medicava todos os dias para dormir. Não era um problema — antigamente, até tinha receita —, por que mencionar isso para alguém que estava namorando?

Antes de Dan, não havia namorado com ninguém por mais do que um mês. Mas então um mês com Dan se transformou em três, e antes que percebesse dois anos e meio se passaram.

Como explicar por que esperou todo esse tempo? Ou por que tomava o remédio, para começo de conversa?

E o que Dan pensaria quando soubesse que os comprimidos não vinham da farmácia e sim de sua amiga, Wendy?

Maya havia justificado sua dependência de tantas formas, dizendo a si mesma que não era uma mentira, apenas uma omissão; que guardava os comprimidos em uma embalagem de aspirina dentro da bolsa por ser mais conveniente, não para escondê-los. Planejava parar desde o começo, e então, assegurou a si mesma, quando o hábito estivesse no passado, contaria a ele.

Mas agora havia ficado sem os comprimidinhos, e Wendy, uma amiga da faculdade, não estava respondendo às ligações. Maya tentou dezenas de vezes, mandou mensagens, e-mails, até que finalmente ligou. As duas continuaram próximas por alguns anos depois da formatura, principalmente porque ambas ainda moravam perto da Universidade de Boston e gostavam de festejar. Mal se viam durante o dia, mas bebiam juntas em várias noites da semana. Mas agora que Maya estava diminuindo a bebedeira, se viam cada vez menos. Ela percebeu que os brunches mensais

A CABANA NA FLORESTA 7

haviam se tornado literalmente transacionais: cinquenta dólares por trinta comprimidos de Rivotril.

Será que era por isso que Wendy não atendia às ligações?

Conforme a abstinência de Maya piorava — a insônia, a agitação mental, a sensação de ter formigas percorrendo seu corpo — imaginou se Wendy sabia como seria infernal.

Maya não sabia. Dr. Barry, o psiquiatra que receitou a medicação para ela há sete anos, não dissera nada sobre vício. Havia dito que os comprimidos a ajudariam a dormir, e ajudaram — mas só por um tempo. Com o passar dos dias, ela precisou de cada vez mais para conseguir os mesmos resultados, e Dr. Barry estava sempre disposto em acatar, aumentando a dose com um movimento da caneta... até que Maya se formou na universidade e perdeu o seguro de saúde. Quando não pôde mais pagar pelas consultas, se viu sem remédios, e só então percebeu que não conseguia mais dormir sem eles.

Por sorte, Wendy também tinha uma receita e não acreditava na "indústria" de saúde mental. Não tomava nenhum dos remédios que seu médico prescrevia, preferindo vendê-los ou trocá-los por outras drogas. Maya comprava Rivotril de Wendy há três anos, desde que se formou na faculdade. Repetindo o tempo todo para si mesma que pararia. Ela não esperava que parar fosse fácil, mas a gravidade lhe pegou de surpresa, e pesquisar os sintomas no Google não ajudou. Insônia, ansiedade, tremores, espasmos musculares, paranoia, agitação — com isso ela podia lidar. O que a assustava era a possibilidade de ter alucinações.

Ela precisou de toda força de vontade que tinha para fechar o gim e guardá-lo de volta no freezer. Foi ao banheiro e tomou um gole de xarope Vick, fazendo careta ao sentir o líquido viscoso descer pela garganta. Seu reflexo fez careta de volta para ela, fantasmagórico sob a luz que entrava pela janela de vidro fosco. Sua pele estava pálida e úmida. Os olhos, fundos. A abstinência tirou seu apetite, e Maya percebeu que havia perdido peso, os ossos de suas bochechas e clavículas estavam mais pronunciados. Ela se forçou a relaxar o maxilar.

Na sala de estar, acomodou-se no sofá e tirou a camisa de flanela suada. Acendeu a luminária e tentou se distrair com um livro, um mistério que até então a entretinha, mas se viu relendo o mesmo parágrafo várias vezes. O silêncio parecia estrondoso. Logo a rua se encheria com as vozes dos passageiros da Linha Verde, o som das pessoas entrando nos carros estacionados na calçada e das portas batendo.

Ela ouviu passos e se virou para ver Dan surgindo da escuridão do corredor. Ele parecia estar meio dormindo, o cabelo bagunçado pelo travesseiro. Havia ficado acordado até tarde, estudando para as provas do terceiro ano da faculdade de direito.

Os dois tinham 25 anos, mas Dan levava uma vida mais produtiva, ou pelo menos era assim que parecia para Maya. Logo ele se formaria, faria o exame da ordem e começaria a procurar emprego, coisas que ela não invejava. O que ela invejava era o quanto ele confiava em si mesmo. Ele queria ser advogado ambientalista, vinha trabalhando neste objetivo desde que ela o conhecera, enquanto ela trabalhava na Floricultura da Kelly, atendendo clientes e cuidando de vasos de planta desde que se formou na Universidade de Boston.

Não que ela considerasse o emprego aquém de suas capacidades, mas às vezes tinha medo de que Dan visse dessa forma ou que reprovasse sua aparente falta de ambição. No começo do namoro, ela havia dito que queria ser escritora, e ele sempre a apoiara; tocava no assunto às vezes, perguntando quando poderia ler alguma obra dela. Mas a verdade é que Maya não escrevia nada desde o último ano da faculdade.

Até que, recentemente, ele parara de perguntar, como se tivesse deixado de acreditar que um dia ela retomaria seus planos.

Dan forçou os olhos para vê-la na escuridão. Maya estava sentada no sofá, de calcinha e sutiã, enquanto ele vestia calça de moletom, meias de lã e uma camiseta de manga comprida.

— Ei... — disse ele meio grogue. — Você está bem?

Maya assentiu.

— Não estava conseguindo dormir.

Mas Dan não era idiota. Na verdade, ele era extremamente inteligente — isso era parte da razão pela qual ela o amava. Ele sabia que havia algo de errado, e Maya queria lhe contar — ela havia prometido a si mesma que contaria —, mas agora obviamente não era a hora certa. (Novamente.) Levantando-se do sofá, ela jogou a camisa de flanela que a pinicava por cima dos ombros e cruzou a sala para colocar uma mão no braço dele.

— Eu já estava voltando para cama.

Ela encarou seus olhos cansados e caminhou até o quarto.

Era difícil definir quando o quarto havia ficado tão bagunçado. Nenhum dos dois era naturalmente organizado, mas conseguiam manter a sala e a cozinha em ordem. Mas, já que os visitantes nunca tinham motivo para entrar no quarto, Maya e Dan deixavam roupas jogadas no chão e canecas sujas, taças de vinhos e livros espalhados, e recentemente isso havia piorado. A bagunça nunca a havia incomodado, mas agora o quarto parecia perturbadoramente como o interior de sua mente.

Ela deitou e fechou os olhos, e Dan emitiu um ruído como se fosse dizer algo. Ela esperou. Esperou até a respiração dele ficar lenta com o sono.

O sonho começou imediatamente. Em um momento, Maya estava ouvindo a respiração de Dan e, no seguinte, estava na cabana de Frank. Consciente, havia se esquecido desse lugar, mas, dormindo, conhecia o caminho como a palma da mão: tinha que seguir uma trilha estreita no meio da floresta, depois subir em uma ponte até a clareira do outro lado. A cabana ficava na clareira, cercada por um paredão de árvores, e havia duas cadeiras de balanço vazias na varanda. A porta estava trancada, mas, nos sonhos, Maya sempre tinha a chave.

Entrou, não porque queria, mas porque não tinha escolha. Alguma parte dela — a parte dela que sonhava — insistia em voltar noite após noite, como se houvesse algo que devesse fazer ali. Algo que ela deveria entender. O fogo estalou na lareira alta de pedra. A mesa estava posta para duas pessoas. Duas tigelas, duas colheres, dois copos ainda a serem servidos. O jantar cozinhava em uma panela no fogão, algum tipo de ensopado. Carne cozida com alecrim, alho e tomilho — o cheiro era delicioso — e ela sentiu o corpo começar a relaxar, a desacelerar, mesmo quando o medo brotou em suas vísceras e envolveu seu coração.

Não parecia um sonho.

Ela sabia que Frank estava lá. Ele sempre estava lá. O riacho passava suavemente na janela, um som calmo, mas Maya sabia que não era bem assim. Havia perigo ali, espreitando bem abaixo da superfície, costurado no tecido deste lugar. Perigo no conforto, no calor. Perigo até no barulho do riacho, no gorgolejo baixo — estava ficando mais alto. O barulho da água atingindo as pedras. Rítmico e insistente, tornava-se mais alto e forte até parecer falar com ela, palavras surgindo do nada e desaparecendo antes que ela pudesse decifrá-las.

Maya prestou atenção, tentando entender, até perceber que não era o rio falando com ela. Era Frank.

Ele estava atrás dela, sussurrando ao seu ouvido. Cada pelo de seu corpo se arrepiou. Seu coração acelerou e o horror gritou em seus ouvidos enquanto ela se virava lentamente.

Então abriu os olhos, encharcada de suor.

Era raro para ela se lembrar do que sonhava ao acordar e, quando lembrava, só tinha uma vaga impressão. Mas, desde que havia tomado o último Rivotril, o sono havia se tornado cada vez mais fragmentado, e os sonhos mais vívidos. Deixavam para trás uma névoa de medo. Ela esticou a mão para pegar o relógio e o virou. 05h49. Com cuidado para não acordar Dan, levantou-se da cama mais uma vez, pegou o notebook da mesa e foi para a sala na ponta dos pés.

A CABANA NA FLORESTA **11**

Abriu uma playlist de sons relaxantes da natureza e a receita de bolo de chocolate alemão da mãe. Esta noite, ela e Dan fariam a viagem de carro de duas horas até Amherst para o aniversário da mãe dele. Normalmente Maya ficaria animada — ela gostava dos pais dele e tinha oferecido (antes de ficar sem a medicação) assar um bolo para a mãe dele —, mas agora ela se perguntava como aguentaria um jantar com apenas os quatro sem que os pais dele percebessem que havia algo de errado.

Ela queria que a aprovassem. Quando os conheceu, o pai de Dan achou que seria divertido falar com ela em espanhol, o que foi desconfortável porque o espanhol de Maya era precário. Ela soava como qualquer falante de inglês que havia aprendido a língua no ensino médio, pronunciando as vogais de um modo muito longo e errando a conjugação dos verbos, enquanto o pai de Dan sabia pronunciar corretamente os *r*'s. Ela se limitou a se desculpar e, desde então, estivera tentando se redimir ao olhar deles.

Assim como o filho, Greta e Carl eram inteligentes. Intelectuais. Ela era repórter fotográfica, e ele professor do quinto ano e poeta poliglota. Maya queria que eles gostassem dela, porém, mais do que isso, queria ser como eles. Não planejava trabalhar na Floricultura da Kelly para sempre. Queria contar a eles que seu pai também tinha sido escritor, apesar de sua mãe trabalhar na cozinha de um centro de reabilitação de luxo assando pães.

Mas talvez os pais de Dan pudessem querer saber mais sobre seu pai, que morreu antes de seu nascimento. Contar isso sempre levava a um momento desconfortável em que as pessoas buscavam pela coisa certa a dizer, e a última coisa que ela queria para aquela noite era mais desconforto.

Simplesmente diria a eles que não estava se sentindo bem. O que era verdade. Tentaria disfarçar as olheiras e não se agitar. Sorriria, nem muito nem pouco, e ninguém perceberia o quão pouco ela tinha dormido.

Massageando as têmporas, tentou se concentrar nos sons de cachoeira saindo das caixas de som. Anotou quais ingredientes precisava. Coco ralado, leitelho, noz-pecã. Então, já que não tinha atenção suficiente para ler um livro, abriu o YouTube e rolou os diversos canais nos quais estava inscrita. Precisava de algo para se distrair da vontade que consumia seu cérebro, algo feito para chamar e prender a atenção.

Maya não estava em nenhum tipo de rede social. Os amigos dela consideravam isso excêntrico, Dan dizia achar inspirador, e ela havia conseguido convencer a si mesma de que isso era um tipo de posicionamento, uma declaração. Talvez fosse, até certo ponto, mas a verdade era mais complicada, e não era o tipo de coisa em que Maya deveria estar pensando no momento, sua ansiedade já no nível máximo.

Ela assistiu a um pequeno vídeo sobre um gato que criou um beagle órfão como se fosse seu filho, então um sobre um Boston terrier que sabia andar de skate. Ela não usava foto de perfil, nenhum tipo de informação que a pudesse identificar na internet, mas é claro que isso não evitava que recebesse publicidades e recomendações específicas.

Mais tarde, se perguntaria se foi por isso que o vídeo apareceu em seu *feed*. "Garota morre em frente às câmeras." É claro que ela clicou. De acordo com a legenda, o vídeo de seis minutos de baixa resolução foi extraído das imagens de segurança de uma lanchonete em Pittsfield, no estado de Massachusetts, a antiga cidade de Maya. Apesar da aparência dos anos 1950, a lanchonete devia ser nova, já que ela não a reconhecia. Uma fileira de mesas com sofás brilhantes, em sua maioria vazios, estavam alinhados à parede. Parecia por volta do meio-dia. O vídeo era colorido, mas a qualidade era baixa, tudo parecia desbotado. O piso de xadrez preto e branco. As fotos de carros clássicos nas paredes. Os únicos clientes eram uma família de quatro pessoas e dois idosos tomando café.

A câmera estava apontada para a porta da frente a fim de pegar algum criminoso invadindo com uma arma ou fugindo com a caixa registradora, mas não foi o que captou. Em vez disso, quando a porta se abriu, surgiu o que parecia ser um casal comum, um homem na casa dos trinta e uma mulher aparentemente mais nova. A mulher lembrava um pouco Maya, com um rosto redondo e expressivo, uma testa alta e olhos escuros e grandes.

O homem era Frank Bellamy.

Disso Maya tinha certeza. Ela não o vira nos últimos sete anos, mas o queixo pequeno e o nariz levemente torto eram inconfundíveis. O jeito descontraído de andar e o cabelo bagunçado. O vídeo apagou qualquer sinal de envelhecimento em seu rosto, deixando-o com a mesma aparência de suas memórias. Como se nenhum tempo tivesse se passado. Ela assistiu ao casal se sentar a uma mesa e pegar um cardápio plastificado. Uma garçonete lhes serviu água e ouviu os pedidos sem anotá-los.

O que aconteceu em seguida pareceu uma conversa normal entre Frank e a mulher, exceto que apenas Frank falava. A mulher escutava. Ela estava inclinada na direção da câmera, o rosto visível, enquanto ele estava levemente afastado, então a câmera só capturava sua orelha, sua bochecha, seu olho esquerdo e o canto de sua boca quando falava.

Tentáculos gelados agarraram os pulmões de Maya.

Muitos dos espectadores provavelmente pararam de assistir a essa altura, já que o vídeo tinha cinco minutos de duração e quase nada havia acontecido. Nem mesmo o título chamativo era suficiente para prender tanto a atenção das pessoas. Quem quer que tenha publicado este vídeo poderia ter escolhido recortar essa conversa longa e unilateral de Frank com a mulher, mas talvez fosse necessária para mostrar como o que aconteceu a seguir realmente foi repentino.

Maya se aproximou da tela, tentando interpretar a expressão da mulher. Ela só parecia vagamente interessada no que Frank estava dizendo, a expressão vazia, não dando nenhuma dica sobre o que estava pensando. Frank poderia estar lhe contando uma história, aparentemente bastante sem graça ou sem nenhum elemento surpreendente. Ou talvez estivesse lhe dando algum tipo de instrução. Ou direções para algum lugar bem longe dali.

Ela poderia ser uma aluna no fundo da sala de aula em um dia de verão preguiçoso. Ainda em seu casaco *puffer* amarelo, ela gentilmente voltou os olhos escuros para o rosto dele, apoiando os cotovelos na mesa. Maya viu na barra de progresso do vídeo que só restavam vinte segundos para o fim. Foi então que aconteceu.

A mulher balançou para frente e para trás na cadeira. Dobrou o corpo a partir da cintura, os olhos arregalados. Nem sequer tentou amparar o impacto, os braços repousavam na mesa enquanto o rosto atingia o tampo com toda força. A surpresa teria sido cômica em outras circunstâncias, como um palhaço caindo de cara em uma torta, mas não havia torta e nem risada. Apenas uma pequena pausa atordoada antes de Frank correr até o lado da moça no sofá, sentar-se e começar a dizer algo, provavelmente o nome dela. Agora que estava em frente à câmera, era fácil ver seu medo e sua surpresa.

Quando ele a puxou para perto, a mulher despencou como um peso morto em seu braço. O vídeo acabou assim que a garçonete correu na direção deles. Mas, um momento antes de acabar, os olhos de Frank se levantaram diretamente para a câmera, e para Maya pareceu que ele olhava diretamente para ela.

Ela fechou o notebook com as mãos trêmulas.

O vídeo havia sido publicado há menos de três dias e já possuía 72 mil visualizações. Frank tinha todos os motivos para pensar que ela assistiria, o que significava que ela tinha todos os motivos para ter medo. Até porque essa não era a primeira vez que Maya testemunhava alguém morrer na presença dele.

AUBREY WEST, A MELHOR AMIGA DE MAYA NOS TEMPOS DO COLÉ-
gio, havia caído morta em um dia lindo de verão pouco antes de
Maya ir embora para a faculdade. A morte de Aubrey não havia
sido filmada, mas chamou atenção mesmo assim. Reportagens
na televisão, artigos de jornal, fofocas. Uma adolescente saudável
de 17 anos caindo morta do nada. *Se pode acontecer com ela*, pensavam todos.

Assim como a garota do vídeo, Aubrey estava conversando
com Frank quando aconteceu. E Maya estivera convencida de
que Frank a matara. Ela não sabia explicar como ele o havia
feito (apesar de ter uma noção do porquê), e no final, já que lhe
faltava provas (e confiança em si mesma, em sua percepção e
até mesmo na própria sanidade), não teve outra escolha além de
seguir em frente.

Ou tentar, pelo menos.

Maya sempre gostou de se sentir inebriada, desde a primeira
vez que Aubrey roubou um pouco da vodca da mãe e elas a mistu-
raram com suco de laranja. Mas era diferente beber naquela época. Quando adolescentes, ela e Aubrey estavam sempre em busca
de adrenalina, mas se consideravam diferentes das más influên-
cias da escola, os garotos que fugiam para o estacionamento no
intervalo entre as aulas e depois se escoravam nos armários com
olhos vermelhos. Maya tirava dez em todas as aulas sem esforço, e
Aubrey, apesar de suas notas não refletirem isso, era inteligente a
seu próprio modo. Ela compreendia as pessoas, via como agiam. A

família dela havia se mudado muitas vezes quando ela era pequena, então ela tinha prática em fazer amigos, mas uma coisa que não aprendera era como mantê-los.

Ela era a garota nova quando Maya a conheceu na aula de inglês no nono ano, era misteriosa e interessante para todos, especialmente para os garotos, com seus olhos verdes e sorriso astuto. Maya era só um dos muitos novos amigos que Aubrey havia feito nas primeiras semanas de aulas, mas, de todos, a amizade delas foi a que durou. A que ambas cultivaram.

Foram escolhidas para fazer um trabalho em dupla sobre Emily Dickinson e a conexão entre elas floresceu na poesia. Esse era um dos motivos pelo qual se davam tão bem, a habilidade mútua de serem arrebatadas pela beleza de um verso. Mas outro motivo era que nenhuma das duas realmente se encaixava: Aubrey, sempre a garota nova, e Maya, com o nariz enfiado nos livros. Ela parecia hispânica, mas havia crescido com uma mãe branca, solo, e sabia pouquíssimo sobre a família na Guatemala. Sentia que não se encaixava com as outras crianças hispânicas, e não ser branca significava chamar muita atenção em Pittsfield.

Maya passava a maior parte do tempo lendo e criando histórias. Era mais popular com os professores do que com os colegas, mas não se importava com isso. Seria uma escritora, assim como seu pai. Escreveria livros e seria famosa. Deixaria Pittsfield para trás.

Entrou em quase todas as faculdades para as quais se inscreveu, mas escolheu a Universidade de Boston em virtude do programa de escrita criativa e das bolsas que lhe ofereceram. Mas, na semana em que começariam as aulas, Aubrey morreu.

A vida de Maya era dividida em Antes e Depois.

Ela perdeu a amiga mais próxima. Viu acontecer diante dos próprios olhos, mas até hoje sentia que havia mais sobre o acidente do que testemunhara. Era como assistir a um truque de mágica, entender que foi uma ilusão, mas não saber como o mágico a realizou.

Não fazia sentido. Aubrey era saudável, não tinha problemas de saúde. Os pais pediram uma autópsia, mas continuaram sem respostas, e o médico legista emitiu um laudo atestando "Morte Súbita de Causa Desconhecida": o nome dado para quando alguém cai morto sem motivo aparente. Geralmente o motivo é uma arritmia cardíaca ou algum tipo de convulsão.

Mas Maya tinha certeza de que havia sido Frank.

Não houve arma, veneno ou contato de qualquer tipo. Nem sangue ou ferimento no corpo de Aubrey. Maya não podia provar — não conseguia nem mesmo explicar —, mas insistia que, de alguma forma, ele havia enganado a todos.

Talvez, se ela tivesse ao menos algum indício de prova, a polícia a teria levado a sério. Mas nessas circunstâncias, interrogaram Frank, e, sem ver motivos para detê-lo, o liberaram — com uma advertência para Maya em relação às acusações falsas. Disseram que ela poderia arruinar a vida de alguém daquela forma.

A mãe dela tinha mais paciência para as suspeitas de Maya, mas, quando deixaram de fazer sentido, começou a se preocupar com a saúde mental da filha. Transtornos mentais eram como uma maldição da família, e Maya, aos 17 anos, estava na idade propícia para o surgimento dos sintomas.

Foi assim que ela acabou sob os cuidados do Dr. Fred Barry, que a mãe de Maya encontrou na lista telefônica.

Depois de conhecê-la por uma hora, Dr. Barry diagnosticou Maya com transtorno psicótico breve. Poderia ser causado pelo luto. Ele disse que os temores da jovem em relação a Frank eram delirantes, mas assegurou que ela não era a primeira a reagir com pensamentos mágicos diante de uma morte tão repentina e inesperada. Menos de duas a cada 100 mil pessoas morriam subitamente sem um motivo que pudesse ser explicado em uma autópsia.

Algumas culturas atribuíam essas mortes a espíritos malignos. A mente sempre tenta explicar o que não consegue entender — cria histórias, teorias, sistemas de crença inteiros — e, segundo Dr. Barry, a mente de Maya era do tipo que enxergava rostos em nuvens e mensagens em folhas de chá. Padrões onde outras pessoas não viam nada. Significava que sua imaginação era fértil — mas traiçoeira.

Os antipsicóticos reduziram a certeza de que Frank havia enganado a todos de alguma forma, mas o sentimento nunca a deixou completamente. A dominava às vezes, um rastejar obscuro. A terrível certeza de que Dr. Barry estava errado, apesar de todos acreditarem nele, e de que Frank tinha, realmente, assassinado a melhor amiga dela.

E com essa certeza vinha o medo. Para Frank, Maya era uma ponta solta, uma testemunha do que quer que ele tenha feito. Se ele era o assassino, ela tinha todos os motivos para ter medo, e o fato de ela não saber *como* ele havia feito piorava tudo, uma incerteza terrível que a impedia de seguir em frente. Mas, com o passar do tempo, ela aprendeu a não falar de suas suspeitas com o Dr. Barry, ou com mais ninguém. Não aguentava quando as pessoas a olhavam como se fosse louca. Convencido de que ela não estava mais delirante, Dr. Barry a considerou curada, apesar de um pouco ansiosa, e trocou os antipsicóticos por Rivotril.

Funcionou. O Rivotril entorpecia seu medo e a apagava à noite.

O álcool também ajudava. Durante todo o período da faculdade, ela bebia até ficar inconsciente várias noites da semana. Ainda conseguia tirar dez e nove, mas isso porque só fazia as disciplinas fáceis, classes superlotadas nas quais ninguém sabia seu nome e não importava se ela estava de ressaca. Ela vivia dizendo a si mesma que estava se divertindo, e talvez estivesse; era difícil se lembrar. Havia fotos constrangedoras dela na internet, dançando em cima de mesas, sempre com uma bebida ou um copo de dose na mão, uma quantidade suficiente para sugerir que estava se divertindo à beça.

Depois da faculdade, ficou feliz em aceitar o emprego na Floricultura da Kelly. E, apesar de agora se arriscar a sentar à mesa para escrever vez ou outra, nunca passava da primeira página de nada. O problema era que ela não gostava mais de ficar sozinha com os próprios pensamentos. Trabalhava na floricultura e dividia um apartamento com a amiga Lana há mais de um ano quando conheceu Dan.

Eles se conheceram em uma festa, enquanto todos estavam dançando em um amontoado suado, falando alto demais na cozinha ou jogados na cama do anfitrião cheirando cocaína. Maya havia presumido que ela e Dan estavam drogados quando começaram a conversar na fila do banheiro — caso contrário, como explicar o fato de que ainda estavam conversando no café da manhã do dia seguinte, sentados um de frente para o outro no restaurante mexicano favorito de Maya?

Sobre *huevos rancheros* e *café de olla* com canela, conversaram a respeito de tudo, mas o que Maya mais lembrava era o fato de Dan, assim como ela, ter lido uma versão infantil da *Ilíada* quando criança, e se tornara obcecado por mitologia grega desde então. Talvez tenha sido a intimidade de estar com alguém que amava as mesmas histórias que ela. Ou talvez fosse o fato de que, ao conversar sobre aquelas histórias, estivessem na verdade conversando sobre si mesmos. Fazia anos que Maya não falava com alguém sobre o trauma central de sua vida, e, apesar de certamente não ter falado naquele momento, encontrou certo conforto na afeição de Dan por Cassandra, a mulher amaldiçoada a falar uma verdade que ninguém acreditaria.

Foi só no terceiro ou quarto encontro que Maya percebeu que ele mal havia bebido — tinha tomado, no máximo, dois drinks na festa — e não havia usado drogas. O que significava que a primeira conversa deles não havia sido estimulada por cocaína, pelo menos não no caso de Dan, o que parecia importante.

O que também significava que ele ficava completamente lúcido perto dela, diferentemente dos outros homens com quem ela

20 ANA REYES

havia saído, que, pensando melhor, eram mais como parceiros de copo.

Pensar em toda aquela atenção sóbria direcionada a ela era desesperador, mas com o passar do tempo — depois de *brunches* e jantares, conversas longas e silêncios cada vez mais confortáveis — Maya começou a querer ficar lúcida perto dele também, para não perder o tempo que passavam juntos. Os passeios de bicicleta às margens do rio Charles. As maratonas de *Iron Chef* no sofá. A bagunça que faziam ao preparar refeições elaboradas na cozinha dele.

A princípio, passar todo aquele tempo sóbria não foi fácil para Maya. Às vezes, do nada, memórias se agitavam como leviatãs até então adormecidos, que ameaçavam acordar e a engolir por inteiro. Aubrey caindo no chão. O brilho sombrio nos olhos de Frank. O terror de saber que nenhum dos esforços de Maya em permanecer escondida significaria alguma coisa se ele decidisse encontrá-la.

Ultimamente, não era só isso que assombrava Maya. Depois de praticamente uma década de embriaguez quase constante, descobriu que havia esquecido como lidar com problemas do dia a dia, tal como renovar a carteira de motorista ou ir para cama em um horário razoável. Era estranho não ficar bêbada quando estava frustrada.

Às vezes se via tratando Dan mal sem motivos e se odiando por isso. Com medo de afastá-lo, fazia o melhor que podia para esconder a ansiedade, a atmosfera de repente sensível e eletrificada, e nunca mencionava os suores frios que a acordavam de madrugada, ou a insônia que a impedia de dormir. Mas no devido tempo tudo isso diminuiu, com a ajuda do Rivotril que ela tomava no lugar da vodca ou do gim que normalmente teria usado para apagar.

Às vezes, também tomava Rivotril durante o dia, em doses assustadoramente mais altas conforme sua tolerância aumentava. O que importava para Maya era que o antigo medo não era tão penetrante quanto ela temia. Na maior parte do tempo, os pensamentos lhe davam trégua, ou talvez fosse apenas o tempo agindo a seu favor. Ela se alimentava bem e se exercitava, raramente bebendo mais do que um drink por noite (junto com alguns comprimidos de seu vidrinho de aspirina, que ela mantinha em sua bolsa para que Dan nunca os tomasse por acidente, achando ser aspirina de verdade).

E, recentemente, quando Maya pensava em Aubrey ou em Frank, ou sonhava que estava de volta à cabana, ela se confortava com as palavras de Dr. Barry, que havia assegurado a Maya que não havia nada que ela pudesse ter feito por Aubrey. Nada que qualquer um pudesse ter feito. Que ninguém tinha culpa. Nem mesmo Frank.

Era isso que Maya dizia a si mesma sempre que o telefone tocava e ela não reconhecia o número ou quando ouvia passos atrás dela em uma rua escura. Mas como duas mulheres poderiam simplesmente cair mortas enquanto conversavam com o mesmo homem?

— Então, o que estou assistindo exatamente? — Dan estava de óculos, mas parecia confuso com o vídeo no computador de Maya, e pela situação em geral. Havia acordado às sete horas da manhã e a encontrado andando de um lado para o outro na sala de estar, e agora, em vez de se explicar, ela estava mostrando o vídeo a ele.

— Frank Bellamy — disse ela, conforme o casal entrava na lanchonete na tela.

— Quem?

Ela e Dan haviam conversado sob os respectivos históricos de relacionamento no começo do namoro, mas Maya não havia contado sobre Frank. Ela havia tentado apagá-lo da própria mente, junto com o restante daquele verão, o verão em que testemunhou o assassinato da melhor amiga ou quando enlouqueceu completamente.

— Conheci Frank depois do colegial — disse ela —, meio que namoramos. — O relacionamento havia durado apenas três semanas e terminou no dia da morte de Aubrey. Ou, mais precisamente, *mudou* e naquele dia se tornou outra coisa, um medo que distorcia todos os aspectos da vida de Maya.

Dan levantou uma sobrancelha e deu um sorriso torto para ela.

— O que é isso? Perseguição online? Devo ficar com ciúmes?

— Só assista. — Ela queria o olhar imparcial dele. Dan estava se dando bem na universidade de direito, já que era muito bom em perceber detalhes que os outros deixavam passar e entender como eles podiam se encaixar em uma história,

— Me diga se percebe algo... estranho em Frank — disse ela.

O sorriso de Dan desapareceu assim que ele viu a expressão dela. Voltou a atenção para o vídeo, sentando-se no sofá enquanto Maya se agachou ao lado dele com as pernas nuas dobradas sob o corpo. Ela não podia acreditar que estava mostrando este vídeo a ele.

Por um lado, queria esquecer Frank, como havia conseguido fazer até horas atrás. Queria se reassegurar de que estava imaginando coisas, vendo conexões onde não havia. Teria sido fácil esconder o vídeo, não só de Dan, mas de si mesma, e seguir agindo como se seu maior problema fosse ter ficado sem Rivotril.

Mas então Maya pensou no rosto da mulher morta, não muito diferente do seu, apenas mais jovem e provavelmente mais inocente. Qual a probabilidade de tanto ela quanto Aubrey caírem mortas na presença de Frank em um intervalo de sete anos. Ela tinha que imaginar, ou pelo menos torcer, que Dan consideraria isso suspeito.

— Ela parece com você.

Não tinha como negar que Frank tinha um tipo preferido.

— Meio falastrão — continuou ele.

— Adorava contar histórias...

A mulher na tela caiu para frente.

— Que diabos? — Dan assistiu a Frank sacudir a mulher pelos ombros, gritando sem sair som. — Espera — disse Dan —, ela não está...

— Está! — Maya passou os braços em volta do corpo, apertou as pontas das mangas nos punhos. — Eu pesquisei. Ela se chamava Cristina Lewis. Tinha 22 anos.

— Não entendi. O que aconteceu?

Maya sacudiu a cabeça lentamente.

— Não sei. Mas acho que ele... — Quase não podia falar depois de tanto tempo; havia enterrado as palavras fundo demais. — Acho que foi ele.

Os olhos de Dan se arregalaram.

— Ele o quê? Matou ela?

Ela assentiu.

— Como?

— Não sei.

Ele esperou que ela continuasse. Maya engoliu em seco.

— Lembra quando te contei sobre minha amiga, Aubrey?

— É claro. A que faleceu — disse ele gentilmente, sabendo que isso era difícil para ela.

Maya havia contato sobre Aubrey e que ela estava morta, mas não havia respondido à pergunta que todos fazem ao saber que alguém morreu: como aconteceu? Maya não quis falar a respeito na época, mas agora era necessário.

— Aubrey morreu — disse ela —, da mesma forma que Cristina. Simplesmente... caiu. Vi acontecer.

A surpresa no rosto de Dan era animadora.

— O que o médico legista disse?

— Existe um termo para quando não conseguem descobrir o que matou uma pessoa. *Morte súbita de causa desconhecida.* É extremamente rara e quase sempre acontece quando a pessoa está dormindo. Simplesmente não acordam.

— Uau. Isso é... terrível.

— Mas essa é a questão. Aubrey estava acordada quando aconteceu. E estava conversando com Frank.

Dan se aproximou da tela do notebook, voltou o vídeo e assistiu à cena em que Cristina morre novamente. Então assistiu mais uma vez enquanto Maya o observava, torcendo para que ele encontrasse algo que ela não tinha visto.

Mas, quando ele falou novamente, soou perplexo.

— Então como ele a matou?

A CABANA NA FLORESTA   25

É como se ele tivesse um tipo de poder... Foi o que ela disse à polícia aos 17 anos, mas agora tinha mais consciência. Tinha que parecer racional.

— Nunca entendi — disse ela —, mas, se alguém era capaz disso, essa pessoa era Frank.

Dan franziu o cenho.

— A polícia não o interrogou?

— Não deu em nada. — Os ombros dela caíram.

— Certo... Mas e Cristina Lewis? O que sabe sobre a causa da morte dela?

Ela ouviu a dúvida se insinuando na voz dele e sentiu o gosto da antiga raiva que a dominava sempre que alguém — a polícia, Dr. Barry, sua mãe — não acreditava nela.

— Aqui — disse, abrindo um artigo do *Berkshire Eagle* no computador —, só consegui achar isso.

Ela o observou ler o artigo, sabendo que não ajudaria em nada.

O artigo dizia que Cristina era de Utah, era pintora e trabalhava como vendedora de ingressos no Museu de Berkshire. Ou a morte dela havia sido realmente inexplicável como parecera ou nem tudo havia sido compartilhado com a imprensa.

Depois de descrever os fatos — um relato não muito diferente do mostrado no vídeo — o artigo incluía uma citação do namorado enlutado, Frank Bellamy: *"Simplesmente não consigo aceitar. Queria poder ter feito alguma coisa."*

Não foram as palavras dele que irritaram Maya, mas o fato de que o artigo o apresentava como *testemunha.*

— Aqui diz que a morte não está sendo tratada como suspeita — disse Dan. — A polícia teria interrogado Frank, já que ele estava presente.

Maya zombou.

— Foi isso o que aconteceu da última vez.

Dan olhou para ela. Sua postura tensa e a testa suada. As olheiras profundas.

— Você está bem?
— Sim — disse ela —, só frustrada.
Ele não se convenceu. Pareceu até preocupado
— O que está acontecendo? — perguntou. — Alguma coisa já estava estranha antes mesmo desse vídeo.
Ela poderia ter contato sobre o Rivotril naquele momento. Mas Dan não acreditou no que ela disse em relação a Frank. Ele estava tentando, mas não acreditava. Contar que estava passando por abstinência só pioraria as coisas.
— É só que ver essa garota morrer...
Maya nem terminou de falar.
— Posso imaginar. Deve ter sido muito difícil perder sua melhor amiga.
Os olhos dela se encheram de lágrimas. Virou o rosto. Qualquer outra pessoa veria o quão chateada ela estava e tentaria confortá-la. Mas, diferente dela, Dan não via problemas em dizer o que as pessoas não queriam ouvir. Ela não mudaria isso nele, mas doía. Confiava mais na opinião dele do que em qualquer outra. Se ele não acreditava que Frank podia ter matado Cristina, devia ter razão.
Provavelmente Maya estava sendo paranoica.

ELA SABIA QUE O BOLO SERIA DELICIOSO. EXTREMAMENTE CHOCO-latudo, coberto por nozes-pecãs. Ficaria lindo na boleira que comprara para isso. Queria impressionar a mãe de Dan, uma aclamada repórter fotográfica. O bolo tinha que ser perfeito, e seria porque Maya havia aprendido a cozinhar com a mãe, Brenda Edwards, que aprendera com a própria mãe, e assim por diante, em uma linhagem de mulheres que cozinhavam para afastar o estresse antes mesmo de saberem o que era isso.

Quando criança, Brenda tinha uma irmã chamada Lisa cujo comportamento a havia incitado a assar muitos doces. As duas eram melhores amigas ou inimigas, a depender de como Lisa estava se sentindo. Ela tinha um jeito de manipular o ambiente para corresponder a seu humor atual. Podia transformar uma ida chata ao shopping em uma aventura, ou uma viagem à praia em um inferno.

Aonde quer que Lisa fosse, portas eram batidas e vozes levantadas. A única constância em sua vida eram os pais, os três irmãos e Brenda, e, de todos, quem a conhecia melhor era Brenda. A que mais se culpava pelo que acontecera.

Lisa tinha 15 anos quando começou a suspeitar que a brisa soprando de um rio próximo que entrava pela janela de seu quarto a envenenava com fumaça tóxica. Brenda, que era dois anos mais nova, acreditou nela a princípio. E, sendo justa, o lago Silver, que ficava há duas quadras da casa, estava notoriamente contaminado há mais de um século. As águas foram poluídas pela primeira vez por uma fábrica de algodão em 1800, depois por uma fábrica de chapéus e dois derramamentos de óleo. Em 1923, a superfície do lago pegou fogo — e isso tudo antes da GE contaminá-lo com PCBs.

As desconfianças de Lisa não surgiram do nada, mas no curso das semanas seguintes isso se tornou uma obsessão, a primeira de muitas obsessões que teria na vida. Ela parou de tomar banho, convencida de que as águas nocivas do lago haviam se infiltrado na caixa d'água. Usava uma máscara de gás para onde quer que fosse, mesmo que seus pais implorassem para que não o fizesse. Havia passado a vida brigando com os pais, mas, conforme o tempo passava, as brigas pioravam. Dizia para os pais e os irmãos que todos eles morreriam se não se mudassem para outra casa.

Quando completou 16 anos, pareceu bem óbvio que o problema não era o lago Silver. Lisa tinha algum problema, mas ninguém sabia o que era. Isso foi na época em que poucas pessoas falavam sobre distúrbios mentais, sem contar que os pais de Lisa — avós de Maya — eram experts em fingir que nada acontecia. O único lugar em que falavam abertamente era na escuridão do confessionário da igreja.

Lisa nunca teve a ajuda que precisava, e ao invés disso recorreu à vodca e aos baseados até chegar à metanfetamina. O resto da família teve que lidar com ela até seus 18 anos, quando ela se mudou para Califórnia com um homem muito mais velho.

Ela morreu aos 21 anos.

Maya era nova demais para de fato conhecê-la, mas, mesmo depois da morte, tia Lisa era uma presença constante. Era um conto admonitório cuja culpa seguia Brenda. Então, quando a filha dela, aos 17 anos, começou a dizer coisas que não faziam sentido, Brenda ligou para um psiquiatra e forçou Maya a tomar os antipsicóticos que Dr. Barry prescrevera, e Maya não a havia perdoado completamente até hoje.

Ela não via a mãe há um ano, mas Maya pensava nela sempre que cozinhava. Foi a mãe que lhe ensinou a ser precisa. E para ser precisa era necessário concentração. O cuidado de Brenda na hora de medir as xícaras de farinha distraía Maya dos gritos e das ameaças de suicídio da irmã. Brenda ensinou a filha a prestar atenção na massa, e era assim que Maya fazia agora. Ligou a batedeira na potência máxima, colocando os ingredientes para girar, e adicionou três gemas. Reprimiu as imagens que voltavam a surgir.

Dan não havia acreditado nela, mas ela não queria se ressentir dele. Preferia voltar no tempo para antes de ver aquele vídeo — para ontem — quando finalmente, depois de sete anos, ela se forçou a acreditar que talvez sua mãe estivesse certa: talvez Maya *fosse* exatamente igual à tia Lisa, incapaz de enxergar além das próprias ilusões. *A mente doente,* havia dito Dr. Barry, *raramente é capaz de reconhecer a própria doença.* As palavras haviam trazido consolo a Maya durante anos porque, se ela era delirante, não estava em perigo; Frank não havia realmente matado Aubrey.

O vídeo havia destruído esse consolo, e era como se Maya tivesse 17 anos de novo, a única testemunha de um assassinato. A diferença é que agora entendia que não havia nada que pudesse fazer a respeito. Sabia que não deveria ir à polícia — já havia tentado isso. Já havia tentado contar a Dan. O que mais podia fazer?

Colocando as assadeiras no forno, começou a fazer a cobertura, torrando as nozes e fervendo o leite. Adicionou o coco ralado e, pela primeira vez, não se deleitou com uma colherada. Com a cobertura feita, não tinha no que se concentrar até que o bolo saísse do forno.

Voltou para a geladeira. Ela vinha sendo tão boazinha ultimamente, tão moderada, e agora lá estava ela, nem meio-dia e já se servia da segunda dose do dia. Mas bem, esse não era um tipo de emergência? Aquele vídeo seria uma catástrofe sob quaisquer circunstâncias. Em meio à abstinência e à privação de sono, era intolerável.

30 ANA REYES

E também tinha o jantar com os pais de Dan.

Maya queimou a mão ao tirar as assadeiras do forno. Colocou a queimadura sob a água e não se importou com o ardor. Serviu para trazê-la de volta ao corpo. Contou a respiração. Disse a si mesma que não valia a pena ficar se remoendo por causa do vídeo, ou de Frank. Especialmente quando estava passando por abstinência.

— Nossa, o cheiro aqui está incrível — disse Dan quando entrou na casa, saindo do frio. Seus olhos recaíram nas mãos dela embaixo d'água. — Se queimou?

— De leve.

Pareceu preocupado, mas não disse nada enquanto se ajoelhou para desfazer os nós dos cadarços. Devia estar cansado de perguntar se ela estava bem.

— Como vão os estudos? — perguntou ela.

— Indo — disse ele, mas seu tom de voz parecia penoso. Ele era um grande procrastinador, deixando semanas de estudos para os últimos três dias antes de suas provas finais. Passava os dias com os livros enquanto Maya arrumava o quarto e regava as plantas. Ela e Dan estavam planejando adotar um cachorro, o que significava que precisavam se livrar da avelós e de sua seiva tóxica. Ela tirou uma foto da suculenta de quase um metro com seus caules laranja e vermelhos e enviou aos seus amigos perguntando se alguém a queria.

Também enviou a imagem para sua tia Carolina, cujo amor por plantas havia inspirado o de Maya. Tia Carolina morava na cidade da Guatemala e Maya só a viu uma vez, mas mantiveram contato com o passar dos anos. Nos dias de hoje, ela era o único contato que Maya tinha com o país de origem do pai.

Tentou ler depois disso, mas logo desistiu e saiu para uma caminhada a fim de evitar ficar perambulando pelo apartamento. Ao invés disso, perambulou pela vizinhança, por outros prédios iguais aos que ela e Dan moravam, com escadas de incêndio ziguezagueando as paredes e casas de tijolinho com entradas de concreto. Pegou a avenida Commonwealth e foi até a Universidade de Boston, onde havia estudado, passando por lojas de conveniência e uma lanchonete de *shawarma* que costumava frequentar, e continuando até o rio Charles, agora congelado. A cada passo que dava no rio, corredores e ciclistas acelerando, tentava não pensar em Frank.

Quando chegou em casa, era quase hora de ir, e Dan estava estressado. Havia concordado em visitar os pais há semanas, sem antecipar a quantidade de estudos que deixaria para o último minuto. Maya se serviu de uma xícara de gim e a tomou no banho. Já havia banido Frank de seus pensamentos antes e podia fazer isso novamente. Não pensaria nele, nem em Aubrey, nem em Cristina.

Ela raramente usava maquiagem, mas esta noite passou corretivo como uma máscara. Vestiu seu melhor suéter, um cashmere creme, com calças de veludo cotelê e botas de salto baixo. Cobriu o bolo com a tampa em formato de sino da boleira, enfiou algumas roupas e uma escova de dentes na mochila e ficou esperando enquanto Dan procurava as chaves.

— Achei — disse ele, apressando-se com meias de pares diferentes.

Dan dirigiu. Ambos imersos nas próprias preocupações conforme deixaram a cidade em direção ao interior do estado. Amherst ficava a duas horas a oeste. A cidade natal de Maya, Pittsfield, ficava só uma hora além, mas as duas cidades eram muito diferentes. Pittsfield um dia tinha sido uma grande metrópole, mas isso havia acabado antes de Maya nascer. A cidade nunca havia se recuperado totalmente de perder a GE nas décadas de 1970 e 1980.

Amherst, por outro lado, fervilhava com jovens das cinco faculdades da área. Mesmo com os estudantes longe por causa do inverno, o centro parecia mais animado que o de Pittsfield. Não havia fachadas de lojas vazias. Famílias jovens e professores entravam e saíam de cafés e restaurantes que incentivam produtores locais. O cinema independente anunciava um filme do qual Maya nunca ouvira falar.

A casa em que Dan crescera era grande e de aparência contemporânea, com ângulos nítidos e paredes de vidro sombreadas por cercas. Havia mais neve aqui do que em Boston, cobrindo a grama com um tapete branco. O pai de Dan veio à porta assim que saíram do carro.

Carl, uma versão mais pesada e mais loira de Dan, era professor da quinta série e um poeta localmente famoso. Aparentemente, seus alunos o amavam, e ela podia entender o porquê. Ele compartilhava da extroversão e da cordialidade de Dan. O sorriso que abriu quando cumprimentou o único filho foi radiante. Apertou a mão de Maya, e então os guiou do hall de entrada de pé direito alto até a cozinha.

— O que querem beber? Estamos tomando daiquiris, os favoritos de Greta, mas também temos vinho e água com gás.

— Um daiquiri está ótimo — disse Dan enquanto escondia o bolo no fundo da geladeira.

— Também vou querer um — disse Maya —, obrigada. — Estava fazendo o possível para parecer feliz e relaxada enquanto sua abstinência amplificava a ansiedade enterrada em seu estômago junto à ansiedade que sempre vinha em querer impressionar os pais de Dan. Não era só que eles amavam o filho, mas pareciam ter tudo que ela sonhava para si mesma. Viviam confortavelmente e tinham sucesso em suas profissões. Recebiam para pensar. Exalavam felicidade.

Começou a relaxar no momento em que Carl lhe serviu um drink. Descobriu na internet que o álcool e o Rivotril agiam em muitos dos mesmos receptores do cérebro, o que explicava o motivo de terem uma sensação tão parecida. Ela soltou o ar. Tentou não beber rápido demais. A casa estava quente e cheirava a alecrim, alho e carne assada. Os móveis eram ecléticos. As artes nas paredes eram de todas as partes do mundo: fotos emolduradas do que parecia ser o Marrocos, provavelmente de autoria de Greta, um mosaico de azulejos, várias máscaras.

Greta desceu as escadas em uma bata de seda e calças de linho. Alta e elegante, ela tinha a postura de uma praticante avançada de ioga. Era pelo menos uma década mais velha do que a mãe de Maya, seus cachos largos mais grisalhos do que pretos, mas sua aparência era menos cansada.

— Danny — disse Greta, dando um beijo na bochecha do filho e então o abraçando com força. Maya levantou para cumprimentá-la, e Greta também lhe deu um beijo na bochecha. Cheirava à água de rosas. — Obrigada por virem.

— Feliz aniversário — disse Maya.

O jantar era perna de cordeiro assada com alecrim, salada e batatas assadas. Maya sentou ao lado de Dan à mesa, e estremeceu quando Greta sentou à sua frente. Greta era esperta e absorvia o mundo com os olhos. Maya se encolheu de seu olhar.

Ficou grata quando Carl abriu uma garrafa de *pinot noir*. Só havia comido um pequeno prato de espaguete do dia anterior e experimentado um pouco da cobertura, então sentiu o efeito do vinho, especialmente depois do daiquiri. O álcool aliviou a pressão em sua cabeça, e ela quase se sentiu normal conforme a conversa se estabeleceu em uma dinâmica tranquila com Greta no comando. Conversaram sobre um eclipse que ela planejava fotografar, e eclipses em geral, e Maya não conseguiu pensar em nada para dizer, então escutou, e se sentiu aliviada quando Greta se virou para ela e perguntou, do nada, se ela já havia lido Isabel Allende.

Isso era algo sobre o qual Maya poderia conversar, e ela torcia para que os pais de Dan considerassem isso evidência de que ela era versada em literatura, e não mera coincidência. A noite estava indo melhor do que o esperado. Na verdade, era o melhor que ela havia se sentido em alguns dias, então, no momento em que viu outra pessoa se servir de mais vinho, fez o mesmo. E sua risada se tornou sincera ao invés de nervosa quando Carl contou uma história engraçada sobre o quarto Halloween de Dan.

Dan queria ser uma abóbora naquele ano, uma fantasia que os pais não conseguiam encontrar em loja alguma, então Carl fez uma para ele.

— E para ser justa — disse Greta — era uma fantasia boa! Muito criativa!

— Ela está sendo gentil — disse Carl —, a moldura de arame despencou em meio aos doces e travessuras e todo mundo pensou que ele era uma cenoura!

Maya e Greta riram. Dan já havia escutado essa antes. Ele parecia nervoso, pensou ela, como se estivesse pensando sobre as provas finais. Ou talvez outra coisa o incomodasse.

Talvez ela estivesse mais embriagada do que pensava.

Do lado de fora, o vento aumentou. As janelas chacoalharam em seus batentes.

— Que bom que vão passar a noite aqui — disse Greta —, parece que vamos ter uma tempestade.

Um silêncio caiu sobre eles e Maya olhou para o prato. A maior parte de sua comida ainda estava lá. Ela usou o garfo para remexer um pedaço de cordeiro.

— A casa de passarinho — disse Carl, de repente.

Maya olhou para cima, confusa, e viu todos encarando a janela atrás dela. Seu couro cabeludo formigou quando ela virou para olhar, e, quando o fez (a cabeça pesada demais, movendo-se com muita rapidez), entendeu o erro que cometeu.

Aquele último drink foi uma péssima ideia. Maya não percebeu quão bêbada estava até estar em movimento, e agora todo o peso de duas taças de *pinot noir*, um daiquiri de rum e duas doses de gim a atingiu como um tsunami. Seus olhos tiveram dificuldade para focar o que todos estavam olhando. A casa de passarinho. O vento a arrancara de seu galho e agora a casinha estava em um emaranhado de ramos que haviam impedido sua queda. Mas o vento estava forte, os galhos sacudiam e a qualquer segundo a casa de passarinho, com suas janelas e seu teto cuidadosamente entalhados, cairia e se quebraria no chão congelado. Maya sentia que estava lá dentro. A sala se inclinou. O piso balançou e ela apertou os dedos na beirada do assento para impedir a queda.

— Vou ver se posso salvá-la — disse Carl.

Ele saiu, então só restaram ela, Dan e Greta com seus olhos penetrantes. Duas pessoas bem espertas que provavelmente podiam perceber que ela estava zonza pelo jeito que balançava.

— Ei — disse Dan suavemente —, você está bem?

Maya assentiu, olhando para o prato. Podia sentir ele ao lado dela e Greta à sua frente, observando. (Julgando.) Maya não conseguia olhar para cima. Uma náusea subiu do seu estômago até o peito e a garganta.

— Quer um copo d'água? — perguntou Greta, sem muita gentileza.

Maya balançou a cabeça. Precisava ir ao banheiro.

— Já volto — disse enquanto levantava. A ideia de vomitar na frente de Greta em sua festa de aniversário era tão terrível que Maya partiu em uma corridinha desajeitada e quase havia saído do aposento quando sua garganta se contraiu involuntariamente e sua boca se encheu.

Cobriu a boca, mas um pouco do líquido vazou entre seus dedos e caiu no chão. Ninguém disse nada enquanto ela se apressou pelo corredor. O banheiro ficava em frente à escada. Fechando a porta atrás dela, Maya ajoelhou e vomitou. Tudo veio à tona. O vinho, o cordeiro, a cobertura, tudo o que ela queria manter guardado. O corpo de Aubrey caindo nos degraus. Cristina caindo de cara. Frank olhando para câmera. Os movimentos das duas sincronizavam na mente de Maya conforme ela vomitava. Ela havia escondido o assassinato de Aubrey em uma caixa dentro da cabeça, mas Frank ainda estava por aí, matando.

Mesmo enquanto o vinho queimava sua garganta, Maya nunca havia se sentido tão sóbria.

Fez gargarejo com água fria, paralisada em frente à pia, muito envergonhada para voltar à mesa. Seu rosto úmido lhe encarou de volta, estremecendo enquanto seu corpo suava — um suor diferente de quando se faz exercícios físicos. Mais espesso. Mais frio. O espelho confirmou que não teria como fingir que estava bem.

MAYA DIRIGE COM AS JANELAS ABAIXADAS, DEIXANDO A BRISA DO verão entrar e levar as vozes delas conforme cantam a versão de Tender Wallpaper de "Two Sisters", uma balada que conta a história do assassinato de uma garota pela própria irmã. O ar-condicionado está quebrado, mas o rádio funciona e ela e Aubrey impostam as vozes como se estivessem fazendo teste para um musical. Estão usando trajes de banho por baixo dos shorts, tênis e regatas. E levam toalhas no banco traseiro. Aubrey passa protetor solar no rosto levemente sardento, seu cabelo preto-avermelhado esvoaçando ao vento enquanto o mundo passa em um borrão de folhas e diversos tons de verde.

Quando chegam ao acostamento da estrada, Maya estaciona o carro da mãe atrás de uma Harley-Davidson. O ar é mais fresco do que na cidade. Maya e Aubrey seguem uma trilha em meio à mata, espantando os mosquitos.

Geralmente os silêncios que compartilham são aqueles que só amigas de longa data têm: tão normal quanto estar sozinha. Mas o silêncio de hoje parece diferente. Frio. Maya tem a sensação de que Aubrey está brava com alguma coisa há semanas. Notou uma certa irritação no tom de voz de Aubrey, uma eventual maldade em sua risada. Talvez Maya esteja imaginando, mas não acha que seja o caso, e a irrita que Aubrey simplesmente não diga qual é o problema.

— Então — diz Maya, só para falar alguma coisa —, para quem é o cachecol?

Aubrey, à sua frente, não olha para trás.

— É segredo.

Até meia-hora atrás, Maya nem sabia que Aubrey sabia tricotar. Mas, quando chegou para buscar Aubrey, encontrou-a sentada na varanda do duplex tricotando um cachecol. Suas mãos se moviam em movimentos graciosos e experientes, a trama verde-limão se revelando das agulhas.

Maya pensara que elas sabiam tudo uma sobre a outra.

Chegam à cachoeira alguns minutos depois. A lagoa profunda e escura brilha como as penas de um pavão. Arco-íris surgem no vapor das rochas. Geralmente, o local fica cheio no verão, mas hoje são apenas Maya, Aubrey e um casal de ciclistas de meia-idade. A mulher, coberta de tatuagens, apoia-se em uma pedra enquanto o homem se arrisca na parte rasa, seu rabo de cavalo mergulhando na água conforme ele se abaixa para molhar os braços.

As garotas tiram os tênis e os shorts, deixam os pertences na costa rochosa e entram até os joelhos. A água é tão fria que parece perfurar.

— Um! — conta Aubrey, desafiando Maya a mergulhar com ela.

— Ah, nem pensar...

— Dois!

Seu corpo inteiro implora para que ela não o faça, mas Maya não vai ficar por último.

— Três! — grita antes de mergulhar fundo no lago, que está ainda mais gelado, escuro e turbulento por causa da cachoeira.

Sua pele formiga quando ela volta à superfície e vê Aubrey de pé, ainda seca. Maya joga água nela em indignação. Aubrey grita, e então se joga em silêncio, desaparecendo com uma ondulação breve.

Quando reaparece, está no meio do lago. Ela é uma nadadora melhor, fica mais à vontade na água. Ela boia de costas, olha para o céu, o amuleto de cobre que usa brilhando no peito. O amuleto tem as palavras supostamente mágicas SIM SALA BIM gravadas, apesar de Aubrey jurar não acreditar em magia. Ela apenas a ama. Só queria que fosse real.

Apesar do jeito que vêm agindo, Maya sentirá falta dela. Aubrey ficará na cidade depois deste verão, trabalhando como garçonete e estudando na Faculdade Comunitária de Berkshire, enquanto Maya se mudará para Boston e irá para a Universidade de Boston. Lembrando de quão pouco tempo têm, Maya suspira, nada até Aubrey e boia ao lado dela.

— Sabe o que nunca fizemos? — diz Aubrey.

— O quê?

— Nunca pulamos da cachoeira.

— Por que está falando desse jeito? Como se nunca fôssemos ter outra oportunidade?

— Vai saber? — Aubrey dá de ombros. — Talvez não tenhamos.

— Boston fica há, tipo, três horas de distância. Vou vir pra casa o tempo todo.

Aubrey vira para Maya, agitando a água, e Maya percebe que o humor de Aubrey mudou. O sorriso dela está animado e maroto. Usa os olhos para indicar as rochas altas acima da cachoeira.

— Vamos agora.

— Está maluca.

— As pessoas pulam o tempo todo. Até criancinhas.

Com isso Maya não pode discutir: da última vez em que estiveram aqui, todas as crianças de uma grande família pularam, uma atrás da outra, e a menor não podia ter mais do que 8 anos.

— Mas e se...

— É só termos cuidado.

A mãe de Maya trabalha como paramédica, então ela já ouviu histórias terríveis de pessoas que morreram ou ficaram paraplégicas ao fazerem coisas como pular de cachoeiras.

— Do que tem tanto medo?

— Não é óbvio?

— Tá bom. Vou sozinha.

Aubrey vira e sai nadando.

Maya olha de volta para a costa. O casal de ciclistas foi embora. As rochas aquecidas pelo sol são convidativas, mas a animação de Aubrey é contagiante e, de repente, parece que Maya só estava imaginando que havia algo de errado. Já a acusaram de ser sensível muitas vezes. Ela se vira e nada atrás da amiga.

Quando se aproxima, a cachoeira borrifa água gelada no rosto dela. Aubrey diz algo, mas sua voz se perde sob o ruído da água.

— Não estou te ouvindo! — grita Maya de volta.

Aubrey balança a cabeça. *Esquece.* Mas Maya não precisa ouvir as palavras para entender o incentivo. Na base da cachoeira, ela vê a trilha que se formou na lateral, demarcada por todas as pessoas que ali passaram. Seu nervosismo se transforma em euforia conforme ela sobe, a torrente branca ao seu lado uma besta mortal de tirar o fôlego. Ela não está mais com frio. Usa as mãos para se segurar nas pedras molhadas.

Seu coração acelera quando chegam ao topo e Aubrey sobe sobre a enorme pedra que se projeta feito um trampolim acima do lago. Maya fica vários passos atrás dela. Sente-se como um acrobata de circo, olhando para uma escada extremamente longa acima de uma piscininha.

Ela não consegue. Terá que descer e já está indo nessa direção quando Aubrey olha por cima do ombro. A expressão dela é gentil. Os olhos brilham de empolgação. Ela estende a mão. A cachoeira brame nos ouvidos de Maya. Não consegue, até que consegue. Dá um passo hesitante para frente e pega a mão de Aubrey.

Juntas, olham para a floresta, para a água batendo em seus pés, e então se encaram. Esta não é a primeira vez que fazem algo perigoso juntas. Mas talvez seja a última.

— *Um!* — diz Aubrey.

— Tá brincando? Acha que eu cairia nessa de novo?

Mas o sorriso de Aubrey é sincero.

— Dois. — A voz dela se perde entre o som da cachoeira; Maya lê a palavra em seus lábios.
Apertam as mãos com mais força, erguendo-as no ar.
— *Três!*
Gritam ao mesmo tempo, então se jogam da beirada de mãos dadas.

Maya acordou com uma dor de cabeça aguda, a língua áspe-

ra e um amargor na boca.

Não sabia onde estava a princípio. A lua brilhava através das frestas das persianas, iluminando um quarto que parecia pertencer a um adolescente. Havia pôsteres da Sonic Youth e do filme *Blade Runner* nas paredes e quadrinhos nas prateleiras. Estrelas fluorescentes coladas no teto. Era o antigo quarto de Dan. A noite veio à tona. Ela havia vomitado. Na frente de Greta. No aniversário dela. Então ficou no banheiro por vinte minutos, com vergonha demais para voltar à mesa de jantar.

Decidira dizer a eles que estava com gripe.

Algum tipo de infecção estomacal, espero que não contagiosa, havia dito a Greta, e Maya certamente parecia doente o bastante, com o rosto pálido e olheiras profundas. Observou a cautela na expressão de Dan se transformar em preocupação. Carl lhe oferecera *ginger ale* para o estômago — mas era impossível saber o que Greta pensava por trás daqueles olhos oniscientes, sempre atenta ao bem-estar do filho.

Maya não a culpava. Quase desejava que Dan não tivesse acreditado nela, que tivesse a repreendido por ter bebido demais. Mas, em vez disso, ele colocou uma mão em sua testa, conferindo sua temperatura. Havia lhe trazido água e antiácido. E agora dormia ao lado dela, a respiração dele o único barulho no quarto escuro.

Ela havia prometido que seria honesta com ele. Mas tinha que ser honesta consigo mesma. Nunca havia tido delírios, e, quan-

42

to mais tempo passava sem tomar os remédios, mais claro ficava que poderia ter impedido Frank. Mas não impediu, então Cristina morreu. E nenhuma quantidade de bebida faria com que Maya se sentisse bem com isso.

Se fosse ela quem tivesse morrido, Aubrey teria provado que Frank a matara. A verdade é que ela era mais esperta do que Maya. Talvez não tenha se esforçado tanto na escola, mas Aubrey era observadora demais para a idade que tinha.

A maioria dos amigos que Maya fez desde então eram como Wendy — amigos que não a conheciam muito bem. Pessoas que frequentavam as mesmas festas, mas com quem ela nunca se sentava em silêncio. Agora que parara de beber, Maya dificilmente via esses amigos, e percebeu que não sentia falta deles.

Sentia falta de Aubrey. Sentia falta de sua risada. Maya pensava nela toda vez que lia um bom poema e queria compartilhá-lo com alguém. Toda vez que sentia o ímpeto de tentar algo corajoso, como aulas de trapézio. Aubrey era corajosa. Era sagaz. Nunca deixaria Frank ficar impune depois de matar sua melhor amiga.

Maya se ajoelhou ao lado de Dan e sussurrou seu nome.

Havia se vestido e enfiado as roupas da noite anterior na mochila que usava apoiada sobre um ombro. A luz estava fraca e azul, a casa silenciosa. Dan piscou algumas vezes enquanto despertava.

— Oi — disse ela.

— ...o que está acontecendo?

— Vou passar alguns dias em casa.

— O quê? — perguntou ele, ainda meio sonolento.

— Quero dizer, em Pittsfield, na casa da minha mãe.

Dan coçou os olhos.

— Ok... mas por quê...?

44 ANA REYES

— Quero resolver algumas coisas. — Não mentiria. — Já comprei minha passagem. Só preciso andar até o terminal Peter Pan no fim da rua. Meu ônibus sai em 45 minutos.

Deitada no escuro durante cinco horas, os pensamentos rodopiando, Maya havia decidido que essa era a melhor maneira. Era melhor fugir antes que todos acordassem do que continuar com a farsa da gripe. De qualquer forma, não conseguiria voltar a dormir. Já não era só a abstinência a mantendo acordada. Como ela poderia dormir sabendo que Frank matara outra vez?

Já havia comprado a passagem de ônibus no celular e encontrado um terminal perto da casa dos pais de Dan.

Ele se apoiou em um dos cotovelos.

— Você não vê sua mãe há o quê? Um ano? — Ele a encarou com os olhos semicerrados. — Por que isso agora?

Conte a verdade. Ela olhou para baixo.

— O vídeo.

Ele não havia acreditado nela ontem e ela não esperava que acreditasse agora. Esperava que ele a desdenhasse, ficasse frustrado com ela, mas ao invés disso ele pegou a sua mão e a trouxe para o peito. Olhou para ela com gentileza, os olhos concentrados nela conforme tentava se situar.

— Eu entendo, Maya. Entendo porque está chateada.

— Entende?

— É claro. Duas pessoas caíram mortas perto desse cara. É bizarro pra caramba. Quando me contou, meu primeiro instinto foi insistir que havia uma explicação lógica. Tentar fazer parecer menos assustador.

Seus olhos arderam de alívio. Ele acreditava nela.

— Obrigada... — sussurrou. Maya apoiou a cabeça contra a dele, os olhos fechados. Grata. Contou-lhe o plano. — Não consegui achar muita coisa na internet, então pensei em ir à lanchonete. Falar com alguém que estava lá quando Cristina morreu... talvez a câmera não tenha mostrado tudo. Talvez eu possa con-

A CABANA NA FLORESTA 45

versar com os colegas dela no museu. Talvez saibam algo sobre o relacionamento dela com Frank.

Maya poderia ter continuado, mas as sobrancelhas de Dan se ergueram até metade da testa. Ele não estava de acordo.

— Se eu não o impedir — disse ela —, ele simplesmente vai continuar fazendo isso.

— Fazendo o quê? Desculpa, mas ainda não entendi o que você acha que ele fez.

Maya murchou. Havia entendido errado. Dan não acreditava nela; só estava sendo solidário.

— Também não sei — disse ela. — É isso que preciso descobrir. Preciso de provas para ir à polícia.

— Estou preocupado, Maya.

— O que você faria — perguntou —, se alguém matasse o Sean? — Sean era o melhor amigo de Dan, um alpinista tão gentil que era impossível imaginar que alguém quisesse matá-lo.

— Vou te dizer o que eu não faria — disse Dan. — Eu não procuraria a polícia, não com base no que você me disse ou no que vimos naquele vídeo.

A cabeça de Maya latejou com vinho e amargura.

— Ok. O que acha que aconteceu?

Dan pensou por um instante. Ao encarar uma morte inexplicável, todos tinham uma teoria; ninguém estava imune à necessidade de compreensão. Ele havia pensando mais desde o dia anterior, quando ela havia lhe contado, e sua teoria atual era de que Cristina provavelmente havia tido uma overdose. O artigo do *Berkshire Eagle* havia noticiado que a morte dela não estava "sendo tratada como suspeita", descartando qualquer possibilidade de crime.

O que não havia sido descartado — e que parecia mais provável, explicou Dan — era a hipótese de que Cristina fosse mais uma vítima do flagelo das drogas que assolava tantas cidades como Pittsfield. Oxicodona, heroína ou, talvez, fentanil. Isso explicaria a expressão em seu rosto. Ela não seria a primeira pessoa a desmaiar em público: todos os postos de gasolina, bares e banheiros públicos daquela parte do estado continham cartazes com orientações em caso de overdose. A polícia carregava Narcan para emergências.

O que tornava tudo estranho, ele concordava, era a coincidência de Cristina e Aubrey terem morrido na presença de Frank. Sem dúvidas era assustador. Mas a morte de Aubrey, apesar de incomum, também não foi tratada como suspeita. A opinião de Dan — exposta como se ela fosse um júri, pensou Maya — era de que ela deveria cancelar a passagem, pensar sobre esse plano por alguns dias, melhorar da dor de estômago e cuidar de si mesma.

Esse teria sido um bom momento para Maya confessar que não havia infecção estomacal, que ela havia bebido demais para lidar com o fato de que estava sem o remédio que ele não sabia que ela tomava. Ela tinha um ônibus para pegar. E a última coisa que precisava era de Dan questionando sua saúde mental.

— Se Frank não é perigoso — disse ela —, qual é o problema de eu passar um tempo lá? Visitar a minha mãe? Vou avisar no trabalho que estou doente. Não faço isso há um ano.

Dan fez uma cara triste.

E ela se lembrou do cachorro. Eles tinham uma visita agendada no centro de adoção de animais para o dia seguinte às provas finais de Dan e estavam ansiosos para isso há semanas, passaram horas discutindo nomes. Como Maya pôde esquecer? Seus ombros murcharam.

— Sei que não é o melhor momento — disse ela —, mas preciso fazer isso. Devo voltar a tempo do nosso compromisso.

Dan suspirou.

Ela olhou para o relógio. 06h23.

— Se cuida — disse ele, com um tom resignado que fez o coração dela doer.

Ela reprimiu as lágrimas apenas o suficiente para lhe dar um beijo de adeus.

A chefe de Maya foi compreensiva quando ela disse que estava doente. Afinal, ela trabalhava na floricultura há três anos e era boa com as plantas e os clientes. Gostaria do emprego se pagasse o suficiente e tivesse seguro-saúde, mas, já que não era o caso, sua chefe era a única pessoa para quem Maya não se importava em mentir. Conferiu sua conta bancária e viu que poderia se permitir faltar três dias no trabalho, quatro se economizasse.

Passou a viagem de ônibus de duas horas no celular, à procura de Frank. Bebeu água de uma garrafa que comprou no terminal — a ressaca a toda, o estômago revirando toda vez que o motorista freava. Um músculo abaixo de seu olho esquerdo se contraiu. De alguma forma, Frank havia evitado deixar qualquer pegada digital.

A última vez que ela o vira foi quando Aubrey morreu. Foi mais tarde, naquele dia, no momento em que Maya estava deixando a delegacia depois de ser interrogada por quatro horas. Frank foi liberado do interrogatório antes dela — ela o viu no estacionamento enquanto ele entrava no carro. Um homem livre. Maya congelara de medo. A mãe dela, que a acompanhava, perguntou qual era o problema, mas Frank já havia ido embora quando Maya conseguiu falar. E, até hoje, Brenda não o conhecia.

Para ela, ele existia como objeto da obsessão da filha, a versão humana do lago Silver. Mas para Maya ele era real. Seu estômago se contraía sempre que ela via alguém parecido com ele, o que era frequente. Frank tinha uma aparência comum, corpo esguio, queixo pequeno, cabelo escuro e pele clara. Era como se metade dos homens de Boston pudessem ser Frank. E seria tão fácil para

48 ANA REYES

ele matá-la — não teria que aparecer na casa dela no meio da noi-
te ou trancá-la em seu porta-malas. Poderia assassiná-la em público, à luz do dia, e sair impune. O que aconteceu com Cristina era exatamente o destino que Maya temia, e era por isso que ela precisava se proteger. Precisava descobrir o segredo dele. Agora era mais esperta do que quando tinha 17 anos. Menos vulnerável. Manteria distância até saber como se manter segura.

O ônibus adentrou mais fundo na floresta. Ela suspeitava que Frank tentara contatá-la ao longo dos anos, mas, assim como tudo relacionado a ele, era impossível ter certeza. Ela nunca atendeu uma ligação de um número que não reconhecia, nunca abriu um e-mail de um remetente desconhecido, e, ainda assim, até hoje, quando pesquisava seu nome no Google, a primeira sugestão de pesquisa era "Maya Edwards + Aubrey West".

Ar quente entrou pela ventilação do teto. Ainda sem conseguir encontrar nada sobre Frank, ela pesquisou Cristina Lewis. Assim como Frank, Cristina não estava em nenhuma rede social, e o nome dela era comum: Maya passou por páginas de resultados do Google até encontrar a Cristina Lewis correta em uma lista de artistas que haviam feito residência no Museu de Arte Contemporânea de Massachusetts.

Ela clicou no nome e foi direcionada ao site dela. O design era minimalista, uma das artes de Cristina tomava um terço da página que tinha fundo azul-claro. Maya aproximou o celular do rosto. A pintura era de um deserto branco vasto sob um céu límpido. Um planeta alienígena, um lugar sem vida, rachaduras percorriam a superfície seca, mas o título do quadro, *Salinas de Bonnevile*, sugeria que na verdade ficava no planeta Terra.

Não tinha como negar que Cristina tinha talento. Seu trabalho tinha uma beleza fria e discreta. Tinha a ver com a iluminação, o jeito que irradiava de um sol que não estava na pintura. O nome de Cristina aparecia, em caixa baixa, no fim do site, junto com seu e-mail. Não havia mais nada para clicar.

Maya pesquisou a imagem no Google e encontrou uma página pública no Facebook dedicada à memória de Cristina e a "manter sua arte viva ao compartilhá-la com o mundo". O grupo tinha onze membros, mas o único que havia publicado algo era o administrador, um homem chamado Steven Lang.

A foto do perfil dele mostrava um homem careca corpulento na casa dos trinta. De pé ao lado dele em uma trilha na neve, estava Cristina. Ela era cerca de trinta centímetros mais baixa que ele e parecia ainda menor no casaco *puffer* amarelo. De longe, qualquer um poderia confundi-la com Maya.

Diferente de Maya, Steven não parecia nem um pouco preocupado em manter sua privacidade na internet. Logo ela descobriu que ele trabalhava com Cristina no Museu de Berkshire, apesar de ela não saber em qual função. Ela rastreou o e-mail dele em minutos.

Olá, você não me conhece, eu me chamo Maya e vi o vídeo de Cristina. Sinto muito pela sua perda... Estou tentando reunir algumas informações a respeito do cara que estava com ela quando tudo aconteceu, Frank Bellamy. Será que podemos conversar em algum momento? Apertou enviar, então se recostou no assento e esperou. Fechou os olhos, torcendo para dormir, mas logo desistiu e encarou os esqueletos das árvores congeladas que passavam pela janela.

MAYA, DE JOELHOS NO QUINTAL, ARFA POR AR, TOMADA POR UMA imensa alegria. O céu é de um azul gritante. O ar tem gosto de grama. Ela não lembra qual é a graça, e só isso já é hilário, ela não consegue parar, e é assustador, mas quando Aubrey diz a palavra — a que as fez rolar na grama — o medo vai embora.

— Ca... ca... — Aubrey não consegue falar. Lágrimas escorrem de seu rosto.

Riso brota da garganta de Maya.

— Meu Deus — diz ela —, meu Deus, meu...

— Cachi...

— Para! — grita Maya. — Para! — Ela bate na terra firme.

— *Cachinar!!*

E as duas desabam no chão.

Há quanto tempo estão rindo? Um minuto? Uma hora? Um ano?

— Cachinar! — grita Maya. — Não acredito, não acredito... — Mas o que era mesmo que ela não acreditava? — Não acredito que isso é uma palavra — concluiu.

— Nem eu — diz Aubrey —, não acredito. — Ela para de falar, o riso agora contido, e Maya levanta a cabeça úmida do antebraço, espiando entre a cortina de cabelo bagunçado para ver Aubrey afagando a grama. Acariciando-a como se fosse um casaco de pele fino. — É tão macio.

A CABANA NA FLORESTA   51

Maya vira de costas e se aconchega. Balança os braços como se estivesse fazendo um anjo de neve em câmera lenta e sente cada pedaço de grama que roça em sua pele.

— Não acredito em *nada* disso — diz ela. Está usando os shorts de sempre e uma camisa com estampa de zebra que comprou na Goodwill e achou que seria divertida para hoje. — O céu — diz ela —, o céu! — Seus óculos escuros são grandes, decorados com spikes e também são da Goodwill. É bom que esteja com eles, porque suas pupilas estão enormes e o Sol emana suas ondas pelo ar. Ela as vê se agitando pelo céu, o que faz com que se lembre de uma aula de ciência antiga. — Você se lembra — pergunta — do que o Sr. Murphy disse sobre o Sol e as ondas eletromagnéticas?

— Não.

— Nem eu — diz Maya, apesar de se lembrar. — Mas agora... acho que entendo. Sabe? — Ela vira a cabeça a fim de olhar para Aubrey e Aubrey a encara de volta por trás dos próprios óculos, aviadores com lentes verde-escuras. Ambas costumam ir às compras juntas na Goodwill.

— Entende?

— Sim — diz Maya —, é como se o espaço fosse feito de água, simplesmente um oceano enorme, e o Sol fosse um pedregulho jogado na superfície... Faz ondas se formarem na água. — Ela levanta os braços, dobra os dedos e sente as ondas.

— Uau... — diz Aubrey — Sage realmente foi com tudo desta vez.

Maya dá uma risadinha, lembrando-se da última vez que pegaram alucinógeno do velho hippie que trabalha no Big Y, onde Aubrey é empacotadora. Sage, com seu rabo de cavalo grisalho e cheiro de patchouli, é apaixonado por Aubrey, então o alucinógeno é sempre de graça, mas a última remessa estava tão fraca que se perguntaram se era tão falsa quanto o nome dele.

— *Esse* bagulho — diz Maya — com certeza é verdadeiro.

— Que bagulho? — pergunta a mãe dela.

Maya estava remexendo os dedos, mas eles congelam. Ela fecha bem os olhos, como se isso fosse torná-la invisível.

— Quer me contar o que está acontecendo aqui?

A mãe dela vai matá-la por isso. Mas só se souber. Maya abaixa as mãos, ajeita a camisa de zebra e senta com pedaços de grama no cabelo. Abre o sorriso mais descontraído possível.

— Oi, mãe!

Sua mãe está a cerca de meio metro de distância, na ponta do jardim. É impossível saber há quanto tempo estava lá.

Apesar de ser uma mulher forte e alta — quase 30 centímetros mais alta do que a filha franzina —, Brenda não costuma ser tão imponente, mas agora parece uma deusa do Sol furiosa, os braços cruzados em frente ao peito, os cachos esvoaçantes ao redor de seu rosto como chamas douradas. Está vestindo o uniforme de paramédica: camisa branca, calças azul-marinho e tênis preto. As sobrancelhas desenhadas a lápis ressaltam o desgosto em sua expressão, a contração de seus olhos.

— Eu... achei que estava no trabalho — diz Maya.

— Estava. Mas cheguei em casa... e é isso que encontro? Uma bagunça na cozinha? O volume da TV tão alto que ouvi lá de fora? Era *O Cristal Encantado* que estavam assistindo? — A mãe dela as conhece tão bem.

— Oi, Brenda — diz Aubrey em uma voz aguda demais.

— *Oi*, Aubrey.

Aubrey se encolhe com o tom.

— O que vocês tomaram? Hein? — Brenda olha de uma para a outra e repete o movimento.

Maya sente que está mergulhando em uma *bad trip* e tenta não entrar em pânico.

— LSD — diz ela, sabendo que é inútil esconder.

Brenda balança a cabeça.

— Entrem, as duas.

A CABANA NA FLORESTA **53**

A caminhada do quintal, passando pelo jardim e pelos três degraus até a cozinha, é um desafio em particular. O chão parece esponjoso e movediço.

— Esperem! — diz Brenda quando Maya e Aubrey sujam a cozinha de terra. Ela dá um pano de prato úmido para cada uma, encarando os pés das meninas.

Elas se abaixam cambaleantes. Estavam assistindo *O Cristal Encantado* quando Aubrey sentiu vontade de estar em contato com a natureza, então engatinharam no jardim por um tempo antes de caírem no riso porque ela disse *cachinar*.

Maya limpa a terra dos dedos, dos calcanhares, de trás dos tornozelos.

— Vai contar para o meu padrasto? — pergunta Aubrey.

Brenda senta à mesa.

— Não sei — diz ela. Parece cansada.

É nesse momento que Maya nota o curativo na mão da mãe.

— Só alguns pontos — responde Brenda —, não se preocupe.

Mas Maya se preocupa. O emprego de sua mãe é assustador... os giroflex, as sirenes e as pessoas gritando. É assustador para Maya mesmo quando ela não está chapada. E agora ela encara o curativo branco.

— Por favor, não conte para o Darren — diz Aubrey, chorando.

Maya também chora. Ela ama a mãe, não quer que ela sofra.

— Ok, se acalmem — diz Brenda. Ela fala em um tom gentil, espalmando a mão no ar para provar que está tudo bem e que ela não está surtando como outros pais fariam, porque sabe como lidar com isso. Ela vê todo tipo de coisa no trabalho — *bad trips*, overdoses de verdade, facadas. — Faz quanto tempo que ingeriram? — pergunta com calma.

Maya e Aubrey se olham. Realmente, há quanto tempo? Seis horas? Sete?

Brenda solta um suspiro.

— A que *horas* ingeriram?

— De manhã? — diz Aubrey. — Tipo, lá pelas 11h?
Brenda dá uma olhada no relógio do micro-ondas. 13h32.

— Parece que temos um longo caminho pela frente...

As três assistem *O Cristal Encantado* desde o começo, Maya e a mãe no sofá e Aubrey deitada na namoradeira. Um ventilador no canto da sala faz circular uma brisa fresca que também é o vento das florestas de Thra. Maya entende que está em apuros, que a mãe só está esperando que ela fique sóbria antes de dar a bronca e o castigo que a aguardavam, mas por enquanto tudo está perfeito. Maya está aqui, mas também está no filme, sentindo o mesmo fascínio que sentiu quando era criança e o assistiu pela primeira vez, antes de distinguir magia e realidade.

Da mesma forma que as pessoas da igreja devem se sentir ao refletirem sobre o Jardim do Éden — uma nostalgia por uma época na qual ninguém sabia que estava nu, quando conversas com Deus eram a norma. Maya anseia por essa época em sua própria vida, não por uma necessidade de escapar da realidade — nada contra a realidade —, mas simplesmente porque nasceu assim. Assim como algumas pessoas, Maya nasceu para ansiar mais momentos mágicos. Essa é a sua quarta experiência psicodélica, então conhece a tristeza de ficar sóbria, a sensação de Deus ter abandonado o jardim. E Aubrey sente isso com mais força do que ela.

Aubrey parece deprimida quando a mãe de Maya a leva para casa naquela noite, apesar de Brenda ter concordado em não contar a respeito do alucinógeno. Ninguém diz nada quando estacionam em frente ao duplex de Aubrey.

O lago Silver brilha logo a frente, negro sob o anoitecer. Aubrey mora ainda mais perto do lago. Para ser honesta, foi por isso que Maya quis ingerir o alucinógeno na própria casa e não na

A CABANA NA FLORESTA 55

de Aubrey. A verdade é que Maya tem um pouco de medo do lago. Nunca vai admitir isso a ninguém porque fazer isso seria parecer com tia Lisa.

(Mas, se pudesse falar livremente, Maya citaria as lendas locais sobre as mudanças de cor do lago à noite e os vapores que emanam dele no inverno. Diria que o lago realmente é poluído, e quem sabe o quão mal os contaminantes PCBs podem fazer a alguém?)

— Obrigada pela carona — diz Aubrey ao sair do carro.

— Se isso acontecer de novo, vou contar para os seus pais.

Na volta para a casa, Maya pergunta por quanto tempo ficará de castigo.

Sua mãe leva um tempo para responder. Ela tirou o uniforme de paramédica e vestiu uma camiseta, uma bermuda de algodão e sandálias, mas ainda está com o curativo na mão. Agora Maya sabe que ela se cortou em um pedaço de metal ao retirar um jovem de um acidente de carro.

Maya esperava que a mãe estivesse brava, mas em vez disso parece triste.

— Não quero te colocar de castigo — diz ela —, vai estar longe daqui em menos de três meses de qualquer forma, fazendo o que quiser. Só queria que... só queria que visse o que eu vejo. Na ambulância, quero dizer. Entenderia o quão rápido, o quão *fácil*, tudo pode dar errado.

— Eu sei, mãe, vou ter cuidado. E nem estávamos dirigindo.

A mãe dela entra na garagem, desliga o motor e vira para ela.

— Sabe que não é só isso. Pode acabar como...

— Deixa eu adivinhar. Tia Lisa?

— Está nos seus genes. Você é *suscetível*... por que não consegue enxergar? Uma droga como LSD pode ser o gatilho para algo... uma crise.

Maya dá um suspiro teatral. Por que a mãe não consegue ver que uma experiência psicodélica não é nada comparado ao uso intenso de metanfetamina e ao vício óbvio em álcool de Lisa? Maya iria para a Universidade de Boston com uma bolsa de estudos integral. É esperta o suficiente para entender duas coisas ao mesmo tempo: que sua tia sofria com delírios e que o lago Silver é, até certo ponto, tóxico. Mas a mãe dela parece insistir em ver o mundo em branco e preto, então Maya se limita a responder:

— Certo, tudo bem. Terei mais cuidado daqui pra frente.

Maya encostou a cabeça latejante na janela do carro en-quanto a mãe as levava do terminal de ônibus até em casa. Passaram por St. Joseph, igreja que os avós frequentavam, e pelo centro de esportes onde ela aprendeu a nadar. As ruas do centro de Pittsfield eram orladas por grandes edifícios históricos. Antigas lojas de departamento. Um teatro dos Anos Dourados. Um tribunal de mármore.

Quando Brenda era criança, adolescentes subiam e desciam a rua North de carro nas noites de terça — diziam que estavam navegando o terreno. Maya não entendia. Se visse alguém fazendo isso hoje, presumiria que estavam vendendo drogas.

O carro virou na rua em que ela cresceu. Conhecia este lugar como a palma da mão, as casas grandes transformadas em apartamentos, a tinta descascada, as antenas parabólicas, os gramados malcuidados. Conhecia até mesmo a decoração de natal dos vizinhos, a bengala doce gigante e o Papai Noel inflável. A casa em que crescera era de frágeis ripas de madeira, assim como as outras. Era verde-limão. Uma lona azul protegia o jardim da frente do rigoroso inverno. A casa era a menor da rua, mas, como Brenda gostava de dizer, era delas. Havia comprado para as duas quando Maya tinha 8 anos.

Brenda já não era tão forte atualmente, não era mais paramédica, e sim *sous chef* e padeira em um centro de reabilitação de luxo. Mudou de profissão porque, segundo ela, estava velha demais para trabalhar em ambulâncias. Havia sofrido de entorses na coluna, enxaquecas e torções nos tornozelos. Não aguentava mais ver pessoas morrendo. Seus braços estavam mais magros, seu torso maior e seus cachos loiros escuros estavam se tornando grisalhos, mas Maya gostava de pensar que a mãe parecia mais feliz. Ou, pelo menos, mais relaxada.

Lama gelada entrou pelas solas dos tênis de Maya quando ela saiu do carro. Era meio-dia de um domingo de inverno, a rua estava silenciosa, o dia nublado. O tom cinza do cabelo da mãe dela parecia mais nítido sob essa luz. Ou talvez Maya tenha ficado distante por um tempo maior do que pensou.

Raramente vinha para casa nos dias de hoje, e ela sabia que a mãe ficava triste por isso, mas a verdade é que Maya ainda cultivava um ressentimento pelo passado. Mas admitir isso seria reconhecer que parte dela ainda acreditava que Frank havia matado Aubrey — e Maya nunca poderia admitir isso para a mãe. Brenda simplesmente entraria em pânico pensando que a filha estava indo pelo mesmo caminho que tia Lisa, e ligaria para o Dr. Barry.

— Mal posso esperar para ver o que você acha do quarto — disse Brenda, sentada no banco baixo ao lado da porta para tirar as botas. — Vai ser a primeira a dormir na cama nova.

— Jogou minha cama fora?

A mãe dela deu uma risadinha.

— *Sua* cama? Quando foi a última vez que dormiu nela?

A pergunta vinha acompanhada de culpa.

— A cama nova tem um *pillow top* — disse a mãe.

Tirando os tênis e o casaco, Maya foi ver o "quarto novo", que era seu antigo quarto convertido em um quarto de aluguel para Airbnb. A mãe dela parecia mais tranquila desde que deixara o antigo emprego, mas também estava recebendo menos e demoraria anos para conseguir se aposentar.

Abrindo a porta, Maya mal reconheceu o quarto que tinha sido dela entre 8 e 18 anos. Havia se transformado em um santuário ao turismo de Berkshires, aos viajantes que a mãe esperava

A CABANA NA FLORESTA   59

atrair. Em vez de pôsteres de *O Labirinto do Fauno* e dos Tender Wallpaper, havia ilustrações de Norman Rockwell e fotografias dos melhores dias de Pittsfield nas paredes, quando carros clássicos cromados desciam uma rua North cheia. Uma luminária na mesa criava uma ambientação quente, e as cortinas vermelhas e douradas lembravam folhas caídas.

Maya torcia para que, pelo bem da mãe, turistas aparecessem. Mas Pittsfield não era um destino tão procurado quando Stockbridge, ou Lenox, ou todas as outras cidadezinhas nos Berkshires. A cada poucos anos, alguma revista a incluía na lista de cidades promissoras ou anunciava o renascimento da região, e Brenda queria tanto que isso fosse verdade, que sua cidade natal voltasse a ser o lugar que fora quando ela era criança. Mas, pelo que Maya podia ver, isso ainda não havia acontecido.

— Bem? O que acha?

— Está ótimo — disse Maya. Mas havia algo desconfortável em ver seu antigo e conhecido quarto cheio de móveis estranhos. A cama era nova, assim como a penteadeira e a pequena TV de tela plana. A única coisa que sua mãe havia mantido era a cabeceira.

— Experimente a cama — disse a mãe dela, apontando para o colchão despido.

Maya se sentou e se permitiu deitar, afundando.

— Macio.

— Os lençóis estão na secadora. Vou pegá-los.

Encarando o teto, Maya reconheceu a vista — isso não tinha mudado. A mancha de mofo acima de sua cama era tão familiar quanto uma marca de nascença. Agora que estava sozinha, virou de lado e viu que a mãe havia retirado os adesivos que Maya colou na cabeceira quando criança. Sua antiga coleção de adesivos. Ainda havia vestígios grudados na madeira. Ela se aproximou, olhou pela beirada da cama e viu o pedaço de um adesivo que não havia saído por inteiro. O adesivo de uma banda, preto com escritos em roxo. Tender Wallpaper era a banda favorita de Aubrey; ela e Maya haviam ido ao show deles na noite antes de sua morte.

O adesivo havia vindo junto com os ingressos que Maya comprou para o show, e vê-lo trouxe a noite de volta (dançando com os olhos fechados, Aubrey ao seu lado), mas também o dia seguinte (Aubrey desmaiando no degrau).

Maya ouviu passos.

A mãe dela percebeu na hora que havia algo de errado — Maya viu em sua expressão quando ela entrou com os braços cheios de lençóis: a preocupação que uma mãe sente por seu filho. O instinto de Maya era lhe contar tudo, jogar todas as cartas na mesa, tirar o peso do medo e da culpa de seus ombros.

Mas Maya não podia arriscar parecer com tia Lisa. Não quando precisava ser levada a sério. Precisava, porém, explicar as lágrimas em seu rosto, então esclareceu seu outro problema:

— Estava tomando Rivotril para dormir toda noite, mas ele acabou na semana passada. Mal durmo desde então.

A preocupação aumentou no rosto de sua mãe. Antes de Frank, Maya conversava sobre tudo com a mãe. Arrumavam a cama juntas enquanto conversavam, encaixando os lençóis no colchão e o cobrindo com cobertores. Havia um alívio tão grande em fazer as coisas como eram antigamente. Antes de ela ter hábitos que precisava esconder.

— Quanto estava tomando?

— Duas ou três miligramas por noite... e às vezes mais meia durante o dia.

A mãe de Maya aparentou estar desapontada, mas não surpresa.

— O Dr. Barry não te receitou uma quantidade tão alta, não é?

Maya balançou a cabeça. Quando a mãe dela se aproximou, ela pensou que fosse para abraçá-la. Mas era para conferir o pulso de Maya.

— Você sabe como é perigoso interromper a medicação assim?

A CABANA NA FLORESTA

— É por isso que estou aqui. — Não era a verdade completa, mas pelo menos esse fato era.

Sua mãe examinou os olhos dela com atenção. Conferindo suas pupilas.

Maya se afastou.

— Mas tenho certeza de que já passei pela pior parte. Só preciso aguentar, dormir um pouco. — Porém esse era o principal problema: ela não dormia por mais do que algumas horas há dias, e realmente precisava de um abraço ou de qualquer outro gesto reconfortante. Em vez disso, Maya sentia que, assim como em outros momentos de angústia, sua mãe a estava tratando como uma paciente.

Ela colocou a palma da mão na testa da filha.

— Pelo menos não está com febre, mas me diga se começar a se sentir pior.

— Eu...

— Ou começar a ver feixes de luz. Ou ouvir algo que não está aqui.

— Certo, mas...

— Ou notar qualquer cheiro estranho.

— Ok.

Maya já se arrependia de ter dito o pouco que dissera. Sua mãe claramente ficaria de olho nela agora, o que tornaria ainda mais difícil fazer o que precisava, mas não tinha como voltar atrás. Agora sua mãe a olhava com o cuidado de uma paramédica aposentada que nunca havia de fato saído da ambulância.

9

A AVÓ DE MAYA MORREU UM MÊS ANTES DE AUBREY.

Mais tarde, Dr. Barry apontará que essas duas perdas, sofridas com tanta proximidade, são evidência de que Maya estava em um estado vulnerável. Por isso a psicose. E mais tarde ainda — anos depois — Maya perceberá que foi o luto que a deixou vulnerável a Frank. Ao olhar em retrospecto, parecerá óbvio: ele teria percebido que ela estava sofrendo quando a conheceu. Mesmo que ela ainda não tivesse se dado conta.

A princípio, não sabe como se sentir. Nunca nem conheceu a avó pessoalmente. Não sabe o que dizer quando a mãe bate gentilmente na porta de seu quarto para dizer que a Abuela morreu.

Maya havia acabado de começar a fazer as malas. Ainda faltavam dois meses para se mudar para o dormitório da universidade, mas estava animada demais para esperar. Começou com os livros e passou a última hora escolhendo, entre suas centenas de exemplares, quais levar. Só há espaço para vinte e acabou de colocar *It – A Coisa* de Stephen King na pilha de "deixar em casa" a fim de abrir espaço para *Ponte para Terabítia* de Katherine Paterson, que sua mãe leu em voz alta para ela quando ela tinha 10 anos e passou uma semana de molho em casa com faringite. Segurar o livro trouxe à tona a voz da mãe e a história de duas crianças que inventam o próprio mundo. A lembrança reavivou tanto prazer que Maya não foi capaz de se separar dela.

Sua animação para ir embora de Pittsfield se mistura a uma tristeza e a uma culpa incômoda por deixar a mãe. Ela diz a si mesma que virá para casa uma vez por mês. É nisso que está pensando quando sua mãe lhe dá a notícia.

— O quê? — diz Maya, levantando o olhar da pilha de livros que a cerca no chão, apesar de ter ouvido bem as palavras.

Sua avó teve um derrame em casa, na cidade da Guatemala. Ela foi uma presença constante, porém distante, na vida de Maya. Uma voz que ela ouvia ao telefone várias vezes por ano. Um retrato. Cartões de aniversário escritos à mão. O pai de Maya também era falecido, mas sempre foi assim. Ela nunca conheceu alguém que então morreu.

— Ah, docinho — diz a mãe, entrando no quarto enquanto Maya relembra da avó que perdeu de repente. E o que Maya percebe é que nunca a conheceu de verdade. A avó dela era tão abstrata quanto a morte era até este momento, nada mais do que uma ideia, mas, de repente, a ausência de Abuela parece muito real, um vazio crescendo em seu peito.

Abuela era a conexão de Maya com o pai. A pessoa que o conhecera melhor. Havia tantas perguntas que Maya deveria ter feito.

A mãe dela se senta ao seu lado no tapete, com cuidado para não derrubar as pilhas de livros. Parecia quase se sentir culpada.

— Nunca respondi ao último cartão de aniversário — diz Maya.

Sua mãe sempre havia frisado a importância de conhecer a mãe de seu pai, lembrando Maya de responder a suas cartas, de telefonar para ela. Mas Maya era muto jovem para entender, ou talvez egoísta demais, como são todas as crianças. Focada demais em si mesma. Insegura demais de seu sotaque horrível ao falar espanhol ao telefone, forçando a avó a fazer todo o esforço nas raras ocasiões em que se falaram.

A mãe coloca a mão em seu ombro.

— Não se preocupe com isso — diz ela, a voz embargada em lágrimas.

— Quero ir ao funeral.

Sua mãe a encara.

Maya nunca foi à Guatemala.

A mãe diz que é perigoso demais — e tudo que precisava fazer era lembrar o que houve com o pai de Maya: Jairo Ek Basurto levou um tiro na porta da casa dos pais aos 22 anos.

Era 1990, a guerra civil da Guatemala estava começando a perder força e os militares matavam todos os seus opositores.

Maya tinha 12 anos quando conseguiu arrancar essa informação da mãe. Ficou chocada. Por que o exército mataria o próprio povo? Brenda, que estivera em uma viagem missionária com a igreja dos pais quando conheceu Jairo, explicou da melhor forma que pôde para alguém tão jovem.

A terra onde os maias viviam há milênios era perfeita para a plantação de quantidades enormes de bananas. Na década de 1940, a companhia agrícola Chiquita era a maior proprietária de terras do país. Na época, se chamava United Fruit Company, e tinha muito controle sobre o governo da Guatemala.

Mas, em 1944, a população guatemalteca se livrou do governo leal à companhia e elegeu um presidente que queria, entre outras coisas, comprar de volta parte da terra da companhia e devolvê-la aos antigos moradores da área. A terra era sagrada. As selvas densas e os planaltos nebulosos. Vulcões e cenotes.

O presidente recém-eleito, e seu sucessor, acreditavam que as pessoas tinham mais valor que dinheiro, que bananas baratas. A United Fruit Company não concordava. Queriam aquela terra. A companhia agrícola foi a precursora das campanhas de publicidade atuais, e, da mesma forma que convenceu os norte-americanos a comprarem mais bananas, também convenceu o presidente dos Estados Unidos que o líder recém-eleito da Guatemala era comunista. Isso aconteceu na década de 1950, quando a Guerra Fria era uma bola de neve. Maya não sabia nada sobre a Guerra Fria

A CABANA NA FLORESTA 65

aos 12 anos, mas, pelo tom de voz de sua mãe, sentiu que as coisas ficariam feias.

O presidente Eisenhower acreditou na companhia agrícola. Enviou a CIA para, secretamente, criar uma pequena oposição na Guatemala. Os Estados Unidos lhes forneceram armas e treinamento. E em 1954 aquela oposição, com muita ajuda dos EUA, deu um golpe no presidente democraticamente eleito. Implantaram um oficial militar no seu lugar, um homem disposto a deixar a companhia agrícola continuar a cultivar as bananas.

As coisas se tornaram muito difíceis para o povo maia então, especialmente para os camponeses, e também para qualquer um que os apoiava. Estudantes, professores, artistas, escritores, vizinhos. Todos juntos representavam a maioria do país, mas era a minoria no topo que detinha todo o poder. Algumas pessoas ficaram com tanta raiva que fugiram até as montanhas para lutar, recrutando crianças famintas para ajudá-las. A guerra civil durou 36 anos e 200 mil pessoas morreram, muitas depois de torturadas, milhares e milhares simplesmente *desapareceram*: um termo que a Maya de 12 anos não entendeu.

Significa que a polícia os prendeu clandestinamente, a mãe dela havia dito, *e eles nunca mais foram vistos*.

E, ao ouvir isso, a jovem Maya começou a se arrepender de ter perguntado.

Desde sempre aborrecia a mãe para contar por que seu pai morrera. E como. E onde. E quando. Mas, quando sua mãe começou a contar, Maya sentiu sua garganta se fechar.

O pai dela era um universitário do curso de literatura. Também era escritor — mas essa era outra história, uma que Maya já conhecia.

Essa era a história de sua morte. Finalmente. (Mas ao mesmo tempo cedo demais.)

Seu pai fazia parte de uma organização de estudantes que foi para uma pequena aldeia nas montanhas. O exército havia realizado um massacre na aldeia há pouco tempo, e o pai de Maya, junto com outros estudantes e alguns professores, foi marchar ao lado dos sobreviventes, exigindo que o exército desocupasse a aldeia. O peito de Maya havia se estufado de orgulho ao ouvir isso, mas então se contraiu de medo quando sua mãe explicou que alguém o fotografara lá.

Isso era só o que bastava naquela época.

O mundo havia começado a notar o que um dia seria chamado de Holocausto Silencioso, mas em 1990 o exército ainda assassinava dissidentes impunemente.

Pessoas como o pai de Maya.

Esse foi o porquê do que aconteceu com ele.

O como foi um tiro em sua cabeça.

O quando foi dois meses após a manifestação. Naquele dia, Jairo havia sido fotografado marchando ao lado de um conhecido professor de história recentemente desaparecido — e não apenas ele, três de seus amigos também. Um padeiro. Um professor. Um padre. Estar associado àquele professor de história em particular era o suficiente naquela época.

O assassino nunca seria identificado, muito menos levado à justiça. Pode ter sido do Exército, agido a mando deles ou ser parte de um dos famosos esquadrões da morte da Guatemala. Foi até a porta de Jairo em uma manhã de sábado.

A mãe de Jairo estava atrás da casa, enxaguando uma toalha de mesa vermelha e florida na *pila*. Seu pai estava na sala de estar, lendo um jornal no sofá.

A mãe de Maya estava na cozinha.

Brenda estava fazendo uma xícara de café instantâneo: uma colher de Nescafé, uma de açúcar e duas de leite em pó. Estava na Guatemala há pouco mais de um mês, grávida, mas ainda não sabia, e esta era parte de sua rotina: em manhãs ensolaradas como aquela, gostava de tomar café do lado de fora, nas escadas de metal que davam para o terraço.

(Mas essa também era outra história.) Estava mexendo o café instantâneo em uma caneca quente de água quando ouviu o tiro. Nunca se esquecerá disso.

Ela encara a filha.

— Quero ir ao funeral — diz Maya novamente, como se tivesse esquecido tudo o que sua mãe lhe contara quando tinha 12 anos.

— Sabe que é perigoso demais. — Brenda havia prometido que a levaria quando fosse seguro o suficiente, mas até hoje não era.

— Terei cuidado — diz Maya.

Brenda balança a cabeça.

— Farei 18 anos em agosto.

Uma expressão de raiva toma o olhar de sua mãe.

Maya nunca conheceu a avó, e agora nunca terá a chance. E tudo que tem do próprio pai são algumas fotos e um punhado de histórias — histórias contadas por sua mãe, que o conheceu apenas um mês antes de sua morte.

De repente, Maya é tomada pelo peso de tudo que não sabe sobre a própria família.

— Eu vou — diz ela. O próprio olhar com raiva.

Atualmente, Brenda começava a trabalhar às cinco horas da manhã, assando pães, doces e sobremesas para acomodar a gama de restrições alimentares dos pacientes do Centro de Serenidade Lakeside. Os pacientes eram, em suas próprias palavras, um bando de frescos, e por causa do preço que pagavam sentiam que mereciam várias opções: dieta macrobiótica, vegana, sem glúten. Podiam escolher as aulas de arte e ioga, musicoterapia, banho na floresta. Nadavam na piscina, relaxavam na sauna e faziam acupuntura. O centro ficava há algumas cidades de distância, localizado no tipo de vista que os turistas imaginavam quando pensavam nos Berkshires. Montanhas cobertas por árvores que pareciam incandescentes sob as folhagens vermelhas, laranja e douradas no outono.

Brenda acordava às 4h todos os dias, e geralmente estava na cama às 20h — mas já eram 20h30. Sua cabeça pendeu para frente, mas ela a endireitou, lutando para permanecer acordada enquanto sentava com a filha na sala de estar pequena e arrumada.

Maya esperava na outra ponta do sofá. Assim que a mãe dormisse, pegaria suas chaves e dirigiria até a lanchonete Lua Azul, que aparecia no vídeo do YouTube. O artigo do *Berkshire Eagle* dizia que Cristina falecera em um domingo, e hoje também era domingo, um dia provável para encontrar a mesma garçonete trabalhando.

O aquecedor tiniu no canto durante a reprise de *Simpsons* na TV. Maya pegou o controle, abaixou o volume, e logo sua mãe começou a roncar suavemente. Parecia patético fugir de casa, sair

A CABANA NA FLORESTA **69**

de fininho pelo corredor escuro e através da cozinha depois de adulta.

Era como ser adolescente novamente (as divisões entre o passado e o presente estavam diminuindo), uma memória muscular de pegar as chaves da mãe de sua bolsa enorme e bagunçada e mergulhar na noite. Estava frio e sem estrelas. Uma neve fina havia caído. Maya limpou o para-brisa com a manga do casaco e entrou no carro da mãe.

Não sabia exatamente o que esperava descobrir ao falar com a garçonete que estivera presente na noite em que Cristina morreu, mas talvez tivesse algo a mais no vídeo que a câmera não captou, alguma nuance na expressão de Cristina, tão sutil que só teria sido possível ver pessoalmente.

Ou talvez a garçonete tivesse escutado algo. Maya tinha que tentar. Steven Lang ainda não havia respondido. Maya pegou a rua Lincoln, passando por outras casas iguais às de sua mãe, uma antiga fábrica de tecido e a biblioteca pública. A biblioteca era um de seus lugares favoritos quando criança. Passava tempo no ar-condicionado gratuito o verão inteiro, lendo livros ou se bronzeando no terraço. Mas agora o antigo prédio de tijolos trazia uma sensação de apreensão. Foi na biblioteca que ela conheceu Frank.

Ela passou pelo rio Housatonic, agora congelado, e estacionou na lanchonete Lua Azul. Maya se lembrava de vir aqui quando criança, mas na época o local era uma franquia do Friendly's. E, tanto agora quanto na época, o estacionamento estava praticamente vazio. Maya respirou fundo quando saiu do carro, lembrando-se do que planejara dizer para a garçonete.

Entrando na lanchonete, ficou cara a cara com uma estátua da Betty Boop. Um jukebox gigante tocava "Dream Lover". Os pisos eram em um padrão xadrez de preto e branco, os sofás de vinil vermelho, mas a disposição não havia mudado desde que o lugar deixara de ser um Friendly's. Maya se lembrava de ter dividido um sundae com a mãe na mesa que agora estava sendo ocupada por um homem de meia-idade que comia sozinho enquanto olhava para o celular.

— Pode se sentar onde quiser — disse o garçom adolescente.

Maya olhou para cima, encontrou a câmera de segurança e a usou como guia, então se sentou à mesa que Cristina dividira com Frank.

— Gostaria de beber alguma coisa? — perguntou o garçom.

— Uma água, por favor. — Ela abriu o cardápio, mas, assim que o garçom foi embora, seus olhos escrutinaram o local. Menos da metade das mesas estavam ocupadas. Vários clientes sentavam sozinhos no balcão. Maya reconhecia a decoração do vídeo: as banquetas cromadas, o relógio com a aparência vintage. Nada parecia fora do comum. Estava prestes a se levantar e andar pelo salão quando o garçom retornou com sua água.

— Do que gostaria?

— Um chá, por favor.

— Mais alguma coisa?

Bem neste momento, as portas da cozinha atrás do balcão se abriram para dar passagem à garçonete ruiva do vídeo. Ela permaneceu ali, serviu alguns cafés, aparentemente trabalhando em uma seção diferente esta noite.

— Na verdade — disse Maya —, acho que vou me sentar no balcão.

O garçom pareceu irritado.

Aproximando-se do balcão, Maya se perguntou se essa era realmente a pessoa certa: a garçonete do vídeo parecia ter sua idade, enquanto a mulher diante dela poderia facilmente estar na casa dos 50 anos. Rugas emolduravam os olhos flácidos e os lábios pintados — mas a câmera pode ter disfarçado esses detalhes. E o cabelo era igual: curto e vermelho. Seu crachá exibia o nome BARB.

Ela deu um cardápio para Maya.

— Sabe o que vai querer?

— Um chá, por favor. E asinhas de frango. — Maya estava desorientada demais para comer, mas pedir comida parecia ser um avanço na tentativa de conquistar a simpatia da garçonete.

— "De boa" ou "Pode vir quente que estou fervendo"?

— Desculpa... o quê?

— Quer as asinhas pouco ou muito picantes?

— Ah. Muito.

A garçonete se virou para fazer o chá de Maya, servindo água quente, enquanto, atrás dela, Maya se preparou. Secou o rosto com um guardanapo. Mais três pessoas sentavam no balcão, dois senhores lendo seus jornais e uma mulher com uniforme cirúrgico.

— Aqui está — disse a garçonete, colocando a caneca no balcão. — Quer mel para acompanhar? Leite? — A voz dela era gentil, mas cautelosa, como se pudesse perceber que havia algo de errado com Maya.

— Na verdade, estava pensando se poderia te perguntar uma coisa. Me chamo Erica. Sou amiga de Cristina Lewis.

— Você viu o vídeo. Aquilo está em todo canto. — Barb parecia quase orgulhosa disso. Lançou o olhar para a câmera de segurança. — Ainda não faço ideia de quem postou na internet... quem você disse que era mesmo?

— Erica — respondeu Maya, abaixando o tom de voz. Mesmo com todas as mentiras que havia contado recentemente, sentia-se insegura. — Eu e Cristina estudamos juntas em Moab. Do jardim de infância até o ensino médio.

Olhando de esguelha, Maya percebeu que todos no balcão haviam ficado em silêncio.

— Sinto muito por sua perda — disse Barb. E então: — Descobriram o que aconteceu com ela? — Sua voz era cheia de curiosidade.

— Não que eu saiba.

A garçonete parecia decepcionada.

— Tinha esperanças de que pudesse me dizer o que viu naquele dia — disse Maya — Ou, quem sabe, tenha escutado alguma coisa.

— Hambúrguer malpassado! — disse uma voz da cozinha, e a garçonete se virou para pegar um prato da janela.

— Preciso de uma porção de asinhas! Bem picante! — gritou ela de volta. Ela serviu o hambúrguer para a mulher de uniforme, então se virou de volta para Maya. — Não ouvi uma palavra do que disseram. Havia música tocando, assim como agora. E o que vi é basicamente o que todos conseguem ver no vídeo.

— Basicamente?

— Teve uma coisa que a câmera não captou. Contei para os policiais, é claro. Todos no balcão estavam escutando e Maya sentia que a garçonete não se importava.

— O quê?

— Os olhos de Cristina — disse a garçonete —, o vídeo faz parecer que ela estava encarando Frank. Mas, se estivesse ali, teria visto que na verdade ela estava olhando *além* dele, para algo no canto.

— Para o quê?

— Para nada. Literalmente. Um sofá vazio. — Maya seguiu o olhar da garçonete até o sofá de vinil vermelho. — Ninguém estava sentado lá naquele dia também, mas ela ficou encarando como se pudesse ver algo que o resto de nós não conseguia. Meu gato faz isso às vezes. Acho assustador pra caramba.

Um temor surgiu no peito de Maya.

— Ela parecia estar... normal?

— Bem, sim, se chama isso de normal. — A garçonete se aproximou de Maya, como se fosse contar um segredo, mas então falou num volume alto o suficiente para todos ouvirem. — Cá entre nós, sempre achei que este lugar fosse assombrado. Posso pressentir essas coisas, e acho que talvez tivesse alguma coisa ali naquele dia.

O temor de Maya se transformou em ceticismo.

— Tipo o quê... um fantasma?

A garçonete assentiu.

Um dos idosos se aproximou de Maya.

— Nem deixe ela começar a falar.

A garçonete fez careta.

— Me deixe em paz, Doug.

Ela o serviu de mais café.

— Então você acha — disse Maya para a garçonete —, que Cristina viu algum tipo de fantasma e ele... a matou?

— Só o que estou dizendo é que ela sem dúvidas viu *alguma coisa* instantes antes de morrer. Alguma coisa que só ela viu.

— Asinhas picantes! — disse a voz da cozinha.

— Vai fazer um podcast ou algo assim? — perguntou a garçonete antes de colocar o prato fumegante em frente a Maya.

— Não exatamente — respondeu Maya antes de perguntar se poderia levar as asinhas para viagem.

A embalagem de isopor preencheu o carro com o aroma salgado do molho buffalo. O aquecedor estava no máximo, mas parecia que ela não conseguia se esquentar.

A conversa sobre fantasmas lhe trouxe à mente o que Dr. Barry havia dito sobre a conexão entre mortes súbitas e o que ele havia chamado de pensamentos mágicos. *Algumas culturas culpam espíritos malignos.* A ideia era que a mente tinha jeitos de explicar as coisas a si mesma. O luto fazia a mente ficar ainda mais criativa. Ela entendia tudo isso. O Dr. Barry teria dito que a garçonete estava tendo delírios, e talvez Maya tivesse que concordar com ele.

Ver esse comportamento em outra pessoa era esclarecedor. Seu corpo enrubescia com empatia ao pensar em Barb explicando sua teoria da lanchonete assombrada para polícia, mas sua mente tinha que concordar com o Dr. Barry. Talvez esse fosse o problema de Maya, afinal. Talvez sua mente não pudesse enxergar a própria doença.

Quatro dias após a morte da avó, Maya caminha lentamente ao lado da mãe e dezenas de outras pessoas pelo Cementerio General da Cidade da Guatemala, atrás do caixão de Emilia Ek Basurto. O cemitério é enorme e parece um labirinto, toma várias quadras da cidade, e mesmo assim parece lotado. Paredes altas se alinham ao longo do caminho do cortejo fúnebre, cada parede contém fileiras e fileiras do que, para Maya, parecem gavetas de arquivos, mas que na verdade são jazigos. Cada gaveta contém um corpo, selado por uma camada de concreto, contendo, na maioria dos casos, um letreiro com o nome do falecido e o ano de seu nascimento e de sua morte.

Flores em todos os estados de decomposição decoravam as lápides, suas cores vivas contra o concreto cinza e o musgo verde-escuro que cresce sobre tudo. A temporada é de chuva, as tempestades da tarde estão a caminho, o ar está pesado, o cortejo tão lento que poderiam estar caminhando embaixo d'água. O suor umedece o vestido preto longo de Maya, faz com que ele grude em suas costas, ela respira pela boca, tentando não mostrar o quanto está afetada pelos odores que invadem seu nariz. Primeiro têm as flores — lírios, rosas, margaridas, gladíolos — saindo dos baldes dos vendedores nos portões do cemitério, decorando os túmulos, pétalas caídas escurecendo todas as superfícies. Elas não conseguem disfarçar o que Maya só pode presumir ser o cheiro da morte. O odor de corpos putrefados.

A CABANA NA FLORESTA   75

Abutres voam acima. Aumentam em número à medida que o funeral adentra o cemitério, e Brenda explica para a filha, com a maior calma possível, que aqui os túmulos são alugados como apartamentos. As famílias devem pagar quantias regulares para manter seus entes queridos enterrados. E se uma parcela é esquecida, o corpo, como se fosse de um inquilino, é expulso e jogado em uma vala comum nos limites do cemitério. As paredes de túmulos abrem caminho para um campo de mausoléus em ruínas. O lote de Abuela está nas profundidades de cemitério, ao lado do de seu filho. O mausoléu da família tem o tamanho de uma cabine telefônica, com uma porta de metal enferrujada e um crucifixo de pedra no topo. Um abutre se empoleira no galho baixo de uma árvore próxima, aprumando suas asas negras. De alguma forma, o cheiro é ainda pior aqui nos limites do cemitério, um cheiro de química, pneus queimados misturado à morte e flores. Uma névoa de fumaça preenche o ar.

Maya aperta a mão da mãe.

— O lixão da cidade — sussurra a mãe de Maya —, começa bem ali no final do cemitério. Centenas de pessoas moram lá, remexendo no lixo à procura do que vender ou comer. — Brenda foi à Guatemala depois da faculdade como parte de um grupo missionário, mesmo sem acreditar em Deus, algo que perdura até hoje, e discordando da premissa de missões. Simplesmente pensou que poderia praticar algo de bom com o certificado em tratamento respiratório que conseguira na Faculdade Comunitária de Berkshire. Além disso, nunca havia saído dos EUA.

Passou os dias como voluntária em um orfanato próximo ao lixão da cidade. Suas noites consistiam em conhecer melhor a família que havia se voluntariado a lhe dar abrigo por três meses. Brenda não esperava se apaixonar enquanto estava na Guatemala, mas essa era a parte favorita de Maya: a história de seus pais. E é disso que ela tenta se lembrar enquanto está aqui, e não da morte do pai.

Brenda parecia nervosa desde que chegaram à Cidade da Guatemala, perdendo coisas no aeroporto e rindo de nervoso por nada. Maya percebe pela primeira vez que não deve ter sido fácil para Brenda construir uma relação entre a filha e os Basurto. Todas as cartas e ligações telefônicas e, mais tarde, e-mails que se tornaram cada vez menos frequentes com o passar dos anos. Brenda só conhecia Jairo e sua família há um mês quando ele foi assassinado, e ela fugiu do país imediatamente depois. Esta é a primeira vez que ela retorna.

Foi ela quem ensinou grande parte do que a filha sabe sobre a Guatemala. Brenda pendurou tapeçarias maias nas paredes e tocou CDs de música marimba enquanto ela e Maya cozinhavam juntas. Aprendeu a fazer *tamalas* enroladas em folhas de bananeira e as fazia todo Natal. Encorajou Maya a aprender espanhol na escola. Ainda assim, para convencê-la a fazer essa viagem, Maya teve que recorrer a ameaças. Havia ameaçado — e não era um mero blefe — comprar uma passagem de avião com o dinheiro que juntou dando aulas particulares para alunos do ensino fundamental, dinheiro que estava guardando para a faculdade. Disse que, se não pudesse ir para o funeral da avó, iria para a Guatemala — sozinha — no aniversário de 18 anos.

Então Brenda cedeu, e agora lá estavam elas, de mãos dadas em meio a toda essa morte e essas flores. Todos ao redor delas estão de preto, véus de lágrimas recobrem seus olhos. Andam em câmera lenta. Maya é parente de tantas pessoas nessa multidão e ainda assim são estranhos para ela. Mas nunca na vida viu tanto afeto. Estava no país a menos de 24 horas, mas a família do pai trata as duas como se morassem lá a vida toda. A sugestão de Brenda de ficar em um hotel não é nem considerada. Ao invés disso, o avô de Maya cedeu a cama que compartilhou com a esposa por décadas para que Brenda e Maya dormissem enquanto ele dormiu no sofá.

— *Mija* — diz uma voz diretamente às suas costas —, *toma estas flores.*

Maya vira para ver a irmã do pai, Carolina, atrás dela. Carolina tem a mesma aparência que Maya terá em alguns anos. Elas têm exatamente a mesma altura. A pele de Carolina é mais escura, mas têm as mesmas maçãs do rosto altas e os olhos castanhos da sobrinha. Quando a conheceu, Maya sentiu uma pontada de reconhecimento, como se de repente tivesse visto o próprio reflexo em um espelho que não sabia que estava lá. Carolina lhe entrega algumas rosas amareladas, gesticula para que Maya as segure perto do nariz a fim de bloquear o cheiro.

— *Gracias* — diz Maya.

Ela enterra o rosto nas flores e fecha os olhos quando os carregadores começam a tirar o caixão da avó dos ombros. Quando o padre começa a falar, o abutre abre as asas com um estalo.

Um coro de orações sussurradas preenche a sala de estar e a sala de jantar da casa do avô de Maya:

— *Santa Maria, madre de Dios, ruega por nosotros pecadores, ahora y en la hora de nuestra muerte. Amen...* — Irmãs, irmãos, sobrinhas, sobrinhos, primos e vizinhos se apertam no sofá e na namoradeira e se apoiam contra as paredes. Seguram rosários nas mãos, girando-os devagar entre os dedos, cada conta uma oração.

Sentada entre a mãe e *tía* Carolina no sofá, Maya se vê rezando junto, a repetição fazendo efeito. Tornando o idioma mais fácil. Carolina serve Nescafé, feijão preto, tortillas e banana frita depois da novena, a primeira de nove noites de oração que seguem o funeral.

Carolina e o marido, Toño, se mudaram para o quarto extra no ano anterior para ajudar a cuidar de Abuela, que, pelo jeito, já estava doente há um tempo.

Maya sempre se perguntará porque ninguém lhe contou isso.

Seu avô, Mario Hernández Basurto, é um homem de poucas palavras. Ele tem o cabelo grosso e ondulado e sobrancelhas que parecerem taturanas. Sua esposa era quem mais falava, passando o telefone para que ele desejasse feliz aniversário à neta ou para que a parabenizasse por boas notas no boletim. O luto pela morte de Emilia o deixou mudo. Nessa pequena casa, com família, amigos e vizinhos entrando para homenagear sua esposa, Mario, na poltrona da sala de estar, nunca fica sozinho, mas raramente fala com alguém.

Maya passa a maior parte de sua viagem de cinco dias dentro dessas paredes, uma casa de 100 metros quadrados, cercada por um muro alto demais para se ver alguma coisa. Ela havia pensado que veria mais da Guatemala, ou pelo menos da cidade, do que vê. Mesmo com a tristeza da ocasião, imaginou que ela e a mãe visitariam alguns pontos turísticos, tirariam algumas fotos, conheceriam alguns restaurantes. Mas ao invés disso as duas passaram a viagem inteira, exceto pelo funeral, dentro dos muros altos de concreto que circundam a casa.

De dentro dessas paredes, é difícil saber se a Cidade da Guatemala é realmente perigosa, mas a mãe dela lhe assegura que sim. A guerra civil teve fim em 1996, mas seu espírito sangrento vive nas gangues que acolheram alguns dos órfãos que fugiram para os EUA. O governo Reagan pode ter lhes negado status de refugiado, mas as gangues de Los Angeles receberam essas crianças traumatizadas de braços abertos, e foi só quando os EUA começaram a deportá-las que o MS-13 e outros *maras*, como eram chamados, plantaram raízes no sistema guatemalteco corrompido pela guerra e se tornaram as vinhas sufocantes que são hoje.

Carolina assentiu, concordando. A tia também mal sai de casa, apenas para trabalhar. Não fala muito inglês, mas parece entender perfeitamente, assim como muitas pessoas na cidade. Ela acende um cigarro e se senta em frente a Maya e sua mãe na mesa de tampo de vidro, sua cabeça a poucos centímetros abaixo do vermelho e amarelo da helicônia atrás dela. A parede é de um tom amarelo

A CABANA NA FLORESTA **79**

quente, cravejada com azulejos decorativos e vasos de cerâmica transbordando com samambaias e buganvílias. A noite está fresca, límpida após a chuva do dia, e as orações da novena acabaram, o que significa que é hora do cigarro de toda noite de Carolina.

Maya descobre isto na última noite na cidade: sua tia fuma exatamente um cigarro por noite e costuma dar uma piscadela a quem quer que esteja por perto enquanto o acende, como se só fingisse fumar. Carolina, professora do segundo ano, não tem filhos, mas cuida de suas plantas com o maior carinho, e muitas das quais têm nome. Ontem, apresentou Maya a uma figueira chamada Ursula e às músicas da Mano Negra, que agora é a banda favorita de Maya; talvez Carolina seja a adulta mais descolada que ela já conheceu.

E ela cresceu com o pai de Maya. Nos dias que se seguiram, Carolina contou a Maya que ela admirava o irmão mais velho. Ele a fazia rir como mais ninguém, era inteligente, estava sempre lendo alguma coisa: quadrinhos, romances e mais tarde jornais e poesias. Confessou à irmã que sonhava um dia ser escritor.

Ele estava estudando história e literatura na Universidade de San Carlos com foco no realismo mágico, segundo Carolina. Algo sobre como os artistas inseriam mágica na vida das pessoas comuns como se recusassem a ceder ao estilo literário obsessivamente realista dos colonizadores.

Jairo poderia explicar melhor do que eu, Carolina havia dito em espanhol.

Mas parte do problema era a habilidade limitada de Maya de entender. O sotaque aqui é diferente do que ela havia aprendido na escola, então ela precisava pedir que a tia falasse mais devagar várias vezes ao longo dos dias, que repetisse quase tudo que dizia. E, mesmo assim, Maya não tinha certeza de que havia entendido.

O cigarro de Carolina queima lentamente. Logo ela irá para cama e ainda há muito que Maya deseja perguntar, muito que deseja falar. Com o tempo acabando, escolhe uma pergunta que guarda há anos.

— *El libro de mi papá...* — diz ela. O livro do meu pai. Sabe que o pai havia começado a escrever um livro antes de morrer, mas a mãe dela não sabia muito a respeito. Era um mistério, era tudo que Brenda tinha a dizer.

— *¿Qué fue el...?* — diz Maya... mas agora não consegue lembrar qual é a palavra em espanhol para título. Vasculha o cérebro, e quando o faz detecta um cheiro estranho no pátio, uma nota floral etérea sob a fumaça de cigarro da tia. A princípio, pensa que deve estar imaginando. — *¿Qué era el nombre* — tenta de novo, com vergonha de seu espanhol ruim — *del libro de mi papá?*

— Ah, *el título...* — diz Carolina. A tia semicerra os olhos, tentando lembrar o título do livro inacabado de Jairo. Então balança a cabeça em frustração. Explica que no momento não consegue se lembrar — faz muito tempo que não pensa na obra do irmão. Só lembra que o título era longo, uma frase inteira de um poema bem antigo que ele amava.

O cheiro fica mais forte quando Carolina diz isso, inebriante e doce.

O olfato de Maya é mais aguçado do que o da maioria das pessoas — uma vez detectou um vazamento de gás na cozinha horas antes de sua mãe perceber que algo estava errado — e agora tem quase certeza que não está imaginando. Há algo sobrenatural naquele cheiro que emana sob a fumaça da tia, como se estivesse vindo de outro local. De um paraíso. Um local atemporal onde as flores desabrocham à noite — um local que Maya não deveria conseguir sentir o cheiro daqui, mas consegue e ele é exatamente o oposto, pensa, do cheiro do cemitério. E tão real quanto.

— Mãe? — diz ela.

— Sim, docinho?

— Está sentindo esse cheiro?

A pergunta de Maya faz com que Brenda e Carolina cheirem o ar.

Carolina apaga o cigarro em um cinzeiro. Uma expressão de surpresa toma conta de seu rosto quando a fumaça se dissipa e o aroma fascinante preenche seu nariz.

— *No puede ser...*

Ela levanta da mesa e caminha até o canto da casa. Maya e a mãe a seguem.

Lá, elas veem que um cacto de aparência comum plantado em um vaso simples de plástico desabrochou uma única flor do tamanho de um prato de jantar. As longas pétalas brancas se abrem na flor mais impressionante que Maya já vira, como o olho aberto de um deus ou um fogo de artifício congelado no tempo. Ela produz um cheiro mais forte do que qualquer flor pela qual já passou.

— *¿Qué es?* — pergunta para a tia.

— *La Reina de la Noche* — diz Carolina.

— *¿Qué?* — pergunta Brenda.

Carolina explica que cada flor desse tipo de cacto só desabrocha por uma noite. Essa planta em particular não desabrochava há anos, e ela pensou que estava morta.

— *No lo puedo creer* — diz Carolina, balançando a cabeça quase em descrença enquanto lágrimas inundam seus olhos. A Rainha da Noite, diz em espanhol, era a flor favorita de minha mãe.

Maya está guardando o vestido preto de volta na mala quando ouve uma leve batida na porta aberta e levanta a cabeça, vendo o avô.

— *Hola!* — diz ela.

— Oi, *mija*. — A voz dele é baixa, mas afetuosa. Sentaram-se juntos em vários aposentos nos últimos cinco dias, mas suas interações foram breves.

— *Por favor, entra* — diz ela, percebendo que ele está esperando um convite para entrar no próprio quarto.

Ele tinha quase 70 anos, mas parecia mais velho por conta do andar claudicante e do cabelo completamente branco. Ele abre o armário de madeira no canto, tira uma caixa de papelão do tamanho de um caixote de vinho e o coloca na cama ao lado da mala de Maya. Tira um álbum de fotografias de dentro.

— Olha — diz com um sotaque carregado —, sua avó fez isso.

Ele abre a capa e revela uma foto de quando Maya era bebê, sentada no colo da mãe, então mais algumas fotos de bebê, as páginas seguintes revelando uma Maya que cresce diante dos olhos deles. Lá está ela em seu quinto aniversário. Lá está ela pulando na cama elástica com Kayla, sua melhor amiga do segundo ano. Fazendo careta para uma câmera no dia de foto na escola. Sorrindo no topo do Monte Greylock. Pelo que parece, a mãe de Maya tem mandado fotos da vida inteira de Maya.

— Sua avó te amava — diz Abuelo —, e eu também amo.

— Ah... — diz Maya, surpresa por um momento. Então as palavras lhe escapam. — Também te amo, Abuelo. *Te quiero también. Gracias para — para todo.*

Ele assente. Fecha o álbum fotográfico com um tapinha.

— Fico com isso — diz ele —, mas tenho algo para você.

Ele coloca a mão na caixa de papelão e retira um envelope pardo grosso. Desenrola o pedaço fino de barbante que o mantém fechado. Levanta a aba e tira um monte de páginas amareladas. Maya arregala os olhos. Sabe imediatamente do que se trata. O nome de seu pai está na primeira página, escrito em tinta desbotada de máquina de escrever. E acima de seu nome, o título do livro, o mistério que ele estava escrevendo antes de falecer: *Olvidé que era hijo de reyes.*

12

Maya nem sempre tinha certeza no que acreditava, mas sabia que não acreditava em fantasmas ou espíritos malignos. Ela havia procurado a garçonete ruiva na esperança de descobrir algo sobre Frank, mas em vez disso acabou questionando a si mesma. De novo. Estava exausta. Parou em um sinal vermelho em frente a uma loja de bebidas e se perguntou se deveria entrar. Não tinha apetite para as asinhas de frango que estavam esfriando no banco do passageiro, mas um pouco de gim lhe faria bem, só o suficiente para a ajudar a dormir.

O sinal ficou verde e ela seguiu em frente, cruzando o rio Housatonic novamente. A cabeça ainda doía pelo daiquiri e o vinho da noite passada, e sua mãe estaria de olho nela. Havia algo assustador em Cristina aparentemente ter encarado algo que ninguém mais viu nos últimos momentos de sua vida — Maya podia entender por que os pensamentos de Barb procuraram uma explicação no sobrenatural. Mas também era possível que Cristina tivesse agido daquela forma porque estava alterada. Talvez Dan estivesse certo. Uma overdose era a resposta mais óbvia, e a mais provável.

Cristina poderia ter se drogado logo antes de ela e Frank terem entrado na lanchonete. Isso explicaria como ela parecia bem ao entrar, perfeitamente ereta, até que as drogas fizeram efeito. Maya podia entender isso. Sabia como era fácil perder a conta de quantos comprimidos havia tomado ou tudo que havia adicionado a um coquetel. Perguntou-se se, no fim das contas, era isso o

83

que tinha em comum com a falecida, algo além de olhos e cabelos escuros: a tendência de às vezes extrapolar os limites, como se quisesse abandonar o próprio corpo e observar o mundo de uma cama de nuvens.

Fazia sentido que a pessoa que pintava paisagens tão frias e não convidativas quisesse escapar da própria mente às vezes. Quanto mais pensava a respeito, mais Maya a entendia, e mais questionava a própria experiência. Talvez a única culpa de Frank fosse escolher mulheres ávidas por escapar do mundo às vezes. Ela entrou na cozinha fazendo o mesmo silêncio de quando saiu, carregando as asinhas de frango em uma das mãos.

Mas sua mãe já estava acordada. Estava sentada à mesa da cozinha de pijamas resolvendo um sudoku. O celular dela estava na mesa. O de Maya também estava — teve um motivo para deixá-lo lá.

Mostrou a embalagem de isopor.

— Fiquei com vontade de asinhas.

— Devia ter pedido uma carona.

— Não quis te acordar.

— E se tivesse uma convulsão enquanto dirigia?

— Não é tão sério assim, mãe. Tenho insônia. — Maya sentiu-se voltar no tempo, sua voz assumindo o tom dramático de uma adolescente. Isso acontecia sempre que ela vinha para casa. Ela pendurou o casaco em um gancho ao lado da porta, colocou as chaves da mãe na mesa.

— Estou te falando — disse a mãe dela —, abstinência de benzodiazepínicos deixa as pessoas paranoicas. Confusas. No meu trabalho, muitas das pessoas que tomam benzodiazepínicos acabam tomando antipsicóticos.

— Sabe de tudo isso assando pão?

A mãe dela franziu o cenho.

— Trabalho na cozinha. Lá se escuta tudo. A questão é, não acho que deveria dirigir.

Maya suspirou. Não estava com apetite, mas achou que deveria tentar comer. Havia gastado mais com as asinhas do que deveria e deixou uma gorjeta alta para Barb. Colocou as asinhas em um prato, depois no micro-ondas e esperou em frente à bancada enquanto esquentavam. Podia sentir que sua mãe a observava e imaginava que estava no modo paramédica, olhos semicerrados, listando sintomas na cabeça.

Mas, quando o micro-ondas apitou e ela se virou, Maya viu que a mãe não estava brava ou desconfiada. Só queria que a filha estivesse bem. Isso era tudo o que sempre quis, o que havia tornado os anos após a morte de Aubrey tão difíceis para as duas. A lâmpada acima da mesa ressaltou todas as novas rugas no rosto de Brenda.

— O que foi, docinho?

Os olhos de Maya arderam.

— É o Dan?

Eram tantas coisas. O aposento ficou embaçado com as lágrimas.

Brenda havia adorado Dan desde o momento que o conheceu porque era óbvio que ele fazia a filha dela feliz. O problema é que ela não o vira desde então, um fato que fez questão de lembrar a Maya de modo a deixá-la culpada

— Estou com medo de ter estragado as coisas de verdade — disse Maya.

Quando criança, ela conversava sobre tudo com a mãe, mas muitos dos comportamentos recentes — a bebedeira, as drogas — exigiam segredo. A mudança foi tão lenta que ela não havia notado, mas agora, ao contar para a mãe sobre como havia mentido para Dan e vomitado em frente aos pais dele, sentiu-se aliviada como não se sentia há muitos anos.

Brenda estava decepcionada, mas não culpava a filha. Afinal, tomar Rivotril havia sido ideia do Dr. Barry. As asinhas de frango intocadas esfriaram novamente no prato de Maya enquanto conversavam.

— O que eu deveria fazer? — perguntou.
Brenda pensou nas palavras dela com carinho. Pegou a mão da filha na outra ponta da mesa. Apertou-a.
— Acho que precisa contar.
Maya suspirou, sabendo que ela estava certa.
— Tenho medo de que ele nunca mais confie em mim.
— Tenho certeza de que vai, mesmo que leve um tempo.
Mas sua mãe não conhecia Dan como Maya.
— Ele é, literalmente, a pessoa mais honesta que já conheci — disse ela. — Não sei se vai ser capaz de superar isso.
— Ele vai.
Maya havia namorado vários caras, mas nunca se sentiu próxima de ninguém o suficiente para se aproximar. Depois de Frank, havia sentido medo ficar íntima de alguém. Precisava ficar bêbada ou drogada ou ambos para baixar a guarda, e esses estados mentais alterados eram seu próprio tipo de armadura. Mas então conheceu Dan, e nenhuma parte dele era reservada. Estampava as emoções no rosto e falava sem nenhum filtro, e ela o amava por isso. Ela levou um ano para perceber o quanto estava apaixonada, e essa percepção não a atingiu como um raio, foi tomando forma como um desejo de tê-lo ao seu lado ao acordar todas as manhãs, para sempre, mesmo que isso significasse que ele também a veria deitada ali, olhando para ele. Talvez fosse o fato de Dan ter sido a primeira pessoa por quem Maya se apaixonara que a fizesse querer tanto que ele fosse a última.
— Não sei — disse ela para a mãe —, espero mesmo que sim.

A escuridão era mais confortável para seus olhos, então ela deitou na cama, apesar de saber que não dormiria. Estava cheia de cobertores, já que sua mãe diminuía o aquecedor à noite. O colchão novo se moldou em torno de seu corpo. Ela virou de lado, apoiou-se em um cotovelo e conferiu o celular para ver se Dan havia mandado mensagem.

Nada.

Lembrou-se de que ele estava se preparando para as provas finais. *Boa sorte amanhã!* Enviou para ele, seguido por três corações.

Esperou. No escuro, o quarto parecia novamente seu. Os móveis eram novos, mas o cheiro da casa em que ela cresceu não havia mudado. Era como uma máquina do tempo. O mofo misturado ao aroma de café e detergente, um toque de canela e outras fragrâncias que ela não sabia identificar. Era tão familiar para ela que só levou um momento para notar que havia algo estranho.

Sentiu cheiro de fogo.

Do tipo ameno, aconchegante. Madeira crepitando docemente. Um cheiro agradável na maioria das ocasiões, mas a casa de sua mãe não tinha uma lareira.

Seus olhos se abriram. Ela ainda estava de lado, virada para uma parede há cerca de um metro de distância. Mas a parede havia mudado. Agora parecia ser feita de toras de madeira. Ela quase podia ver os veios espiralados da madeira sob a luz crepitante do fogo que sentia em suas costas. Queria levantar — correr —, mas não conseguia se mover. Estava paralisada. Sentiu uma presença no quarto. Não conseguia ver a pessoa, mas sentia o peso do olhar em sua nuca, a parte exposta fora dos cobertores.

Então ouviu os passos se aproximando. Fazendo o piso ranger conforme se aproximava, movendo-se tão lentamente quanto um cortejo fúnebre. Maya sentiu o colchão afundar quando alguém entrou na cama com ela. Um grito se formou em seus pulmões. Sentiu uma leve respiração em sua nuca.

No dia em que Maya conhece Frank, ela está relendo uma passagem particularmente enigmática do romance inacabado do pai no terraço ensolarado da biblioteca pública, onde foi reaquecer seus braços e pernas nuas depois de horas no delicioso ar-condicionado. Ela vem aqui no verão com frequência quando sua mãe está no trabalho e Aubrey ocupada, como hoje. Maya não tem outros amigos. Há pessoas com quem conversa, pessoas que a convidariam para uma festa, mas poucos com quem há probabilidade de ela manter contato agora que concluiu o ensino médio.

E, de qualquer forma, prefere ficar sozinha, sentada nesse banco de madeira, debruçada sobre essas 47 páginas. Faz duas semanas que voltou da Guatemala e, com o auxílio de um dicionário, já traduziu o documento inteiro. O fato de as páginas terem espaçamento duplo e as frases de seu pai serem claras e diretas ajudou. Agora, em um sentido literal, ela sabe o que cada palavra significa. Mas, em outro sentido, a língua permanece codificada, como se a história contada simbolizasse algo mais profundo que está logo abaixo da superfície.

É realmente um mistério, assim como sua mãe havia dito que seria — tanto em seu gênero como na prática, e tudo o que Maya tem aqui é a abertura do romance e uma cena que parece um salto no tempo, como se Jairo tivesse planejado voltar depois para preencher os capítulos entrepostos. Por isso, ela só tem uma vaga noção de qual seria o enredo.

A CABANA NA FLORESTA   **89**

A história começa em uma vila sem nome em uma montanha tão alta que seus habitantes passam o tempo todo nas nuvens. Quase não há descrição da vila, já que o protagonista só consegue enxergar alguns metros de distância a sua frente o tempo todo, e mesmo assim nunca tropeça em nada. Uma luz quente impregna a névoa. Há um toque de mágica nessa parte da história. O protagonista é um garotinho chamado Pixán, que mora com seu pai e sua mãe que o amam muito, em uma pequena cabana com telhado de sapê e lareira de pedra.

Um dia, a mãe de Pixán lhe diz que um parente distante, uma tia-avó, faleceu e lhe deixou uma herança. Não dinheiro, mas outra coisa: uma surpresa! Pixán deve descer a montanha e ir até a cidade pegá-la com o marido rabugento da tia-avó, que não quer ceder a herança.

A mãe de Pixán explica que o marido é egoísta e quer ficar com a herança, mas a tia-avó havia deixado um testamento por escrito, e o nome de Pixán estava claramente lá.

Então seus pais lhe dão uma mochila, onde dizem ter tudo o que ele precisa, e uma bússola. Dizem que ele deve seguir para o oeste. Ele parece tão jovem, pensa Maya, para estar fazendo isso sozinho, mas sua idade não é citada, então talvez ela esteja errada. As nuvens se dissipam conforme ele desce a montanha, e é aqui que o tom muda. Torna-se menos mágico. A Cidade da Guatemala surge à distância, representada em detalhes extremamente realistas.

Pixán fica assustado — a cidade é barulhenta e luminosa. E, logo que pisa nas ruas frenéticas, é atropelado por um carro. Sua cabeça bate contra a calçada. Por um momento, parece que vai morrer, mas não morre — sobrevive, mas agora está com amnésia total. Ele não pensa em ir atrás da mochila, esqueceu que tinha uma, assim como esqueceu dos pais. Esqueceu de sua casa. De seu próprio nome.

Um casal sem filhos o abriga e lhe dá o nome de Héctor. E, por motivos não tão claros, esse jovem e inexperiente casal finge ser seus pais verdadeiros. Fazem-no não por maldade, mas por uma vaga sensação de que essa é a coisa certa a ser feita. Pixán se torna Héctor. O coração de Maya dói por seus pais verdadeiros (e ela não pode deixar de pensar em sua própria mãe, no que ela sentirá quando Maya partir).

A narrativa pula algumas décadas até um dia na costa de El Lago de Atitlán. Nenhuma explicação é dada para esse salto no tempo.

Pouquíssimas coisas acontecem nessa última e breve cena do romance, e quase nenhum contexto é dado. Héctor, agora um adulto, senta descalço na areia da costa de um lago vasto e profundo, olhando além da água, para um vulcão imponente que está do outro lado. O topo do vulcão está tomado por névoa, e algo sobre essa vista lhe parece familiar. Ele tem um repentino desejo de escalá-lo. De envolver as nuvens em volta dos ombros. Ele não sabe explicar por que a beleza desse lugar o faz querer chorar, o faz ansiar por algo que não sabe nomear.

—Já esteve lá?

Maya volta à realidade. Ela está no terraço da biblioteca, provavelmente queimada pelo sol a essa altura. Semicerra os olhos ao desviar o olhar do livro para o cara que acaba de interromper sua leitura.

Já o viu em algum lugar, mas não o conhece. Ele é mais velho do que ela, deve ter pelo menos 20 anos. Tem compleição física mediana e aparência pouco marcante. Tem pele clara, o cabelo escuro é levemente bagunçado e está fumando um cigarro, casualmente desafiando a placa de PROIBIDO FUMAR. O cheiro invade as narinas de Maya.

—Desculpe... o quê? — pergunta.

—No lago Atitlán. — Com os olhos, ele indica o livro de fotografias que está ao lado dela no banco. Ela pegou o livro na biblio-

A CABANA NA FLORESTA **91**

teca mais cedo, uma coleção de fotos do lago mencionado no livro do pai e as cidades e os vulcões que o cercam.

— Já esteve lá? — pergunta ele novamente.

Ela balança a cabeça, irritada por ter sido interrompida em meio à leitura.

— Deveria ir — diz ele —, é maravilhoso.

— Legal — responde sem emoção —, obrigada. — É então que se lembra. — Você trabalha aqui — diz ela. Já o viu sentado atrás de um computador no balcão de informações.

— Meio-período — diz ele —, e só durante este verão. Costumo não ficar muito tempo nos lugares.

Maya não tem certeza do que deve responder a isso, então dá um sorriso tenso e volta a olhar para o livro, esperando que ele entenda a mensagem.

— Ano passado mesmo — diz ele —, fiz um mochilão pela América Central. Passei um tempo na Guatemala. Estive nesse lago. É um dos lugares mais bonitos que já vi.

Maya tinha que concordar com ele. Ela nunca esteve lá, é claro, mas o lago das fotografias realmente era tão bonito quanto o pai descrevera na cena da costa. Seus olhos passaram da página em sua mão para a capa do livro no banco.

— Fui para todos os pequenos vilarejos que o cercam — diz ele —, a maior parte do povo é maia, todos andam com as roupas mais coloridas que já vi. As mulheres fazem esse tecido coberto por padrões e símbolos que transmitem informações para todos aqueles que sabem como interpretá-los.

Maya olha para cima. Ela já sabia isso sobre a tecelagem maia, porque havia lido o outro livro que a biblioteca tinha a respeito da Guatemala, mas ali estava alguém que havia estado lá.

Ele sorri para ela, o sol batendo em suas costas. Agora que ela está prestando atenção nele, percebe que gosta de seu sorriso. Faz com que ela sinta que estão compartilhando uma piada.

— Enfim — diz ele —, vou deixar você voltar à leitura. Foi legal conversar com você.

Ele se vira para ir embora.

— O que mais viu na Guatemala?

— Quer mesmo saber?

Ela sorri de volta para ele. Não sabe dizer se ele está flertando com ela ou se isso era o que ela queria. Mas ele chamou sua atenção, e há uma facilidade em conversar com ele. Ela afasta o livro de fotografias e o caderno que contém a tradução para que ele possa se sentar ao lado dela no banco.

— Nunca esteve lá? — pergunta ele.

— Não, estive, mas... — Como explicar? — Acabei não saindo muito enquanto estava lá. Fui visitar minha família.

O bibliotecário parece interessado, como se quisesse saber mais, mas tentasse respeitar o comedimento da resposta.

— Minha lembrança preferida da Guatemala — diz ele, voltando a se sentar no banco — é de quando acordei antes do amanhecer e fui pedalando do hostel onde estava hospedado até uma pirâmide maia. O nome é Templo do Jaguar. Ainda estava escuro quando cheguei e a floresta era meio assustadora, mas não havia mais ninguém, então eu sabia que, se fosse escalar aquela pirâmide, aquela era minha chance.

— Uau — diz Maya. A voz dela não estava mais despojada de emoção.

— Imagine um templo da altura de um edifício de vinte andares — diz ele — com uma escada íngreme na lateral. Não é permitido que ninguém suba aquela escada: esse é o tamanho do perigo. Mas eu subi. Fui até o topo, cheguei lá assim que o sol começou a nascer. Me senti como um rei lá em cima. Assisti a floresta inteira acordar. Os macacos, os pássaros. Foi incrível.

— Uau — diz ela novamente, tanto para história quanto para como isso difere de sua própria experiência na Guatemala. Pensar em toda essa liberdade faz com que ela se sinta tonta de um jeito bom. Também faz com que ela se pergunte se foi apenas o medo da mãe que impediu que Maya conhecesse mais do país.

— Templo do Jaguar — diz ela —, vou me certificar de ir lá da próxima vez.

O olhar dele caí para as páginas amareladas no colo dela.

— O que está lendo?

— Ah, isso é... — Ela não sabe porque seu primeiro instinto é esconder. Não é como se o livro fosse um segredo, mas por um breve momento ela sente como se fosse, como se fosse algo que devesse proteger. — Foi meu pai quem escreveu — diz ela.

— Sério? Seu pai é escritor? — Ele parece impressionado. — Será que eu já ouvi falar de algo que ele escreveu?

— Não, ele, hã... ele está morto.

Os olhos gentis e expressivos do bibliotecário se enchem de compaixão.

— Sinto muito por isso.

Ela dá de ombros. Nunca sabe como responder a essa declaração. Deve dizer que tudo bem? Sem problemas?

— É legal que tenha parte de sua obra — diz o bibliotecário. Ele lhe abre um sorriso afetuoso, e ela não pode deixar de perceber que, na verdade, ele é bem atraente. Uma beleza que nos pega de surpresa. Linhas de expressão emolduram os olhos, mas há uma jovialidade em seu sorriso. O queixo é pequeno e imberbe, o olhar, aveludado.

— Acho que devo voltar para minha mesa — diz ele —, meu intervalo já deve ter acabado. Ei, foi ótimo conversar com você.

— Com você também — diz ela quando ele levanta —, meu nome é Maya, aliás.

— Prazer em conhecê-la, Maya. Sou o Frank.

Um telefone tocando despertou Maya de seu sonho.

Ela esticou a mão para pegar o celular que estava ao seu lado na cama, mas não era ele que tocava. Sentou-se, piscando na escuridão. O relógio digital marcava 02h57. Ela estava encharcada de suor. Respirou fundo enquanto, em outro lugar da casa, o toque continuava.

Por que a mãe dela não estava atendendo o telefone?

Maya saiu da cama, a tensão do pesadelo ainda grudada em sua pele. Andou lentamente pelo corredor escuro, parando do lado de fora da porta fechada do quarto de sua mãe. O toque não vinha dali.

Acendeu as luzes da sala de estar, quase se cegando. Apagou-as novamente. O toque vinha da cozinha, e não era um som com o qual ela estava acostumada — havia algo diferente nesse toque, mas, ao mesmo tempo, familiar.

A antiga linha telefônica. Um telefone instalado na parede atrás da mesa da cozinha. Maya havia se esquecido de que estava lá e não conseguia se lembrar da última vez que o havia usado. Estava surpresa por ainda funcionar. Aproximou-se enquanto ele continuava a tocar.

Um sentimento ruim se apossou dela. Frank deve ter sido a última pessoa que ligou para ela no telefone fixo de sua mãe. Quem ainda tinha um desses nos dias de hoje? Teve a sensação de ainda estar sonhando quando pegou o telefone e o colocou na orelha.

Silêncio.

Ela prendeu a respiração. Tinha certeza de que era ele. Ele poderia adivinhar que ela havia visto o vídeo — milhares de pessoas haviam. Poderia estar ligando no telefone da mãe dela para ver se Maya estava de volta na cidade. Para ver se ela estava à procura dele. Ela ficou congelada enquanto os pensamentos fervilhavam em sua mente. Era uma respiração do outro lado da linha? Era difícil ouvir qualquer coisa além do próprio coração vacilante, dos pulmões que imploravam por ar.

Estava prestes a desligar quando a cozinha se encheu de luz.

— Maya? — disse sua mãe.

Maya a encarou.

Um clique do outro lado do telefone.

— Com quem está falando? — perguntou Brenda. Observou a expressão de medo e a pele pálida da filha, a camisa escurecida pelo suor. O tom de discagem soando do telefone em sua mão. — Você está bem?

— O telefone estava tocando. Não ouviu?

As sobrancelhas de sua mãe franziram em preocupação.

— Seja quem for ligou tipo umas três vezes seguidas. Eu atendi, mas... ninguém respondeu.

Brenda balançou a cabeça.

— Eu não ouvi nada.

Raiva subiu pela garganta de Maya.

— O quê... acha que eu alucinei?

— Não, não, é claro que não — disse Brenda, mas era óbvio que ela só estava tentando atenuar a situação. Ela colocou o dorso da mão na testa da filha. — Você está um pouco quente. Como está se sentindo?

Maya estava com vontade de gritar. Tinha vontade de arrancar o telefone da parede e quebrá-lo no chão. Sua mãe não acreditava nela. De novo.

— Você deve estar perdendo a audição — disse Maya com frieza quando bateu o telefone de volta no gancho.

Ela passou pela mãe e caminhou em direção ao quarto.

— Espera — disse Brenda. Seguiu a filha até um trecho do corredor. — Só estou tentando ajudar, docinho. Sabe disso, não é?

Maya quase riu ao ouvir isso. Como se sua mãe pudesse ajudá-la. Se realmente era Frank no telefone, agora ele sabia onde ela estava. Afinal, por que mais ela estaria em Pittsfield? Não quisera escapar desde sempre?

— Não preciso da sua ajuda — respondeu, fechando a porta na cara da mãe.

— Aqui — diz Aubrey —, experimenta essa.

Ela se vira do armário do quarto para dar uma regata com pequenos fechos prateados na frente para Maya.

Maya está em frente ao espelho, de shorts. Coloca a regata por cima da cabeça. Sabe que essa é uma das favoritas de Aubrey.

— Ficou bonita em você — diz Aubrey, e o espelho confirma isso. O branco destaca o dourado do verão da pele de Maya, apesar de não ficar tão bem nela quanto fica em Aubrey, que tem mais seios.

— Não sei — diz Maya —, não quero que pareça que eu acho que isso é um encontro.

— Mas não é? Quer dizer, não queremos que seja um encontro?

Maya sorri.

— Queremos.

— Então qual é o problema?

— Só vamos andar de carro.

— Muita coisa pode acontecer durante um passeio de carro.

— Nem sei se Frank gosta de mim.

— É claro que gosta. Flertou com você na biblioteca, entre todos os lugares.

Elas dão risada, apesar de Maya não ter certeza do porquê isso era engraçado. Ela se sente zonza e nervosa: marcou de encontrar Frank em vinte minutos e ainda não sabe bem o porquê. Ela vai para a Universidade de Boston em três semanas, e tudo o que tiveram até agora foram duas conversas na biblioteca: a primeira quando se conheceram e a segunda quando Maya voltou, na esperança de que ele estivesse trabalhando. *Oi, quer sair uma hora dessas?* Foi ela quem perguntou. Ela havia tido várias paixonites durante a vida, mas talvez essa tenha sido a mais forte, a mais repentina. Não consegue parar de pensar no olhar que ele lhe lançou, brilhante e astuto, como se estivessem compartilhando uma piada. Talvez acabasse de coração partido, mas se sentiu compelida a vê-lo novamente. Sentiu-se confortável em chamá-lo para sair, e era a primeira vez que isso acontecia. Já havia beijado garotos — três, exatamente — mas nunca havia tido um namorado.

— Rímel? — pergunta Aubrey. Ela se aproxima, o pincel do rímel em mãos, e Maya fecha os olhos. Ela sente as cerdas passando por seus cílios e o cheiro de Jolly Rancher no hálito de Aubrey, e, mascarado pela bala, o cheiro do cigarro que fumaram nos fundos. Maya abre os olhos novamente e lá estão elas, lado a lado no espelho: Maya e Aubrey; o nome das duas se mistura desde o primeiro ano. Uma panelinha de duas. É difícil dizer como seria o ensino médio se as duas não tivessem sentado lado a lado na aula de literatura inglesa.

Os olhos verdes de Aubrey se destacam contra seu cabelo pintado de acaju, e sua roupa, como de costume, é mais estilosa que a de Maya. Um colete masculino jogado por cima de um sutiã *bralette* e uma bermuda ciclista preta. Ao lado dela, Maya usa a blusa de fechos prateados emprestada e seu shorts jeans desfiado. E, atrás delas, a bagunça familiar do quarto de Aubrey. Pilhas de roupas no chão, cadernos, livros, latas de refrigerante de laranja, caixas de CD. Fotografias polaroid nas paredes — Maya aparece em mais da metade delas —, e luzinhas de Natal. Maya conhece esse quarto tão bem quanto o próprio. Sabe que o tempo está se esgotando, e não é só para o encontro com Frank. Acredita que ela e Aubrey serão amigas para sempre, mas que essa época de suas vidas nunca mais voltará.

O relógio digital ao lado da cama de Aubrey marca 18h48.
— É melhor eu ir — diz Maya.
— Divirta-se. Não se esquece de sexta que vem.
— Sexta que vem?
Aubrey franze o cenho.
— Ah é... Tender Wallpaper. Dã.
A banda favorita de Aubrey. Maya também gosta deles, mas não tanto quanto a amiga; Maya gosta de música que dê vontade de dançar. Sabe os passos de toda dança nova assim que surge, mesmo que só dance no próprio quarto.
— Eu realmente mal posso esperar — diz ela enquanto anda em direção à porta.

Às 19h, ela espera Frank sair do trabalho em frente à biblioteca. Está abafado e ensolarado como esteve o dia todo, mas não é por isso que as palmas de suas mãos estão suando. Quando as portas se abrem, ela se esforça para parecer descontraída, mas não é ele. Ela espera. Agora é estranho pensar em quantas vezes deve ter passado por ele sem notá-lo. Quando perguntou a ele há quanto tempo trabalhava lá, ele respondeu que fazia seis semanas. Quantas vezes ela passou por ele, distraída?
Maya havia dito a Aubrey que ele é gato, mas na verdade ele não é. É outra coisa, ele possui outras qualidades. Um magnetismo. Frank sai da biblioteca alguns minutos depois das 19h, abrindo um sorriso caloroso, mas o abraço dele parece platônico. Um abraço rápido e de um braço só.
— Oi, desculpa pelo atraso.
— Sem problemas.
O carro dele é um sedan quadrado com bancos de couro craquelado, e na verdade não é dele, explica — o carro é do pai.

Enquanto manobra pelo estacionamento, Frank explica para Maya que, apesar de ser de Pittsfield, não morava aqui há anos. Seus pais se divorciaram quando ele tinha 12 anos, e a mãe dele o levou para morar em Hood River, no estado de Oregon, que é onde Frank morava até este verão. O motivo de sua volta, explica ele — o único motivo de ele ter aceitado um trabalho temporário na biblioteca — é por seu pai estar morrendo.

— Ah — diz Maya —, eu... — Ela imagina como deve ser ter um pai e perdê-lo. Começa a esticar o braço para pegar a mão de Frank, mas se retrai. — Sinto muito por isso.

Ele abre um sorriso triste, e então muda de assunto. Ele dirige ao longo do lago Onota, a superfície azul cintilante surgindo em meio às árvores. Maya se pergunta se ele planeja parar aqui e estacionar, mas o carro segue adiante, o lago diminuindo em seu espelho retrovisor. O vento frio bagunçando seu cabelo. Frank pergunta qual é seu livro favorito, e ela responde que tem mais de um. Diz que *Como Água para Chocolate* foi o melhor livro que leu no ano, *Uma Dobra no Tempo* era seu favorito quando criança, e na sua opinião nada se compara à mitologia grega. A atenção de Frank nela é deliciosa, uma absorção completa, como se ela fosse a pessoa mais interessante do mundo.

— E o livro do seu pai?

— O livro do meu pai? — Ela não sabe explicar o motivo de a pergunta a surpreender, mas surpreende, e naquele momento Maya percebe que não faz ideia de onde estão. Estava prestando tanta atenção na conversa que não notou ele entrando em uma estrada deserta e estreita em meio à mata. Um sentimento de desorientação, depois um medo que surge rápido demais para que possa articular, um medo de estranhos, da noite, da floresta. Logo escurecerá.

— Aonde estamos indo? — pergunta ela.

— Já foi na Pedra do Equilíbrio?

Agora que ele falou, ela reconhece o lugar: já esteve ali, mas faz anos. Uma vez em uma excursão no segundo ano, e outras vezes para fazer trilhas com a mãe. Quando o pequeno e conhecido estacionamento surge e Frank tira um pacote de maconha do porta-luvas, o medo de Maya se desfaz com a mesma rapidez com o qual se formou. Ela torce para que Frank não o tenha ouvido em sua voz.

Só estão aqui para ficar chapados. Ela o observa bolar um baseado, seus dedos rápidos fazendo com que se lembre dos mágicos que Aubrey gosta de assistir.

Eles fumam no estacionamento, perto das árvores. Maya observa se alguém se aproxima enquanto Frank não parece se importar. Ele fuma tão vagarosamente quanto na biblioteca, sua ousadia descontraída e confiante, mas, para ela, ele é tão atencioso, tendo cuidado de soltar a fumaça para cima de modo a não baforar na cara dela. Ela fica em silêncio enquanto prendem a respiração, assim como ele, mas o silêncio não é desconfortável; está preenchido pelo canto das cigarras e pelo farfalhar do vento através das folhas. Um silêncio muito mais confortável do que seria esperado entre duas pessoas que mal se conhecem.

— Então — diz Frank —, vamos dar uma olhada na pedra?

Maya dá uma risadinha quando a brisa lhe atinge, fazendo os cantos de seus lábios levantarem.

— Você nunca viu?

— Já. Mas ainda acho incrível.

Ela se sente deliciosamente zonza conforme fazem o caminho do estacionamento até a Pedra do Equilíbrio. É sinistro como uma pedra do tamanho de uma van se equilibra tão precariamente em uma pedra bem menor. O aspecto escultural sugere um toque humano — um antigo altar, como o santuário de Stonehenge — mas a disposição é natural, um pedregulho que foi deixado para trás por uma geleira derretida na última Era do Gelo. Trilhas para caminhada serpenteiam a floresta ao redor, mas por enquanto o local é só de Maya e Frank. Ela fica com vontade de sentar, então encontra um lugar em uma pedra lisa e larga e Frank se senta ao lado dela.

— Então — diz ele —, qual é a sua história?

A pergunta parece tentadora — de um jeito bom — e faz com que ela se arrependa do que tem que dizer a ele:

— Vou me mudar para Boston em algumas semanas.

Ele parece decepcionado.

— Achei que estivesse na faculdade.

— Vai ser meu primeiro ano. E você?

— Eu estava prestes a começar na Universidade de Portland quando descobri que meu pai estava doente.

— Uau — diz Maya, balançando a cabeça. — É legal da sua parte ficar.

— Sei que eu me arrependeria se não ficasse.

Desta vez ela não se impede de colocar a mão no braço dele. Frank vira para encará-la, seu olhar afetuoso e convidativo. Ele vai beijá-la, ela tem certeza. Todo o sangue flui para o seu rosto e o peito de Maya se enche de medo e animação — mas então, no momento em que ela se inclina para encontrar os lábios dele, Frank diz:

— Enfim, eu gosto daqui. Te conheci aqui, não foi?

Maya congela. Sorri, tentando disfarçar a vergonha.

— Gosto de trabalhar na biblioteca — continua. — É legal ficar em meio a todos aqueles livros.

— Posso imaginar — diz ela levemente.

— E tem outra coisa, uma coisa na qual estou trabalhando. — Seus olhos brilham. — Você é uma das primeiras pessoas para quem eu conto.

Maya se sente um pouco mais confiante. A animação dele com o que está prestes a lhe contar é contagiante.

— Estou construindo uma cabana — diz ele.

— Uma cabana? Onde?

A CABANA NA FLORESTA **103**

— Na floresta atrás da casa do meu pai. Perto do parque estadual.

Ele conta a ela que sempre quis ser arquiteto. Mesmo quando criança, desenhava casas usando lápis de cor e se imaginava morando nelas, casas com postes de bombeiros ao invés de escadas e corredores de tobogãs de água e sabão

Maya sorri.

Ele conta que, quando cresceu, adorava ler sobre arquitetos famosos como Buckminster Fuller. Assim como Maya, Frank passava grande parte de seu tempo lendo, contou ele. *É incrível como somos parecidos*, pensa ela. Maya nota que estão sentados do mesmo modo, com as pernas esticadas na pedra, os tornozelos direitos cruzados por cima dos esquerdos. Quando percebe, Maya muda de posição, constrangida, como se o tivesse imitado, mas não tinha... Pelo menos não de propósito. Agora está realmente sentindo o efeito da maconha e já não sabe mais do que Frank está falando — algo sobre o pai.

Não há como saber, explica ele, quanto tempo seu pai ainda tem — pode ser uma semana, um mês ou um ano — então Frank decidiu ficar por perto. Ao invés de ir embora para estudar arquitetura, ele ficará aqui, cuidará do pai e construirá a própria cabana. Ele diz que já começou. Já fez os alicerces e despejou o concreto do contrapiso. Por que qual o melhor jeito de aprender a construir casas do que construir uma com as próprias mãos?

— Uau — diz Maya, chapada.

Ela faz o melhor que pode para acompanhar enquanto Frank conta sobre a cabana, mas sua memória de curto prazo não está funcionando, e ela acaba esquecendo o que ele acabou de dizer. Mesmo assim, ela entende o ponto principal, suas palavras conjurando imagens vívidas, apesar de desconectadas: uma pequena cabana numa clareira da floresta. O vidro curvo de sua claraboia. Uma lareira de pedra. Ele até mostra a ela a chave do lugar, segurando-a contra a luz da lua, que apareceu enquanto conversavam.

A chave da cabana parece mais pesada que as outras do chaveiro, e há uma parte afiada em sua endentação. Talvez seja apenas por estar drogada, mas Maya consegue imaginar o lugar pela descrição detalhada e amorosa de Frank, o piso cor de mel escuro, as janelas grandes com vista para a floresta. Pode ouvir o riacho que corre nos fundos.

Maya queria que tivesse uma bala de hortelã para quando entrar em casa. Espera Frank, que acaba de deixá-la, sair com o carro antes de entrar. Não quer que sua mãe faça perguntas. Abre a porta em silêncio.

A sala de estar está vazia e escura. Fechando a porta atrás de si, Maya tira os chinelos e anda pelo corredor nas pontas dos pés. Está quase no quarto quando percebe como a casa está silenciosa.

— Mãe?

Na cozinha, encontra um bilhete de sua mãe, escrito em seu garrancho grande e bagunçado.

Me liga quando chegar.

Maya abre o celular. Não o confere há horas. Quatro ligações perdidas de sua mãe.

— Onde você está? — pergunta a mãe assim que atende. A voz dela está baixa e retraída, e Maya consegue ouvir os outros paramédicos por perto, amontoados na traseira de uma ambulância.

— Em casa.

— Você sabia que eu tinha um turno esta noite. Esperava te ver antes de sair.

Maya se lembra de a mãe ter mencionado isso, mas não entende de qual é o problema.

— Mas seu turno só começa às 23h, certo?

Sua mãe está prestes a dizer algo quando surge um burburinho ao fundo.

— Merda — diz Brenda. — Falamos sobre isso mais tarde, ok?

— Mas...

Do outro lado da linha, uma sirene começa a soar.

— Te amo — diz a mãe dela. — Não fique acordada até muito tarde.

— Também te amo.

Ela desliga e Maya percebe a hora em seu celular. 00h02. Não faz sentido. Encontrou com Frank às 19h. Ela realmente acabou de passar cinco horas com Frank na Pedra do Equilíbrio?

Maya caminhou contra o vento congelante que tomava conta da rua North. Por baixo das camadas de maquiagem, seu rosto estava dormente. Não havia voltado a dormir depois da ligação de seja lá quem fosse. Agora, eram dez horas da manhã e ainda não se sentia cansada. Ela se sentia, na verdade, acordada demais, como se precisasse se manter em movimento. Apesar da tensão e da privação de sono, de alguma forma estava mais lúcida do que se sentia há anos, e a sugestão da mãe de que havia imaginado o telefonema na noite anterior só aumentou a certeza de que alguém — Frank — havia ligado.

Passando pela St. Joseph, chegou ao centro e o encontrou decorado para as festas. Guirlandas estavam penduradas nas janelas das lojas e restaurantes, e a árvore de Natal gigante havia sido montada na Praça Central, coberta por luzes. A rua estava praticamente vazia, o vento frio soprando. Ela subiu a gola do casaco.

Nunca havia contado a ninguém sobre as horas perdidas na Pedra do Equilíbrio. Não a princípio. Na época, havia culpado a maconha; Frank havia dito que era do estoque especial de seu pai. Isso somado à conexão profunda que havia sentido, parecia fazer sentido para Maya simplesmente ter perdido a noção do tempo — não era assim que todas as canções de amor disseram que seria? Como se perder completamente? Não é como se ela já tivesse se apaixonado antes. Dois dos três garotos que ela beijou eram amigos de caras que estavam a fim de Aubrey. Caras aleatórios.

A CABANA NA FLORESTA 107

Agora ela simplesmente queria voltar no tempo e dar um chacoalhão em si mesma. Por que tinha confiado em Frank tão cegamente? E o que ele tinha feito a ela? Ela já havia sofrido apagões várias vezes nos últimos anos, geralmente por causa de álcool, às vezes por causa do Rivotril, mas nunca por causa de maconha. Ela teria pensado que Frank batizou o baseado com alguma coisa, mas isso não explicaria a segunda vez que experienciou apagões de memória perto dele.

Ou a terceira.

Quando contou isso para um adulto, Aubrey estava morta e as horas perdidas na Pedra do Equilíbrio eram só mais uma coisa que Maya não podia provar. Assim como não podia explicar o porquê — se Frank realmente havia feito algo com ela — de não ter ido imediatamente à polícia. Ou por que continuou a vê-lo depois disso.

Parte dela preferiria nunca saber o que acontecia durante aquelas horas.

Mas, se Frank sabia que ela havia visto o vídeo, ela não poderia arriscar continuar sem saber.

Conforme se aproximou do museu, Maya avistou o que pareceu ser uma mulher idosa com postura curvada, cabelo crespo grisalho e um casaco grande, andando pela calçada. Só quando estava há poucos metros de distância percebeu que era a mãe de Aubrey.

Elaine West não era velha — era vários anos mais jovem do que Brenda —, mas a morte da filha a havia envelhecido. Ela e Maya só haviam se visto uma vez desde o funeral, no corredor de comida congelada do mercado, e ver Maya pareceu ter doído em Elaine.

Ou talvez Maya que tenha tornado as coisas desconfortáveis. A culpa que ela sentia, a certeza secreta de que Aubrey ainda estaria viva se Maya não tivesse colocado Frank na vida delas.

O encontro, uma interação de não mais do que dois minutos, parecera infinito.

Maya se preparou quando Elaine olhou para cima e encontrou os olhos dela e, por um momento, pareceu que iam se cumprimentar. Mas não o fizeram. Cada uma olhou para os próprios pés ao se cruzarem na calçada, em completo silêncio.

O que havia a ser dito?

O Museu de Berkshire ficava em um edifício de tijolos desbotados com uma passarela de pedras e uma estátua de dinossauro na fachada. Maya não havia estado ali desde o ensino fundamental. Estava lá para ver Steven Lang, que ainda não havia lhe respondido.

O hall de entrada parecia menor, o piso de mármore menos grandioso.

— Bem-vinda — disse um homem no balcão, que não era Steven Lang. Esse homem era magro e tinha o cabelo cheio de dreadlocks presos em um coque no topo da cabeça.

— Olá — disse ela. — Steven está trabalhando hoje?

— O segurança Steven?

Maya assentiu.

— Ele está te esperando?

— Só estava querendo falar com ele por um minuto.

O homem olhou para ela com desconfiança, ou talvez ela só estivesse sendo paranoica.

— Sim, ele está aqui. Entrou faz pouco tempo. Deve estar lá embaixo, no aquário.

— Ah. Então, posso...

— Vai precisar de um ingresso.

Ela pensou em seu emprego quando entregou o cartão de crédito e se lembrou de que precisava avisar que faltaria por estar doente novamente. Não podia ferrar as coisas no trabalho. Pegou

A CABANA NA FLORESTA 109

o ingresso e desceu um largo lance de escadas até o aquário. Essa era sua parte favorita do museu quando criança. Uma sala cavernosa com dezenas de aquários de vidro embutidos nas paredes azul-escuras. Maya andou de uma ponta a outra. Peixes-palhaço cor de laranja espiavam desconfiados entre os tentáculos roxos das anêmonas. Cavalos-marinhos de aparência excêntrica a seguiam enquanto ela andava. Se Steven esteve ali, já deve ter ido para outro lugar. Provavelmente era o único segurança do espaço.

No andar de cima, encontrou a exibição anual de árvores de natal decoradas pelas escolas e comércios locais. Maya percorreu as três salas de exibição, uma floresta interna cheia de pinheiros enfeitados. Guirlandas feitas à mão e ornamentos pintados, na maior parte por crianças.

Encontrou Steven descansando apoiado contra a parede na sala dos pássaros taxidermizados, mas, quando ele a viu, rapidamente ajeitou a postura. Era mais pesado do que a foto de perfil mostrava, mas ela reconhecia seu rosto redondo e rechonchudo e a cabeça careca. Seus olhos eram tristes, inchados por um choro recente ou pouco sono, mas seu uniforme estava perfeitamente passado.

— Olá — disse ela, andando na direção dele.

— Oi? — Ele parecia tímido, nada feliz em ser abordado. — Está procurando pelo banheiro?

— Não. — Ela abriu o sorriso mais amigável que tinha. — Estava procurando por você. Me chamo Maya. Te mandei uma mensagem ontem, não tenho certeza se viu...

O rosto de Steven ficou vermelho.

— Estava querendo te fazer algumas perguntas.

— Você sabe que é a quinta pessoa que entra em contato comigo por causa daquele vídeo? Pelo jeito sou o único amigo da Cristina que conseguem achar na internet.

Maya murchou. É claro que pessoas aleatórias tinham teorias em relação à morte de Cristina. Ela pensou na garçonete.

— Mas você é a única que veio atrás de mim pessoalmente.

— Desculpa. — Maya olhou para os próprios pés. — Posso entender como isso deve ser perturbador.

Ele esperou que ela fosse embora.

Mas ela não se moveu.

— Já perdi uma amiga também — disse ela —, o que aconteceu com ela foi muito parecido com o que aconteceu com Cristina. É por isso que estou aqui. Só quero entender.

Steven suspirou.

— Olha — disse ele —, entendo que todo mundo lide com o luto da própria maneira. Talvez precise encontrar alguém para culpar. Mas eu quero lembrar de como a Cristina era quando estava viva. Eu vou deixar que a polícia e o legista decidam como a morte dela aconteceu, não detetives amadores que viram o vídeo na internet.

Maya abriu a boca, então a fechou novamente. Acusar alguém de assassinato não era algo banal.

— Eu acho — disse ela — que Frank teve algo a ver com o que aconteceu com ela. Com as duas.

— Tipo o quê?

— Para ser sincera, não tenho certeza.

Ele assentiu lentamente.

— Certo. Eu também não gostava de Frank. Mas Cristina era adulta. Eu também. Vi o caminho que ela estava tomando com ele e não fiz nada a respeito. — Seus olhos demonstraram emoção. — Também tenho culpa?

Bem neste momento, uma mulher entrou com duas crianças. Steven adotou uma postura profissional e Maya observou uma coruja-das-torres. A cara branca fantasmagórica da ave a encarou de volta. Ela esperou enquanto a mulher e os filhos percorriam a exibição.

Maya flagrou o olhar de Steven pelo reflexo da caixa de vidro e se perguntou o que ele via. Ela havia tomado um banho, lavado o cabelo e se mascarado com o corretivo da mãe, mas isso não esconderia a agitação em seus olhos. O desespero e a possível paranoia.

— Pardal americano — disse a criança menor. Pronunciou as palavras lentamente, como se estivesse aprendendo a ler. — Corvo. — Quando a mulher e os filhos entraram na próxima sala, Steven foi atrás delas. Para longe de Maya.

Ela o seguiu. Andou ao lado dele, passando por uma parede de espécimes de quartzos cintilantes na Galeria de Pedras e Minerais.

— Você se parece com ela — disse ele.

— Frank tem um tipo preferido.

Steven assentiu, juntando as peças.

— Namoramos quando eu tinha 17 anos.

Ele parou de andar. Maya o havia encurralado ao lado de um meteorito. O homem cruzou os braços largos em frente ao peito e olhou para ela. Ele tinha o dobro do tamanho dela, mas parecia frágil, incapaz de manter contato visual.

— Você disse que também não gostava dele — continuou Maya —, por quê?

— Porque ele não era bom para ela. Acho que parte do que o atraiu a Cristina era o fato de ela não ter amarras. Seus pais não falavam com ela desde que ela saíra da igreja, e seus únicos amigos eram um bando de drogados de Utah. E eu.

— Vocês eram próximos.

Os lábios dele estremeceram. Deixou os braços caírem nas laterais do corpo.

— As coisas estavam ótimas antes de Frank aparecer. Quando Cristina começou a trabalhar aqui, tinha acabado de terminar a residência no Museu de Arte Contemporânea de Massachussets. Aquilo foi incrível para ela. Era completamente autodidata. Estava sóbria há dois anos.

— Vi as obras dela na internet — diz Maya. — Era talentosa.

— Poderia ter sido famosa. Quando a conheci, pagava as contas com o dinheiro de um pequeno estúdio que alugava. Pintava todos os dias. Então, conheceu o Frank e ele se tornou sua nova droga. Ela ficou obcecada. Começou a cancelar nossos planos o tempo todo.

Maya sentiu um aperto no estômago. Ele poderia estar falando sobre uma versão dela de sete anos atrás.

— Você via os dois juntos?

— Eles sempre saíam sozinhos, o que tenho certeza de que era ideia dele. Acho que se sentia ameaçado por mim. Queria ela só para ele. Só o via nas poucas vezes em que ele buscava Cristina no trabalho, e sempre de longe. Ele nunca descia do carro.

— Ela parecia... diferente pra você?

Steven olhou ao redor da sala como se procurasse por um visitante que pudesse precisar de sua ajuda, mas ele e Maya eram os únicos na silenciosa galeria mineral. Ela sentiu uma pontada de culpa por fazê-lo se sentir tão desconfortável, mas, quando ele falou novamente, as palavras escaparam como se estivessem reprimidas. Pareciam uma confissão.

— Sim, ela mudou — disse ele. — Vi acontecer e aquilo acabava comigo, mas não fiz nada. Estava com tanto medo de afastá-la ainda mais, que quando eu falei com ela já... — Ele respirou fundo.

— Há duas semanas, teve um dia que ela não veio trabalhar. Não ligou avisando nem nada, e isso não era do feitio dela: Cristina amava poder trabalhar em um museu. Fui até o apartamento dela naquela noite, o carro dela estava lá, mas ela não, e eu sabia que deveria estar com Frank. Ela não apareceu no dia seguinte nem no dia depois, mas na segunda-feira cheguei ao trabalho e lá estava ela. Como se nunca tivesse sumido. E ela nunca comentou nada sobre as mensagens de voz preocupadas que mandei.

— Onde ela estava?

Ele balançou a cabeça.

A CABANA NA FLORESTA **113**

— Ela só disse que ela e Frank saíram da cidade durante o fim de semana. Não perdeu o emprego, então deve ter dado uma desculpa melhor para o chefe. Ainda não faço ideia de para onde ela foi, mas seja lá onde era fez uma tatuagem enquanto estava lá. Bem aqui na parte interna do braço... — Ele percorreu o dedo pela pele macia da dobra do cotovelo até o pulso.

— Do quê?

— Uma chave.

O sangue de Maya gelou.

— Uma chave?

— Tipo uma chave de carro ou algo assim — disse ele —, mas com pontas afiadas. Não sei o que significava, mas queria ter perguntado. Deveria ter feito mais perguntas... — A voz dele estava séria. — Em vez disso, fiquei bravo. Eu a acusei de ter voltado a usar drogas. Quando ela negou, chamei ela de mentirosa.

— Acha que ela estava usando drogas?

— Cristina havia quase morrido há dois anos, e isso causara danos permanentes em seu coração. Foi isso o que a manteve sóbria: ela sabia que, se começasse a usar novamente, morreria. Nunca teria começado novamente se não fosse por ele. — As mãos de Steven estavam fechadas em punhos ao lado do corpo, uma veia latejava em seu pescoço, e Maya viu o quanto ele se importava com Cristina. — É isso o que eu acho que aconteceu — disse ele. — Culpo Frank por ela ter voltado a usar metanfetamina, isso sobrecarregou o coração dela.

Maya comparou essa teoria com a própria e entendeu que essa parecia fazer mais sentido.

— Eu sabia que ela estava em apuros — disse ele. Lágrimas inundaram seus grandes olhos castanhos. — Cristina também sabia. Acho que ela sabia que ia morrer.

Vozes se aproximaram vindas de algumas salas adiante e Steven falou mais rápido, como se precisasse desabafar.

— No dia antes de sua morte, ela veio aqui e se desculpou pela forma como estava agindo. Me deu sua última pintura. Era linda, diferente do que costumava pintar. Perguntei por que estava me dando e ela disse que estava se livrando de algumas coisas. Limpando a casa. Tive um pressentimento horrível quando ouvi isso.

As vozes estavam quase na sala com eles agora, mas Steven continuou, precisava concluir.

— Ela sabia o que aconteceria se voltasse a usar. Sabia e tenho certeza de que Frank sabia também.

Um casal de idosos entrou na sala de minerais.

— E eu sabia também — disse Steven, sua voz falhando —, poderia ter impedido a morte dela, mas não o fiz. Então, sim, eu o culpo, e a culpo por ter se apaixonado por ele, mas quem eu mais culpo é a mim mesmo.

Frank nunca diz a Maya aonde a está levando, e ela gosta disso nele. Prefere surpresas a saber o que vai acontecer em seguida. Hoje ele usou o carro do pai para levá-los até Thomas Island, que na verdade é uma península dentro do lago Onota. A maioria das duas dúzias de casas da península margeiam a costa oeste, cada uma com sua própria praia e píer flutuante, muitos com barcos atrelados. As casas têm docas. Garagens com duas vagas. Conforme dirigem, Maya percebe que nunca esteve ali, apesar de morar a menos de 5km de distância.

Ela se recosta, aproveitando a brisa do lago conforme navegam pela avenida Shore, "Sweet Jane" ecoando dos alto-falantes. Ela está com os pés no painel e o sol que entra pela janela parece água em uma banheira. O ar está vibrante. Ela não sabe para onde estão indo, e não importa. Hoje é o dia em que ele vai beijá-la. Ela tem certeza. E, se ele não tomar a iniciativa, ela vai.

Eles chegam à extremidade da península, então dão a volta como se fossem embora, mas, ao invés de seguir na direção da ponte terrestre, Frank entra em uma estrada estreita marcada por uma placa de SEM SAÍDA. As folhas de um salgueiro-chorão roçam o carro conforme Frank os conduz até a costa leste da península. Este lado é repleto de árvores. As poucas casas são grandes e parecem caras, separadas da estrada por gramados bem-cuidados. Frank entra em um acesso de veículos não pavimentado que desaparece entre as árvores. Ele desacelera até parar.

— O que estamos fazendo aqui?

O sorriso dele é misterioso.

— Você vai ver.

Ele sai do carro e ela o segue. Seguem a pé pelo caminho de terra até chegarem em frente a uma casa maior do que as outras, com colunas brancas e uma varanda que cerca a casa inteira. Maya olha para Frank quando cruzam o grande gramado, caminhando em direção a algumas árvores entre a casa e o lago.

— De quem é essa casa? — pergunta ela.

— De um amigo do meu pai.

Ele os guia por uma trilha e então até um deque.

Maya nada no lago Onota desde que se entende por gente, mas nunca o vira dessa perspectiva. Parecia um oceano. A água a seus pés reflete o céu, azul sobre azul, nuvens boiando como vitórias-régias.

Frank levanta a tampa de uma grande caixa de armazenamento na ponta do deque. Dentro dela há coletes salva-vidas, pranchas de bodyboard e algumas boias espaguete. Ele coloca a mão lá dentro, passa o dedo em torno da borda da caixa até encontrar o que procura. Uma chave. Ele a balança no chaveiro de plástico enquanto anda até a lancha clássica com painel de madeira que flutua em frente ao píer. As tábuas se movem sob os pés de Maya quando Frank salta o vão de água entre a plataforma e a lancha.

Maya fica tensa.

Frank se vira. Oferece a mão para ela.

— O amigo do seu pai disse que poderia usá-la?

— Quando eu quisesse.

Ela relaxa e se aproxima mais da borda. Pega a mão dele. Seu toque causa um arrepio. Ele a ajuda a passar pelo vão e a subir na lancha oscilante, e por um momento — curto demais — seguram um no outro para manter o equilíbrio. O cheiro dele é almiscarado, cítrico, o pescoço dele está a centímetros de seus lábios. Ela fica toda vermelha quando ele se vira para desamarrar a lancha da doca, e se acomoda no banco de couro vermelho.

A CABANA NA FLORESTA   117

Frank se senta ao lado dela, vira a chave na ignição e abre o sorriso mais sexy que ela já viu. Ele empurra o manete. O motor ronca. Começam a se movimentar enquanto Frank os leva para águas abertas. Ela se lembra dos coletes salva-vidas, mas agora é tarde demais para dizer qualquer coisa: o barco está acelerando. Ela sente a água respingar na pele, o vento no cabelo.

— *Já pilotou um desses?* — pergunta ele, gritando para ser ouvido acima do barulho do motor.

— *Não!* — grita ela de volta.

Frank diminui a pressão no manete. A velocidade do barco diminui, o motor silencia. Maya vê pessoas ao longe, andando por uma das praias públicas em que ela mesma estaria em um dia qualquer.

— Troca de lugar comigo — diz ele.

Ela balança a cabeça.

— Nunca pilotei um barco.

— Sabe dirigir um carro, não sabe?

— Sim, mas...

— Então consegue fazer isso.

A lancha, navegando lentamente agora, pende para um lado quando Frank se move para trocar de lugar com ela. Maya vai para o lado do motorista apenas para equilibrar o peso, mas então senta atrás do volante grande e brilhante. O lago se estende à frente dela como uma estrada vazia.

— O manete é igual ao acelerador. É só empurrar para frente.

Ela empurra demais, e eles dão uma guinada, formando ondas. Ela grita. Solta o manete. O barco balança para frente e para trás, uma versão real do barco viking dos parques. Ela se segura na beirada, em pânico.

Maya ouve a risada de Frank. Vira para ele com o coração na garganta, enquanto o barco se acalma. Ele ri, mas não de um jeito maldoso, sua voz reverberante de prazer. Maya dá um suspiro trêmulo. O medo dá lugar à euforia, e antes que perceba está rindo

118 ANA REYES

também. Não porque é engraçado, mas por uma mistura de alívio e uma sensação inebriante de perigo.

Frank se aproxima, pega a mão dela, e desta vez ela tem certeza de que ele a beijará. Ela engole em seco, olha para os lábios dele, aproxima-se. Fecha os olhos, mas, ao em vez de beijá-la, ele levanta a mão dela e a coloca de volta no manete.

— Só precisa ser gentil — diz ele. Ele mantém a mão na dela, guiando-os para frente. Eles começam a navegar. A pulsação de Maya acelera. Ela mantém os olhos fixos na água. Agora estão no meio do lago. Ele a solta e volta para o próprio assento.

— Então — diz ele —, quando você vai para Boston?

A pergunta é um banho de água fria.

— Não nesta semana, na outra. Tenho tentado não pensar nisso.

Frank fica quieto ao lado dela. Estão chegando à outra ponta do lago oval, a costa é recoberta por uma floresta. Folhas boiam pela água. Ela tinha tanta certeza de que ele também estava a fim dela. Será que estava errada? Ou é porque ela vai embora?

— Tem planos pra hoje? — pergunta Frank.

— Vou para a casa da Aubrey — diz Maya —, mas amanhã...

— Oi, Gary! — grita alguém.

Maya e Frank se viram e veem uma mulher em um caiaque a cerca de 20 metros de distância. Seus traços ficam mais nítidos conforme ela se aproxima: cabelo grisalho e braços magros. Uma boa postura. Ela fecha o sorriso quando vê que não é o Gary.

Frank acena para a mulher.

— Pronta para trocarmos de lugar? — pergunta ele a Maya.

Ela não tem tempo de reagir antes de ele se levantar, gesticulando para que ela deslize para o outro lado. A lancha balança quando eles trocam de posição. Frank empurra o manete, aumentando a velocidade. Maya olha para a mulher por cima do ombro, cada vez menor conforme se afastam. A mulher os encara, os remos parados.

A CABANA NA FLORESTA **119**

— O que foi isso?

Ele dá de ombros.

— Deve ser amiga do Gary. — Ele desacelera para fazer a volta, retornando em direção ao deque. A lancha margeia a costa, abrindo ampla distância da mulher no caiaque.

Maya olha para Frank. Ele parece calmo, até mesmo relaxado, a cabeça inclinada para trás como se estivesse curtindo os respingos da água e o sol. Mas, de repente, ocorre a Maya que ele pode ter pegado o barco sem permissão. Ela se lembra de quando se conheceram, o cigarro que ele fumou bem em frente à placa de PROIBIDO FUMAR no seu trabalho, como se não se importasse com o que pudesse acontecer ou com o que pensariam. E ela não podia deixar de pensar em qual era a sensação desse tipo de liberdade. A confiança. Ele não machucou ninguém, então se for isso — se estiverem roubando a lancha chique de alguém que ele não conhece — ela decide que tudo bem.

Eles voam pela água, mais rápido do que antes, seu peito se enche de empolgação com uma pontada de medo. E se forem pegos? Está nervosa quando atracam no deque. Frank pula do barco, ágil e rápido, mas sem pressa. Ele sorri quando a ajuda a descer, mas o afeto de antes desapareceu. Ela repensa a última meia hora, tenta entender o que fez de errado. Ele amarra o barco ao deque e devolve a chave ao seu lugar na caixa de depósito aberta.

— Posso perguntar uma coisa? — indaga ela quando voltam ao carro, estacionado em meio às árvores como se estivesse escondido. Pergunta com cuidado, sem querer ofendê-lo. — Gary é o dono do barco?

— Sim.

— Ele deixou você pegar emprestado mesmo?

— Há! — diz Frank. — Não pode estar falando sério. — Entram no carro. — Gary e meu pai se conhecem desde os anos 1980 — diz ele. — Meu pai o ajudou uma vez. — Há um peso em suas palavras, como se escondesse algo.

Maya decide esquecer o assunto. Está inclinada a acreditar nele, por nenhum motivo que possa apontar, mas por puro instinto.

— Falando no meu pai, preciso voltar para casa para ver como ele está.

— É claro — diz ela.

Ele fica em silêncio enquanto a leva para casa. Seu humor mudou. Encara adiante, os olhos sombrios, e ela acha que o problema deve ser o pai dele. Frank raramente fala sobre o pai. Maya ainda não sabe o que ele tem ou quanto tempo tem de vida, e ela presume que seja porque o assunto é muito doloroso. Quer perguntar se Frank está bem, mas ele agora parece sério demais, o queixo está contraído, o maxilar tenso. O silêncio se prolonga entre eles e ela começa a se preocupar que o tenha chateado.

— Me diverti bastante hoje — diz ela.

— É, eu também. Ei, por que não coloca um CD?

Maya se aflige. Só o conhece há duas semanas, mas parece que faz muito mais tempo, e nunca o viu agir assim. Pega o estojo de CDs do chão.

— Algum pedido?

— Me surpreenda — responde ele, dando de ombros.

Ela abre o zíper do estojo preto e começa a olhar entre os compartimentos de plástico. Vê *The Downward Spiral* do Nine Inch Nails e *There Is Nothing Left to Lose* do Foo Fighters, duas bandas que ela não escuta há muito tempo. Green Day e Rage Against the Machine; pelo jeito, Frank gosta de músicas de dez anos atrás. Ela para quando vê uma gravação caseira em CD. Sente o estômago contrair quando lê as palavras escritas com canetinha na frente brilhante: *Músicas para quando não pudermos estar juntos. Te amo para sempre – Ruby.*

Quem diabos é Ruby?

Maya finge não ter visto a mensagem. Vira a página e escolhe o próximo álbum que vê: *Mama Said,* do Lenny Kravitz. Frank aumenta o volume e poucos minutos depois estão em frente à casa dela. Ela enrola para sair do carro.

— Obrigada pelo passeio de barco — diz ela. — Foi muito divertido... — *Aliás, você tem namorada?* Maya não consegue dizer as palavras. — Ei, o que vai fazer amanhã?

— Quero fazer algumas coisas na cabana.

— Legal — diz ela, como se não se importasse —, então acho que te vejo por aí.

Ele não dá partida imediatamente, e por um momento ela acha que talvez ele vá chamá-la de volta, tendo mudado de ideia sobre o dia seguinte, mas a esperança esvanece quando ela continua a andar e Frank não diz nada. Aparentemente só está sendo cavalheiro, esperando que ela entre em casa. A porta abre e sua mãe coloca a cabeça para fora, cumprimentando a filha com um sorriso.

— Aí está você — diz ela, olhando por cima do ombro da filha a tempo de ver os faróis traseiros do carro de Frank partindo.

MAYA ANDA DE UM LADO PARA O OUTRO NA COZINHA. SEU CORPO dói após toda a caminhada que fizera mais cedo, mas seus pés se movem como se quisessem suprimir seus pensamentos, cada neurônio e terminação nervosa à beira de um colapso. A chaleira apitou. Ela preparou chá de camomila quando, na verdade, o que realmente queria era a garrafa de gim que comprou na adega quando voltava do museu, mas disse a si mesma que não beberia antes das 17h. A colher de metal tiniu ruidosamente contra a caneca quando ela adicionou o mel.

Ela havia se esquecido completamente da estranha chave que Frank lhe mostrara, a chave de sua cabana, mas ouvir sobre a tatuagem de Cristina fez com que ela lembrasse da Pedra do Equilíbrio e, apesar de não ter certeza, sentia que essa não era a única vez que havia visto a chave.

Ouviu uma mensagem de texto chegar no telefone. Maya derramou chá quente nos dedos ao correr para o quarto a fim de responder. *Por favor, que seja Dan, por favor, que seja Dan.* Ele ainda não havia respondido à mensagem da noite anterior, mas ela estava tentando não se preocupar.

Era a mãe dela: *Quer comer chili esta noite?*

Brenda claramente estava tentando fazer as pazes — chili era a comida favorita de Maya —, mas isso não a faria se esquecer da noite passada.

Claro, respondeu Maya. Ela não esperava por uma desculpa, nem tinha a intenção de oferecer uma. Sabia que estava certa.

A chave. A cabana. As ligações noturnas no telefone fixo. Tudo apontava para a mesma verdade à espreita sob a superfície da própria memória.

O problema com a teoria de Steven sobre o problema cardíaco de Cristina é que isso não explicava o que aconteceu com Aubrey. Steven nunca conheceu Frank. Ele não entendia. O que ela precisava era conversar com alguém que o conhecia da mesma forma que ela e Cristina.

Pensou em Ruby.

Tudo o que Maya sabia sobre Ruby é que um dia ela confessou seu amor por Frank usando canetinha em um CD. Maya sentira ciúmes na época, mas nunca descobriu quem era Ruby, e quatro dias depois Aubrey estava morta. Maya havia se esquecido completamente de Ruby, mas agora se lembrou da mixtape — *Músicas para quando não pudermos estar juntos* — e se perguntou se Ruby havia amado Frank o suficiente para saber seu segredo.

A bateria do celular de Maya estava baixa, então ela se ajoelhou para conectá-lo, e quando o fez viu seu reflexo na janela. Não havia reparado que estava cerrando os dentes. Seus lábios estavam pálidos, os olhos tão profundos como cavernas, e o reflexo do quintal se misturava ao seu de forma que o gramado se estendia por seu peito e as árvores emergiam de sua cabeça.

PENSAR EM FRANK COM OUTRA PESSOA A FAZ PERDER O APETITE.

Ela não sente o gosto do manjericão da horta que ajudara a mãe a plantar quando era criança, nem da limonada. Não sente a brisa que entra pela porta aberta da cozinha ou os familiares sinos dos ventos pendurados no batente, porque durante todo o jantar Maya pensa em Ruby. Pensou praticamente só nisso nas últimas horas, desde que viu o CD. Acha que agora sabe por que Frank não quis beijá-la.

— Sheila perguntou se você precisa de alguma coisa para o dormitório — comenta a mãe. Sheila é uma amiga dela que mora no fim da rua.

— Não que eu me lembre.

— Sério? Não quer uma daquelas coisas para o chuveiro? Uma cantoneira?

Maya balança a cabeça.

A mãe dela franze o cenho.

— Achei que estaria mais animada com isso. Morar no dormitório da universidade, fazer oficinas de escrita. Não é o que sempre quis?

— Sim... — diz Maya. Ela dá uma garfada no espaguete ao molho pesto.

A mãe a encara do outro lado da mesa.

— Estava pensando — diz ela — que seria legal convidar o Frank para jantar. Queria conhecê-lo.

— Não sei, não... — Maya remexe o espaguete no prato.

— Está tudo bem?
— Mais ou menos.
A mãe espera.
— Acho que talvez ele tenha uma namorada em Hood River.
— Namorada?
— Ou isso ou... simplesmente não está a fim de mim.
— Então são... só amigos?
Maya assente e a confusão da mãe se transforma em alívio. Ela não gosta da ideia de a filha passar o tempo todo com um estranho, mas vê como a filha parece triste.
— Ah, docinho — diz ela. — Amigos são melhores, de qualquer forma. Amizades nunca têm que acabar.
Maya suspira.
— Pensa bem... em menos de duas semanas você vai estar na Universidade de Boston. Você se esforçou tanto para isso.
Brenda está tentando ajudar. Maya sabe disso, mas ela não quer pensar na mudança. Estava ansiosa por isso há tanto tempo, sonhando sobre o futuro na faculdade, mas recentemente começou a temer o momento.
— Vai conhecer tanta gente nova — diz a mãe —, vai se esquecer completamente dele.

"Então, quando vou poder conhecer esse homem misterioso?" Aubrey havia perguntado a Maya ao telefone uma noite antes de Frank a levar para navegar. Era para ela e Aubrey saírem naquela noite, mas Maya havia cancelado, o que não era de seu feitio. Era sempre aquela com quem se podia contar — mas Frank a havia surpreendido com ingressos para o cinema, e ela não conseguiu recusar.

Então quando Aubrey o conheceria? A pergunta faz Maya pensar. Ela tem a impressão de que Frank prefere passar tempo sozinho com ela, apesar de ele nunca ter verbalizado isso. Foi só então, enquanto Aubrey esperava que ela dissesse algo, que Maya percebeu que estava hesitante em apresentar os dois. Odiava admitir, até para si mesma, que era porque, quando Aubrey entra em algum lugar, cabeças viram em sua direção como flores em direção ao sol, e Maya percebeu que talvez fosse ela — e não Frank — quem preferia que passassem seu tempo a sós.

"*Alô?*", Aubrey havia dito.

Maya lembra a si mesma de que não pode se atrasar esta noite. Não tem sido uma boa amiga ultimamente. Sente-se mal por isso, mas não tanto quanto se sente em relação a Ruby. Vai ser bom falar com Aubrey: ela é boa em entender as pessoas. Se tem alguém que pode interpretar os sinais dúbios de Frank — os presentes, os encontros românticos, mas estranhamente platônicos, a mixtape — esse alguém é ela.

Às 20h, a mãe de Maya sai para o turno da madrugada. Sua rotina é complicada, são vários dias de trabalho seguidos por dias de descanso. Geralmente acaba com um turno da madrugada por semana, e nessas noites Maya dorme na casa de Aubrey. Ela não faz isso por ter medo de ficar sozinha — não tem — ou por deixar sua mãe mais relaxada — apesar de deixar —, mas por adorar passar tempo no quarto de Aubrey, conversando e ouvindo música ou assistindo a filmes, fumando quando têm maconha, surrupiando cerveja do padrasto dela. Enquanto guarda uma escova de dente, uma camiseta para dormir e uma calcinha limpa, Maya se dá conta de que esta noite pode ser a última que faz isso antes de se mudar para Boston.

Ela disse a Aubrey que chegaria às 21h, mas sua mãe saiu um pouco mais cedo, então Maya decide pedalar até lá às 20h. Ela coloca o capacete e está prestes a sair de casa quando alguém bate na porta. Já está escuro, então fica nas pontas dos pés e espia pelo olho mágico. Um sorriso invade seu rosto. Um choque de eletricidade percorre seu corpo. É ele.

A CABANA NA FLORESTA **127**

Frank sorri como se pudesse vê-la, olhando diretamente pela lente divergente.

Ela abre a porta animada.

— Tive que comprar um xarope para o meu pai, estava por perto então... — Ele olha para o capacete que ela esqueceu estar usando. — Está de saída?

— Estava indo para a casa da Aubrey...

— É verdade! Esqueci totalmente...

— Só preciso sair daqui uns quarenta minutos. Quer entrar?

— Ela abre mais a porta.

— Não quero fazer você se atrasar.

— Não tem problema.

Ele olha para a sacola de farmácia que tem em mãos.

— Ok — diz ele.

É a primeira vez que entra na casa dela. Ela o leva até o sofá e só repara que as botas dele estão sujas de terra depois que ele pisou no tapete. Terá que limpá-lo antes que a mãe chegue em casa, mas Maya não o culpa por isso — deveria ter dito que elas têm uma regra de não usar sapatos dentro de casa. Ele está vestindo a mesma camiseta branca e calça jeans de lavagem escura que usava mais cedo, e, quando se senta ao lado dela, Maya sente o cheiro do sol e da terra e daquele tipo de suor que vem com o trabalho árduo. Provavelmente estava trabalhando na cabana.

Ele joga um braço no encosto do sofá, quase envolvendo os ombros dela, e Maya sente vontade de se aconchegar, mas a lembrança de Ruby a detém.

— Então — ele diz casualmente —, o que anda fazendo? — O mal humor de antes havia desaparecido. Ele sorri.

— Nada demais... — responde Maya sem olhar para ele.

As sobrancelhas dele ficam tensas ao ouvir o tom de voz dela.

Maya pensa em perguntar sobre a mixtape, mas desiste.

— Ei — pergunta ele suavemente —, está tudo bem?

Ela deveria simplesmente dizer como se sente. Percebe o sangue inundando seu rosto. Frank segura as mãos dela, virando-a gentilmente na direção dele, e a encara.

— Fala comigo — diz ele.

— Gosto muito de sair com você, Frank. Eu gosto... de *você*. Talvez mais do que como amigo.

— Nossa, é bom ouvir você falar isso.

— Sério?

Ele parece querer rir, mas há afeição em seus olhos.

— Não diga que não sabia.

— Sabia do quê?

— Bem... passo todo esse tempo com você porque não tem ninguém com quem eu preferia estar.

Os olhos dela se enchem de alegria, assim como seu coração. Ela derrete. Poderia plantar uma bananeira.

— Me sinto assim também.

Ele sorri, mas é um sorriso triste, e Maya se prepara para voltar à Terra.

— Só queria que não estivesse indo embora — diz ele —, tenho que ficar me lembrando, dizendo a mim mesmo que não deveria me aproximar demais, que só vou me machucar. Mas aí, sempre que estamos juntos, eu simplesmente...

Ela o beija.

A princípio, ele fica surpreso, os lábios semiabertos em meio à fala, mas então retribui. Um beijo longo e profundo que responde de uma vez por todas como ele se sente em relação a ela. Maya também não quer se machucar, mas por que precisariam? Pegaria um ônibus de volta para cá toda semana, não seria um problema. Ela entrelaça os braços no pescoço dele.

Então se lembra de Aubrey.

Maya se afasta um pouco, mas permanece próxima, as testas dos dois ainda se tocam.

— Queria não precisar sair — diz ela.

Ele faz um biquinho.

— Talvez possa ver a Aubrey outro dia?

Ela balança a cabeça.

— Por que não?

— Ela é minha melhor amiga. Eu meio que a tenho ignorado ultimamente.

— Aposto que ela entenderia.

Maya fica lisonjeada pela insistência e pelo lampejo de ressentimento que vê.

— Sinto muito mesmo — diz ela. — Não posso.

— Eu entendo. Acho que eu deveria ir, então.

Ela dá uma olhada no relógio; ainda tem dez minutos.

— Na verdade, tem uma coisa que eu quero te contar — diz ele.

Pelo tom de voz dele, ela não consegue definir se as notícias são boas ou ruins, mas há um peso em suas palavras que provocam a mesma mistura de ânimo e medo que ela sentiu na lancha.

— Terminei a cabana — diz ele.

Ela o encara com deleite.

— Isso é incrível.

— É claro que ainda não tem nada nela, e é como eu disse, não é chique nem nada, mas trabalhei nela um pouco a cada dia e agora está pronta.

— Uau, já?

Um sorriso surge em seu rosto. Ele assente.

— Adoraria vê-la.

— É mesmo? — Ele olha para ela, pensativo.

— É claro! Não sabia que estava tão perto de terminar. — Maya se pergunta quando ele encontrou tempo entre cuidar do pai e sair com ela.

— Adoraria isso — diz ele —, você seria a primeira a vê-la.

— Seria uma honra.

130 ANA REYES

— O que acha de amanhã?

— Amanhã está ótimo.

— É melhor você ir de tênis. O único jeito de chegar até lá é por uma estrada abandonada que encontrei nos limites da propriedade do meu pai quando criança.

— Uau, parece legal.

— É, bem... não era tão legal na época. — Ele suspira como alguém bem mais velho.

Maya quer saber mais, mas só pergunta com os olhos e Frank parece tentar decidir se deve contar. E então conta. Ele brinca distraidamente com algo na mão enquanto fala. A chave para a cabana — Maya reconhece as bordas serrilhadas. A chave parece lhe trazer conforto. Ela se comove com a vulnerabilidade dele ao se abrir sobre algo que aconteceu quando tinha 10 anos.

Diz que estava na floresta atrás da casa dos pais. Ia lá sempre que os dois brigavam, algo frequente naquela época. A floresta se estendia por quilômetros. Um dia, ele se deparou com uma estrada abandonada. Estava ficando tarde, mas ele era curioso e decidiu segui-la. A estrada estava coberta por vegetação, às vezes desaparecendo por metros embaixo de folhas mortas, samambaias e musgo. Até que desapareceu tão completamente que Frank não conseguia vê-la um passo à frente — porém, quando se virou, não havia nada atrás dele. Estava perdido. Só tinha 10 anos, estava escurecendo, e em todas as direções havia um infinito de árvores, como em um sonho em que você está submerso e não consegue encontrar a superfície.

Ele não sabe quanto tempo se passou até ele começar a gritar e chorar. Lembra que estava escuro, e ele se guiava por fragmentos de luar que apareciam entre os galhos, até que finalmente ficou quieto o suficiente para o ouvir a correnteza. O gorgolejo tranquilizante e salvador — pareceu um milagre quando o som o guiou não só para o riacho, mas também para uma estrada, que ele seguiu esperançoso.

Avistou uma velha ponte e uma clareira do outro lado e decidiu cruzá-la, pensando que talvez encontrasse algo. Uma cabana. Ajuda. Adentrou a clareira, mas só encontrou os resquícios de um lar: uma estrutura baixa de concreto que estava sendo retomada pela floresta. Frank se sentou com os joelhos contra o peito. Rezou para que seus pais o encontrassem. Mas não encontraram. Esperou a noite toda, tremendo de frio e medo.

Então, em algum momento perto do amanhecer, fechou os olhos e imaginou que realmente havia paredes ao seu redor, e um teto acima de sua cabeça. Uma lareira quente. Comida quente no fogão. Ficou imaginando até sentir o cheiro da carne cozinhando e da madeira queimando. Deve ter dormido àquele ponto, porque sonhou que o lugar era real, e pela primeira vez em meses sentiu-se seguro. Mais seguro do que jamais se sentiu na própria casa. E, pela manhã, não estava mais com medo. Havia sobrevivido uma noite sozinho na floresta e sonhado com um lar. Um lar que prometeu a si mesmo que um dia construiria, bem ali na clareira do outro lado da ponte.

Saber da história por trás da cabana, saber o que ela significa para ele, faz Maya querer conhecê-la ainda mais. Ela diz que seria uma honra ser a primeira a vê-la. Sente muito pela criança que se perdeu na floresta, agarrando-se ao conforto de um lar imaginário, assim como sente pelo homem enigmático e gentil ao lado dela, com medo de se machucar. Ela o admira por tornar o sonho realidade e por fazê-lo sem nem frequentar a faculdade.

— Esquerda ou direita? — pergunta ele.

A pergunta a pega de surpresa. Ela olha para fora e vê a rua escura passando pela janela do carro. Não estava prestando atenção, e agora estão na rua Grove, cruzando a avenida Stoddard.

— Esquerda — diz ela. Estão quase na casa de Aubrey, um destino tão conhecido que Maya fica constrangida ao perceber que deixou Frank passar várias quadras. Agora terão que dar uma volta, mas ele não parece se importar. Ele dirige sem pressa de chegar.

Mas Maya está atrasada. Esqueceu da hora. O relógio no painel de Frank marca meia-noite, então ela se vira para pegar a mochila e conferir a hora no celular, mas percebe que não está lá. Não esqueceu só o celular, mas toda a mochila com os pijamas e a escova de dente. Não consegue acreditar em como anda distraída. Tenta lembrar se trancou a porta, mas agora que pensa bem, não consegue se lembrar de ter saído de casa ou de ter entrado no carro de Frank.

— Sabe que horas são? — pergunta ela.

Frank balança a cabeça.

— Não.

— Vire aqui. Quarta casa à direita.

A maioria das janelas da rua está escura. Maya tem uma sensação ruim. Sabe que, se Frank a deixar em frente ao duplex de Aubrey, o mais educado a se fazer é apresentá-los. Mas ela tem quase certeza de que está atrasada. Terá que se desculpar, e na presença de Frank será um tanto estranho.

— Fico feliz que tenha passado lá em casa esta noite — diz ela.

Ele se inclina para beijá-la. É só um selinho, mas vem acompanhado do calor de sua respiração. E Maya sente um frio na barriga.

A ÚLTIMA VEZ QUE MAYA HAVIA TENTADO ACHAR RUBY — ANTES que o Dr. Barry a convencera de parar de procurar — tudo o que encontrou foram alguns perfis no MySpace. Mas agora Maya havia encontrado várias Rubys que moravam em Hood River, no estado do Oregon, nas redes sociais. Eliminou da lista as mulheres muito velhas e muito novas e restaram sete mulheres chamadas Ruby, todas as quais poderiam ser quem fez o CD para Frank.

Quase todas eram latinas, e duas eram bem do tipo dele: maçãs do rosto altas, cabelos pretos e lisos, olhos escuros. Assim como Maya. Ou talvez fosse apenas a sua imaginação. Seu sono era entrecortado e os sonhos pareciam reais. Ela mandou mensagem para as sete Rubys, pedindo para que, por favor, entrassem em contato se conhecessem Frank Bellamy.

Esperou.

Só mais duas horas e poderia abrir o gim. Era como se uma luz estroboscópica piscasse dentro de seu crânio, dando formas estranhas a todos os seus pensamentos. A chave e a endentação afiada. Um pequeno Frank perdido na floresta, procurando por ajuda, por uma porta na qual bater.

Ela ouviu a mãe chegar do trabalho, mas não foi cumprimentá-la.

Seus olhos ardiam de tanto encarar o celular. "Ruby" e "Hood River" haviam gerado vários resultados no Google: vídeos de animais, a vencedora em um concurso de soletração, um artigo de 1901 sobre uma garota que foi atirada de uma carroça. Maya não conseguia filtrar mais a pesquisa. Só tinha um primeiro nome e a

133

cidade onde Frank morava com a mãe depois de ela se divorciar do pai dele.

Quando se deparou com o obituário de uma mulher de 80 anos, um pensamento obscuro cruzou a mente de Maya, e ela adicionou "morte" às pesquisas. Isso resultou em mais obituários e diversos artigos. Hood River tinha uma população de menos de 8 mil habitantes, então não demorou para que ela encontrasse um artigo sobre uma mulher chamada Ruby Garza que morreu em um incêndio há dez anos. Ela tinha 19 anos, estava no primeiro ano da Faculdade Comunitária Columbia Gorge e recentemente havia se mudado para um apartamento mais próximo ao centro. Ruby dormiu sem apagar a vela que ficava ao lado de sua cama, e nunca mais acordou. Estava sozinha. Seu cabelo era preto, os olhos castanhos e o rosto ainda infantil na foto preta e branca. Ela morreu menos de dois meses antes de Maya conhecer Frank na biblioteca. Na mesma época que ele deixou Hood River e se mudou para Pittsfield.

Aubrey abre a porta vestindo a camiseta do Piu-Piu que usa para dormir, mas não parece que estava dormindo.

— Ei, foi mal por isso.

Aubrey observa Frank ir embora, tendo só um vislumbre de seu rosto.

— Sem problemas — diz ela. Mas a voz dela está seca, o olhar frio. — Pelo jeito ele não queria me conhecer, né?

— Ah, eu... — Talvez devesse ter apresentado os dois, no fim das contas. — Não pareceu um bom momento.

Aubrey a leva para dentro. As luzes estão apagadas, a sala de estar escura exceto pela luz azul que emana da reprise de *Law & Order* na televisão. Passam cuidadosamente pelo padrasto de Aubrey, que está dormindo na cadeira reclinável com uma cerveja no porta-copos. Maya se surpreende por ele estar dormindo, pelo irmão de 10 anos de Aubrey, Eric, não estar esparramado no chão jogando no Game Boy; por não ser possível escutar a mãe de Maya falando ao telefone ou se exercitando com um vídeo no porão. Normalmente, essa casa é muito mais barulhenta que a dela. Sente-se péssima por ter se atrasado.

Aubrey não diz nada quando entram no quarto dela. Uma música do Tender Wallpaper ecoa dos fones de ouvidos em cima da cama; Maya reconhece as batidas lentas. Há uma lata de refrigerante de laranja sobre a mesa de cabeceira. O cheiro da fumaça de um cigarro recém-fumado paira no ar, mas a casa inteira cheira a cigarro, então ninguém vai perceber. Pisca-piscas emolduram a janela aberta. Maya fica boquiaberta quando vê o relógio. 23h42. Está três horas atrasada.

— Uau, sinto muito mesmo — diz ela. — Eu estava prestes a pedalar até aqui quando Frank apareceu lá em casa. Ele só ia ficar alguns minutos, mas então começamos a conversar e...

Aubrey olha para ela.

— O que você usou?

— O quê? Nada.

Aubrey estreita os olhos, senta-se na cama e aperta o pause no CD que está tocando no Discman.

Maya se senta ao lado dela de pernas cruzadas. Uma brisa leve entra pela janela, gelada pela noite. Seu desconforto diminui e ela conta para Aubrey sobre o beijo e a conversa que o antecedeu. Maya ansiava por isso há tanto tempo — mas Aubrey parece indiferente. Desinteressada até.

— Então é por isso que está atrasada? — pergunta. — Por que estava dando uns amassos com Frank?

— Não, também conversamos. Ele me contou mais sobre a cabana.

Um sorriso malicioso surge no rosto de Aubrey.

— A que ele está construindo no quintal da casa do pai?

— Não é no quintal — diz Maya com uma pontada de ressentimento —, o terreno do pai dele fica fora da floresta estadual. A cabana é na floresta, e Frank já terminou. Vai me levar para vê-la amanhã a uma da tarde.

— Ele vai te levar pra uma cabana na floresta. O que é isso, um filme de terror?

— Você não diria isso se o conhecesse.

— Sério?

— Olha, eu já disse que sentia muito. E sinto mesmo. Devia ter chegado aqui às 21h, como combinado.

Aubrey se acalma, mas seus olhos ainda fervilham de perguntas. Maya se questiona se Aubrey está com ciúmes. Nunca pensou nisso antes, mas suas suspeitas aumentam quando Aubrey parece perder interesse no assunto e sugere que assistam a um filme *slasher* dos anos 1980 em que um homem mascarado persegue adolescentes. Assistem na antiga televídeo que Aubrey comprou em uma venda de garagem. O filme também veio de uma venda de garagem, comprado com o dinheiro que ganhou como empacotadora no mercado. O filme é sangrento e horrível. Normalmente estariam fazendo piadas o tempo todo, mas esta noite, exceto por alguns comentários de Maya, assistem em silêncio, e a cada assassinato a escolha de Aubrey parece mais uma mensagem passivo-agressiva. Ela está tão quieta quando o filme acaba que Maya acha que ela está dormindo, então Maya desliga a televisão e se deita ao lado de Aubrey na cama. O dia foi quente, mas a brisa noturna está fria, então ela vai para debaixo do cobertor. Fecha os olhos.

— O que vai acontecer quando você for para a faculdade?

— Hã?

— Com você e o Frank. Como vai ser quando for embora?

— Não sei — diz Maya —, talvez eu atrase um ano. — É só quando as palavras deixam sua boca que ela percebe que estava considerando a possibilidade, mas agora que disse, sabe que é verdade.

— Tá de brincadeira?

— Muita gente tira um ano de folga — diz Maya, surpresa em não ter pensado nisso antes. Que diferença faria começar a universidade no próximo ano e não semana que vem?

— Qual é o seu problema? — pergunta Aubrey.

Maya não sabe o que responder. Ela não tem problema algum. E quem é Aubrey para criticá-la por querer ficar? Ela também vai estar aqui, trabalhando no mercado e frequentando a Faculdade Comunitária de Berkshire. Ela havia dito que não valia a pena fazer empréstimos para estudar em outro lugar, que já estava ótimo ir à faculdade comunitária, era mais do que qualquer um na família dela havia alcançado.

— Achei que ficaria feliz — diz Maya — ao saber que talvez eu fique na cidade.

— Uau — diz Aubrey sarcasticamente. Então faz uma pausa e parece que vai continuar, mas no fim limita-se a dizer: — Boa noite.

Maya está penteando o cabelo em frente ao espelho depois de experimentar várias blusas e escolher uma regata azul com listras brancas, quando alguém bate na porta. Ainda não são 13h e sua mãe está descansando do turno de ontem, então Maya se apressa até a porta antes que Frank bata de novo e a acorde. Ele está alguns minutos adiantado. Ela já está sorrindo quando abre a porta. Mas não é Frank.

É Aubrey. Ela está fantástica. Está usando o vestido que usou na noite em que ficou com o baterista da Screaming Mimis. Maya havia visto ele observá-la dançar a noite toda perto do palco, a alça do vestido escorregando do ombro dela às vezes, o tecido envolvendo seus quadris em movimento. Audrey também sabia que o baterista a observava. Esse era o objetivo. O vestido era vermelho, vermelho-sangue.

— Oi — diz Audrey.

Como ela ousa?

Agora toda a culpa que Maya havia sentido, toda a empatia, evapora como gotas de água em uma frigideira. Ela sai de casa e fecha a porta para não precisar sussurrar.

— Você sabia que ele estaria aqui às 13h.

Aubrey sorri e dá de ombros como se não fosse nada demais.

— Você disse que queria nos apresentar, então aqui estou eu.

— Olha, temos planos, ok? Não pode simplesmente...

— Não se preocupe, não vou ficar. Minha mãe está dando uma daquelas reuniões da Avon, então tive que sair de casa. Pensei em passar aqui. Conhecer o Frank.

A CABANA NA FLORESTA **139**

Maya balança a cabeça. Está prestes a pedir para Aubrey ir embora quando Frank encosta o carro na entrada da garagem. Ele sai do carro e abre um sorriso conforme se aproxima.

— Oi — diz Aubrey, estendendo a mão. — Sou...

— A Aubrey. — Ele aperta a mão dela calorosamente.

— Você deve ser o Frank. — O tom de voz dela é descontraído, mas ela mantém os olhos fixos nos dele, como se tentasse interpretá-lo. — Ouvi falar muito de você.

— Eu também. Só coisas boas. — Ele parece confortável, e Maya se pergunta se estava errada ao presumir que ele preferia passar tempo a sós com ela.

Ela quase morre quando percebe que os olhos de Frank percorrem o corpo de Aubrey.

— Bem — diz Maya em um tom ligeiramente forçado —, foi bom te ver, Aubrey. Mas, como estava dizendo, eu e Frank temos planos hoje...

Aubrey olha para ele, à espera de um convite.

Para o alívio de Maya, ele fica de fora da conversa. Ele não está exatamente sorrindo, nem se divertindo, mas é quase isso. E ela se pergunta o que ele está achando de tudo aquilo, a tensão óbvia no ar. O tom de voz de Maya. Por um momento, ela tem certeza de que ele decifrou toda a situação.

— Ok, bem... acho que te vejo por aí, então — diz Aubrey para Maya e ela soa quase triste, mas Maya não sente empatia pela amiga. Nunca machucaram uma à outra assim. Não dessa forma, de um modo que parece cruel.

— Foi um prazer te conhecer, Frank — diz Aubrey. — E parabéns.

Ele congela.

— Parabéns?

— Pela cabana. Maya disse que você terminou.

O lampejo de divertimento some de seu rosto. Ele encara Maya.

— Você contou sobre minha cabana.

— Eu... contei que você construiu. Não deveria?

Frank lança um olhar furioso na direção dela. Parece um estranho.

— Desculpa ter tocado no assunto — diz Aubrey. — Eu... vou indo.

— Tudo bem — diz ele enquanto ela se afasta. — Sério. Fico feliz que saiba, Aubrey. — Um sorriso ilumina seus olhos e se espalha pelo seu rosto. — Talvez queira ver também.

Não! Maya quer gritar.

— Mas vai ter que ser outro dia — diz ele. — Na verdade, tenho que voltar para ficar com meu pai. Ele teve uma manhã ruim. Foi isso que vim te dizer, Maya. Não vamos poder sair hoje, desculpa.

Ela não acredita nele. Ele ia levá-la para a cabana, ela lhe contaria a ideia de atrasar os estudos em um ano, mas Aubrey estragou tudo.

— Desculpa.

— Pelo quê? — Ele lhe dá um abraço de despedida, mas o abraço é tenso, sem emoção. Mesmo que seu rosto finja que nada aconteceu. — Prazer em conhecê-la — diz ele a Aubrey. Ele olha para o corpo dela novamente, e Maya sente um soco no estômago.

— Veio para cá a pé? — pergunta Frank.

Aubrey assente.

— Quer carona?

Aubrey olha para Maya e depois para Frank. Então pensa por um instante.

— Claro — diz ela.

Maya não respira enquanto observa ele abrir a porta do carro para ela. Aubrey entra e evita fazer contato visual com Maya pelo para-brisa.

22

Maya estava bebendo desde as 17h, o chá de sua caneca substituído por suco de laranja e o gim barato que comprara quando voltava do museu. Quatro horas depois, a garrafa estava quase vazia, e ela se sentia mais calma, mas não bêbada como deveria. Em qualquer outra ocasião, já estaria zonza a essa altura, mas agora era como se seu corpo não permitisse isso, como se cada célula quisesse permanecer alerta.

O cheiro de chili se infiltrava pelas paredes. O aroma de alho, cominho e carne tostando. Esse era um dos melhores pratos de Brenda, mas Maya não comeu. Ela sabia que estava sendo cruel, mas sua mãe questionou a sanidade dela novamente.

Ela não teria ficado tão incomodada se não estivesse tentada a sucumbir aos medos da mãe. Se simplesmente concordasse que estava louca, Maya conseguiria o tipo de remédio que a faria dormir por doze horas seguidas. Ela serviu mais gim na caneca. Estava sentada no escuro, com as pernas cruzadas na cama e o celular em uma das mãos. Horas de pesquisas sobre Ruby Garza não deram em nada novo. E, mesmo se Maya pudesse ligar uma terceira mulher morta a Frank, ainda não saberia *como* ele as matara.

E, nesse meio-tempo, Dan ainda não havia respondido à sua mensagem.

Alguém com nome de usuário *nina_borealis* havia o marcado em uma foto do Instagram. Ele estava sentado a uma mesa no Silhouette Lounge, bebendo o que provavelmente era Coca-Cola com rum em frente ao amigo da faculdade de direito, Sean e a namorada de Sean, Ellie. Os três estavam sentados bem próximos, aparentemente na companhia de Nina, que havia tirado a foto. Uma pesquisa rápida havia mostrado que Nina era uma bela arquiteta filipina que gostava de viajar.

Maya nunca havia se sentido insegura em sua relação com Dan, mas ele nunca havia ignorado as mensagens dela. Será que Nina era solteira? Gostava de flertar?

Ela lembrou a si mesma que não tinha motivos para desconfiar de Dan — enquanto ele tinha todos os motivos para desconfiar dela. Ele deve ter percebido que ela estava escondendo algo, deve ter sentido, e provavelmente esse era o motivo para não ter respondido às mensagens. A verdade era muito importante para Dan. Guardar segredos era muito pior do que contar sobre o Rivotril, ele provavelmente nem a julgaria por isso. Metade das pessoas que eles conheciam tomava remédios para ansiedade, depressão ou algo assim. Conforme a noite se estendeu e ele não a respondeu, a possibilidade de perdê-lo se tornou real.

O pensamento fez seu peito afundar. Ela estava em uma situação tão caótica quando se conheceram, vagava pelos dias, esquecia a maioria das noites, e foi Dan quem conseguiu romper essa névoa. Ele era seu Orfeu que nunca olhou para trás e a ajudou a voltar para a terra dos vivos. Transformou o mundo em um lugar que ela queria estar. Era o tipo de pessoa que se recusava a comprar molho de tomate em lata porque o feito em casa era muito melhor, e gostava de prepará-lo. Cozinhavam juntos toda noite desde que Maya foi morar com ele, e agora não havia outro lugar que ela queria estar mais do que ao seu lado, picando ervas, ouvindo música e experimentando a comida mais do que o necessário, porque tudo era simplesmente delicioso.

Queria apenas voltar uma semana no tempo, para antes de ver o vídeo. Colocariam uma playlist de reggaeton e dançariam na cozinha enquanto uma panela de sopa de macarrão fervia no fogão. Dan amava dançar quase tanto quanto ela.

Agora ela se imaginava cozinhando sozinha.

A CABANA NA FLORESTA **143**

Nenhum dos apartamentos em que morou desde que saíra da casa da mãe haviam parecido um lar para Maya, pois ela nunca se esforçara para isso. Mas morar com Dan era diferente. Ela queria que ele estivesse ao seu lado na cama, mas estava feliz por ele não estar lá para vê-la bebendo gim sozinha no escuro.

Uma mensagem chegou ao seu celular. Desta vez, era de Steven. Ela havia perguntado se ele tinha uma foto do último quadro de Cristina, o que ele havia dito ser diferente das outras obras. Talvez o quadro pudesse oferecer algum vislumbre da mente da mulher que escolheu tatuar a chave de Frank no braço.

Steven havia concordado em tirar uma foto do quadro e enviar por mensagem quando chegasse em casa. Lá estava o quadro, e realmente era diferente das obras do site de Cristina. *As Salinas de Bonneville* era impressionante por sua beleza de outro mundo, o vasto vazio de terra e céu, a luz cristalina e fria.

Esse quadro era quente. Era do aposento principal da cabana de Frank. Um espaço aberto com a cozinha de um lado e a sala de estar do outro, com o sofá acolchoado, o tapete felpudo e a lareira alta de pedra. Tudo havia sido retratado com detalhes realistas, exceto pelo fogo. Havia algo em relação ao seu brilho, uma intensidade na luz. Entremeada de tons de laranja, rosa e dourado, mais bonita do que a luz natural. Mais bonita, pensou Maya, do que a luz no quadro das salinas de Cristina — mas com um efeito oposto. Essa pintura tinha tudo o que faltava na obra anterior. Satisfação. Bem-estar. A sensação do calor em seu rosto. Deve ter sido assim que ela se sentia lá.

Assim como o vilarejo nublado do livro do pai de Maya, o verdadeiro lar de Pixán, o quadro de Cristina parecia, ao mesmo tempo, real e mágico.

Dr. Barry teria rotulado os pensamentos de *apofenia*: a falsa crença de que coisas aleatórias estão, de alguma forma, conectadas. A ilusão por trás de muitas teorias da conspiração.

Se prestar atenção o suficiente a qualquer coisa, surgirão padrões.

144 ANA REYES

Mas Dr. Barry sempre falava mais do que ouvia. Do que ele sabia? O quadro a fazia recordar do livro porque seu pai e Cristina estavam descrevendo a mesma coisa: o lar perfeito.

Maya colocou o celular na cama com a tela virada para baixo. A pintura a perturbara. Apoiou a cabeça entre as mãos. Havia um motivo pelo qual não lia o livro do pai há anos. Um motivo pelo qual raramente pensava nele ou nunca havia comentando a respeito para Dan, mas nunca havia destrinchado esse motivo para si mesma. Preferia se entupir de comprimidos e beber para esquecer. A única maneira de conviver com o que havia acontecido era agir como se não fosse real — mas isso dava trabalho. Ela tinha que evitar cuidadosamente tudo que a lembrasse da morte de Aubrey.

E isso incluía o livro do pai. Não havia sido uma decisão consciente, mas uma das muitas crenças ocultas que guiavam seu comportamento. O livro era muito perturbador. Maya o havia deixado para trás quando partiu para a faculdade, guardado no envelope pardo em sua estante. Mas agora anos haviam se passado sem que ela pensasse nele, e muitos dias desde que tomou o último Rivotril, e ficava claro que a história de seu pai a lembrava demais da mentira que estivera contando a si mesma.

Havia percebido isso cerca de um ano após a morte de Aubrey. Maya havia ido passar alguns dias em casa, estava tomando altas doses de remédio e tentava seguir a vida, quando revolveu tirar o livro da prateleira. Um sentimento de pânico se apossou de seu peito no momento em que começou a ler a própria tradução escrita à mão. Sentiu que estava ficando sem ar. E algo lhe disse que se continuasse, se revisitasse essa história e seu significado oculto, desbloquearia verdades que não aguentaria revelar.

Então o devolveu para a prateleira.

Mas a pintura de Cristina a havia feito recordar. Assim como o livro de seu pai, ela tinha certeza de que ali estava a chave para o segredo de Frank.

A CABANA NA FLORESTA **145**

E a chave era de uma porta dentro de sua mente. Quanto mais procurava por Frank, quanto mais pessoas interrogava, mais óbvio ficava que Maya nunca encontraria a resposta fora de si mesma. Estava presa dentro dela, escondida nas horas que perdera. Dr. Barry diria que ela estava chegando à beira da psicose, mas Maya sentia que, pela primeira vez desde que viu o vídeo, estava chegando a algum lugar. Levantou da cama e foi até a prateleira, esticou a mão para pegar o antigo envelope pardo — mas não havia nada. Lembrou-se de que esse não era mais seu quarto. Deve ter se esquecido no escuro. Acendeu as luzes e percebeu que não fazia ideia de onde o livro estava agora. Vasculhou o armário, a mesa, as gavetas vazias de sua antiga mesa de cabeceira. Havia tirado as roupas mais cedo porque estavam suadas, mas agora as vestiu novamente, colocando as leggings úmidas e a camiseta de manga comprida com dificuldade. Conferiu cada prateleira da sala de estar. Sabia que a mãe não jogaria o livro do pai dela fora.

A não ser que — e se colocou para doação sem querer?

A mãe dela havia pedido para que ela viesse para casa para pegar o que quisesse antes que o antigo quarto fosse transformado em um Airbnb. Mas Maya não foi. Ela adiou por semanas e depois meses, até que Brenda anunciou que estava levando tudo para doação, e Maya, ainda satisfatoriamente medicada à época, não se importou.

— Não — sussurrou agora. — Não, não, não...

Lembrou-se da expressão de seu avô quando lhe deu o livro. A delicadeza da tinta. As palavras do pai. Ela andou de um lado para o outro algumas vezes, passando as mãos pelo cabelo.

Então pensou no porão. Talvez a mãe dela tivesse blefado quando falou da doação; talvez só quisesse que a filha voltasse para casa. Maya correu para o andar de baixo, andando em passos leves para não acordar a mãe.

O porão a assustava quando era criança. Lá era mais frio do que o resto da casa e cheirava a mofo. Era um cômodo comprido que ficava mais escuro quanto mais se adentrava. Primeiro havia a lava e seca e depois uma cômoda que servia como tábua de passar roupa. Então uma estante com aparelhos de cozinha e restos de projetos de artesanato. Um pote com bolinhas de gude. Latas de tinta, uma máquina de sorvete. Além disso, caixas com livros, mas não o que ela estava procurando. Entrou mais fundo. Remexeu em cestas de roupas. *Por favor, esteja aqui. Por favor, esteja aqui.* Agora engatilhando, abriu um caixote e achou um jogo de chá coberto de poeira. Outro continha os jogos que gostava quando criança. Monopoly. Batalha Naval. Detetive. Estavam todos ali — sua mãe havia guardado tudo. Uma onda de gratidão tomou o peito de Maya. Ela encontrou o livro do pai em uma caixa junto com outros exemplares que amava, os que ficavam em sua antiga prateleira.

Levou-o para cima e começou a ler.

Esqueci Que Era Filho de Reis.

Esse era o título do livro do pai dela. Maya havia escrito a tradução na capa do caderno guardado dentro do envelope pardo junto com as outras 47 páginas.

Ela estava feliz por já ter a tradução, porque não tinha forças para decifrar o espanhol agora. Traduzi-lo havia sido um grande esforço para ela aos 17 anos, difícil a princípio, mas se tornou mais fácil quando ela pegou o jeito, ou talvez ela simplesmente estivesse tão absorta na história que se desdobrava que as horas se tornaram minutos. Ela trabalhou no texto todos os dias na biblioteca por quase duas semanas, e estava na última página quando conheceu Frank.

Era detalhista, procurando por pistas dos rumos da narrativa. Esse era o maior mistério de sua vida na época — e era um mistério até hoje. Ter o caderno em mãos trouxe à tona antigas perguntas. Héctor se lembra de que, na verdade, é Pixán? Pixán coleta a herança? Algum dia volta para casa? Consegue rever os pais?

Esqueci Que Era Filho de Reis.

Sentiu um estalo quando passou os olhos sobre o título.

O título!

Talvez realmente precisasse passar sete anos afastada do livro para ver a pista mais óbvia, a que estava escrita bem na primeira página. Estivera tão concentrada na história quando mais nova, no enredo incompleto e no que ele significa, que se esquecera do poema do título. A tia dela havia dito que era parte de um verso de

148 ANA REYES

um poema muito antigo que Jairo amava. Por que Maya não pensou nisso antes? O pai dela amava poesia — certamente o poema que ele citou daria alguma pista *do que* se tratava o livro. O que significava. O que ele estava tentando dizer.

A cama dela parecia um ninho, cobertores, travesseiros e folhas espalhadas por todo canto. Vasculhou tudo à procura do celular e o encontrou espremido entre a cabeceira e o colchão. Digitou o título, entre aspas, na barra de pesquisa.

O poema foi a primeira coisa que apareceu — em uma página na Wikipédia. E não era bem um poema, pelo menos Maya não o considerava, e sim um hino. "O Hino da Pérola." Carolina não estava brincando quando disse que era antigo. Era ancestral, de autor desconhecido. De acordo com a Wikipédia, o hino aparecia no apócrifo *Atos de Tomé*, que pelo que Maya entendeu tinha algo a ver com a Bíblia.

Segundo leu, os Atos de Tomé remontavam ao século III — mas aparentemente o hino era ainda mais antigo. Aparecia *dentro* dos Atos, cantado por Tomé, provavelmente o personagem principal, enquanto ele estava na prisão. O hino contava uma história que circulava há pelo menos dois séculos antes dos Atos serem escritos, uma história dentro de uma história. Ninguém conhecia sua origem, mas continha fragmentos de contos populares antigos.

Maya se perguntou onde o pai havia se deparado com esse hino tão antigo e qual a conexão, se é que havia, com o romance que ele começara a escrever. Ela rolou a tela até "Passagens do texto" e leu:

> *Quando eu era criança,*
> *vivendo no meu reino na casa de meu pai,*
> *feliz nas riquezas e nos luxos de minha família*
> *que me sustentava.*
> *Meus pais me deram provisões*
> *e me enviaram para fora do nosso lar no leste.*

A CABANA NA FLORESTA 149

[...]

Eles fizeram uma aliança comigo e

escreveram-na em meu coração

para que não me esquecesse:

"Quando desceres para o Egito, e trouxeres

de volta a Pérola Única que está depositada no

meio do mar e é guardada por uma

serpente desdenhosa, novamente

vestirás tua túnica de glória e tua toga por cima, e

com teu irmão, o próximo em nossa linhagem,

tu serás herdeiro em nosso reino.

[...]

Fui direto até a serpente e

me instalei próximo a sua hospedaria,

esperando que ela adormecesse para

que eu pudesse lhe tirar minha pérola.

Como eu estava totalmente sozinho era um estranho para os outros da hospedaria.

[...]

Mas de alguma maneira eles descobriram

que eu não era seu compatriota,

e eles lidaram comigo com astúcia

e me deram do seu alimento para comer.

Eu esqueci que era um filho de reis, e servi ao rei deles.

Eu esqueci a pérola em cuja busca meus pais me enviaram.

Por causa do peso do alimento deles, caí num profundo sono.

Maya soltou o celular. Pegou o caderno e leu as palavras cuidadosamente traduzidas em sua própria caligrafia grande de sete anos atrás.

Ficou boquiaberta enquanto relia a história que, na verdade, nunca esquecera e percebeu as conexões. Pixán claramente era a "criança" do hino. E a "pérola" era a herança que seus pais o mandaram coletar, enquanto a "serpente desdenhosa" era o rabugento marido da tia-avó, que não queria cedê-la. E, dessa forma, Maya entendeu o que seu pai estava fazendo. Não era tão diferente do que Tomé, ou quem quer que tenha escrito os Atos, estava fazendo quando adicionou o hino antigo em *seu próprio* livro.

Mas, enquanto Tomé havia deixado claro que o hino estava sendo recitado, o pai dela havia escolhido ocultá-lo na narrativa. Ele passou a antiga história adiante como uma herança, transportando-a para o presente, misturada aos momentos da vida de um garoto que cresceu na Cidade da Guatemala. Teceu o antigo conto à sua narrativa como um segredo. Prolongou o hino de forma que, se tivesse sobrevivido para terminá-lo, sua obra teria sido uma longa oração. Uma risada escapou da boca de Maya. Ela colocou a mão sobre a boca, lágrimas brotando em seus olhos. Havia resolvido o mistério, ou pelo menos um deles (apesar de sentir que, se analisasse melhor, até mesmo esse mistério se provaria ser símbolo de outro ainda mais profundo, de uma verdade que estava logo abaixo da superfície). Ela abriu "O Hino da Pérola" completo no celular e o leu do início ao fim. Conforme lia, os contornos da história do pai se revelavam. E ela finalmente entendeu como terminava.

24

MAYA NÃO QUER FALAR COM AUBREY, MAS PRECISA SABER EXATA-mente o que aconteceu quando Frank a levou para casa no dia anterior. Tinha sido uma viagem de cinco minutos. Tempo suficiente para conversarem, rirem e flertarem. Maya nunca desconfiou de Aubrey antes, mas viu como os olhos de Frank fitaram o corpo da amiga. Aquele vestido idiota. Foi só uma olhadela, menos de um segundo, mas foi o suficiente para ocupar horas da vida de Maya.

Não pensou em muito além disso desde então. Não enquanto jantava com a mãe na noite anterior, nem enquanto assistia à TV ou tentava dormir. Há duas semanas, não acreditaria que poderia estar tão chateada por causa de um cara em quem nunca havia reparado na biblioteca.

Achava que ninguém poderia atrapalhar sua relação com Aubrey. Quem elas tinham além de uma à outra? Maya ao menos tem a mãe, mas Aubrey não se dá bem com a própria mãe há anos e não aguenta nem ficar no mesmo cômodo que o padrasto. Ela tem os garotos que a levam para sair, que provavelmente fariam tudo o que ela quisesse, mas só uma melhor amiga. Só uma pessoa que a conhece intimamente. Não faria sentido afastar Maya.

E, ainda assim, quanto mais pensa a respeito... Aubrey já não vinha demostrando isso há semanas? Maya pensa na frieza que notou. Na raiva que Aubrey mal conteve quando ela chegou três horas atrasada em sua casa. O cachecol que estava tricotando e se recusou a contar para quem era. O fato de que sabia tricotar. Até

151

aquele momento, Maya tinha certeza de que conhecia intimamente a melhor amiga. Obviamente estava errada.

Aubrey não ligou de volta, e já havia se passado um dia inteiro, o que poderia significar várias coisas, e todas as possibilidades passaram pela cabeça de Maya. Aubrey poderia estar ocupada, brava, ou poderia nem ter visto a ligação.

Ou poderia de fato estar evitando Maya — talvez porque alguma coisa *tenha* mesmo acontecido no carro. Pensar nisso é tão estranho, tão paranoico que poderia ser o pensamento de outra pessoa. Ainda assim, vira uma bola de neve: e se Aubrey e Frank decidiram passar um tempo juntos depois que ele a deixou em casa? E se Aubrey o convidou para entrar?

O fato de Maya não conseguir contato com Frank não ajuda em nada. Ela ligou no número que ele passou há algum tempo, mas ninguém atendeu — o que não surpreende. Ele disse que o número é do telefone fixo da casa do pai, onde ele está passando os últimos dias de vida. Frank disse que geralmente deixam no mudo. E ele não tem celular.

Pelo jeito, Frank é um cara bem difícil de se contatar. Maya só está percebendo isso agora, já que nunca havia tentado. Era sempre Frank quem a procurava, ligava da biblioteca ou da casa do pai para combinarem algo, ou simplesmente aparecia na casa dela. Mas agora ela não o via desde que ele saiu de carro com Aubrey, e não fazia sentido — fazia apenas duas noites que haviam se beijado, que haviam se declarado um para o outro. Aubrey tinha arruinado tudo.

Maya está a caminho da biblioteca, caminhando pela rua First, passando por outra igreja. Vai chegar bem na hora que Frank sai do trabalho. Sabe que aparecer no trabalho dele pode fazê-la parecer desesperada, mas de que outra forma poderia falar com ele? Ainda não entendeu qual o motivo de ele ter ficado tão bravo por ela contar a Aubrey sobre a cabana. Mas, seja lá qual for a razão, Maya quer consertar as coisas. Aliviar a tensão.

A CABANA NA FLORESTA **153**

Afinal, já solicitou a suspensão da matrícula na Universidade de Boston. É claro que a mãe ainda não sabe, mas Maya só contará quando tudo estiver concluído.

Ela caminha rapidamente. O sol está forte, mas a umidade retém o calor do dia e o suor encharca sua nuca. Ela sabe que deve estar exagerando — provavelmente Frank só estava ocupado e Aubrey só estava agindo como uma idiota egoísta. Certamente não havia com o que se preocupar, e ainda assim Maya não conseguia parar de pensar na imagem dos dois se afastando juntos no carro dele.

Deve ser por isso que tem a impressão de ver os dois agora, sentados juntos a uma mesa ao lado da janela no Dunkin' Donuts que fica no caminho da biblioteca. Deve ser por que passou o dia obcecada por eles e projetou o rosto deles em dois estranhos. Seus passos desaceleram.

Será que realmente são eles conversando enquanto tomam café gelado? Maya só consegue ver as costas da garota, mas reconhece o cabelo preto e os ombros pálidos.

Com certeza é Aubrey. E Frank.

Ele está com o mesmo sorriso que conquistou Maya, caloroso, mas astuto, e estranhamente íntimo.

Maya sente o coração martelar em sua garganta conforme caminha até a entrada. Ela sabia; tinha razão. Se Frank a vê abrindo a porta do café, não esboça qualquer reação.

Aubrey não a vê até ela estar há poucos metros de distância. Seus lábios se abrem. Os olhos se arregalam.

Só então Frank parece perceber o que está acontecendo. Assim como Aubrey, ele pareceu surpreso, mas não arrependido.

— Oi — diz ele.

O rosto de Aubrey está pálido.

Frank se levanta da cadeira de plástico para cumprimentar Maya. Ele sorri, tem a intenção de abraçá-la. Mas Maya o impede.

Dá um passo para trás, esquivando-se de seu toque — e isso o surpreende. Ele parece chateado. Tenta encontrar os olhos dela, mas ela encara a suposta melhor amiga.

— Só fui pegar um livro — diz Aubrey. — Ele me recomendou um ontem... disse que devia vir buscar. — Ela mostra o livro, era de capa dura com um daguerreótipo do que parecia um mágico vestindo uma longa capa preta.

— É verdade — diz Frank —, falei pra ela sobre um livro que achei que ela gostaria, e ela veio retirar. Trabalho em uma biblioteca. É isso o que eu faço. E, já que eu estava saindo, viemos até aqui tomar um café.

— Tanto faz — diz Maya —, não ligo. — Mas as palavras saem duras, e Aubrey desvia o olhar.

O Dunkin' Donuts está calmo, os únicos outros clientes são uma enfermeira pegando um pedido grande e um idoso cochilando em uma mesa próxima à porta.

Frank suspira.

— Sinto muito se te chateei, Maya. Tentei fazer algo legal para sua amiga.

— Não estou chateada — diz ela. Mas sua voz está alta demais, a postura muito rígida. Aubrey encara a mesa. Ninguém diz nada, e Maya se pergunta se exagerou.

Ela está sendo irracional?

Quando Frank fala de novo, ele soa cansado. Decepcionado.

— Sabe que mal conheço ninguém na cidade — retruca Frank. — Passo todo meu tempo com você ou meu pai. Um homem que está morrendo e uma garota que está se mudando. Preferiria que eu não fizesse amigos? — Ele gesticula para Aubrey, que continua parecendo querer desaparecer.

— Claro que não — diz Maya. Será que ela é mesmo a vilã aqui? — Mas... minha melhor amiga?

— Nós dois gostamos de mágica — diz ele. — Ilusões, controle mental, esse tipo de coisa. É legal poder conversar sobre isso com alguém. — Ele olha para Aubrey, para que ela possa confirmar, mas ela mantém os olhos no chão.

Maya sente que deveria se desculpar. Mas decide que não o fará.

— Enfim — diz Frank —, preciso buscar meu pai no grupo de apoio. Te vejo por aí, Maya. — E então, para Aubrey: — Espero que goste do livro.

Ele leva o café junto, deixando uma marca molhada na mesa. O rosto de Maya queima enquanto ele vai embora.

No momento em que parte, ela se vira para Aubrey.

— Você fez isso de propósito.

Aubrey balança a cabeça. Há uma tensão em seu comportamento.

— Sei que parece estranho — diz ela —, mas não há nada entre nós dois.

— De quem foi a ideia de vir aqui?

— Dele. Sem dúvidas, dele.

Maya estremece, mas tenta não demonstrar.

— Ele começou a perguntar de mim assim que entrei no carro ontem — diz Aubrey. — E, no segundo em que contei que gostava de mágica, ele disse que conhecia um livro que eu deveria ler. — Os olhos dela se voltam para o livro, a capa perigosamente próxima da água deixada pelo copo de Frank. — Ele disse que eu deveria vir buscar o livro na biblioteca às sete da noite.

— Bem, isso não significa que você precisava aparecer.

— Eu fiquei curiosa. Achei que só ia pegar um livro. Sei como Frank fez parecer agora... Como se eu tivesse *aparecido do nada* quando ele saía do trabalho. Mas ele está te enganando, Maya. Ele planejou tudo. O livro da biblioteca era só uma desculpa pra me ver de novo.

O maxilar de Maya fica tenso.

Ela percebe que Aubrey não queria ter que dizer isso. Ela não está falando para feri-la, e essa expressão em seu rosto — a que

Maya pensou ser arrependimento — na verdade, era pena. Aubrey está com pena nela. E isso é muito pior. Elas tiveram desavenças durante os anos, mas até esse momento nenhuma realmente havia feito mal à outra.

— Ah, fala sério — esbraveja Maya —, você apareceu na minha casa toda — como devia dizer isso — *arrumadinha* quando sabia que ele estaria lá.

Aubrey não tenta se defender.

— Eu queria saber qual é a dele — responde ela. — Você começou a ficar estranha desde que o conheceu e agora eu entendi o porquê. *Ele* é estranho, Maya. É controlador. E, se eu fosse apostar, diria que foi ele quem sugeriu que você adiasse a faculdade, certo?

Maya não responde. Por que responderia? Tem certeza de que adiar a faculdade tinha sido ideia dela mesma. Imagina se Aubrey está gostando disso, se é prazeroso apontar a facilidade que foi atrair o interesse de Frank.

— Olha — diz Aubrey —, eu não sou a vilã aqui. Não estou tentando roubar seu namorado.

— Por que não? O Frank não é melhor que qualquer caipira idiota com quem você vai acabar namorando?

Aubrey se levanta, pega o livro e olha para o capuccino gelado. O conteúdo do copo está quase intacto, mas a bebida está derretida. Ela a encara por um momento, então balança a cabeça e a joga fora. A caminho da saída, ela diz para Maya:

— Você não entende, não é?

O SOL DA MANHÃ DERRAMAVA SEUS RAIOS CÁLIDOS PELAS JANE-
las. Brenda saiu para trabalhar às 04h30, então, sem ninguém para acordar, Maya caminhou livremente pelo corredor de acesso ao seu antigo quarto vestindo uma camiseta e uma calça de moletom roxa que encontrara no porão. Manter-se em movimento a ajudava a pensar. Agora ela entendia a história do pai, mas não o que isso significava em relação a Frank. Isso queria dizer que Maya, assim como Pixán, havia esquecido algo importante?

Ou o significado era outro? Algo mais óbvio?

Pensar sobre sua versão de 17 anos era quase doloroso. Dia após dia, ela se sentava sozinha na biblioteca, tão absorta pelo mistério do livro do pai — traduzindo-o, fazendo anotações, manuseando as páginas frágeis com cuidado — que nem notara o bibliotecário bizarro que provavelmente a observava de trás do balcão de informações.

Enquanto ela decifrava o livro, ele havia a decifrado. Deve ter sido tão fácil. Qualquer um conseguiria ver que aquelas páginas eram importantes para ela. É claro que Frank as usara como pretexto para se aproximar. Como funcionário da biblioteca, ele também tinha acesso ao histórico de empréstimos dela e saberia de seu interesse pela Guatemala. O Frank que ela conhecia seria capaz de inventar uma história sobre invadir uma pirâmide maia de madrugada com muita facilidade. Hoje em dia, ela duvidava que isso fosse verdade e até que ele conhecesse a Guatemala. Ele deve ter presumido que a história a impressionaria, e estava certo.

157

Mas ele foi além. Quando ficou sabendo que o livro era de autoria de seu falecido pai, o interesse de Frank aumentou. Agora ela se perguntava se, em parte, foi por isso que ele a escolhera. Assim como Cristina, que era distante dos pais, Maya tinha um vazio na vida — e Frank viu isso como uma oportunidade.

Ele queria preencher esse espaço, ser a pessoa mais importante para ela — e queria isso de imediato. Se ela não estivesse disponível quando ele quisesse — se, por exemplo, tivesse planos com Aubrey — ele fazia com que ela se atrasasse, como uma forma de punição.

A primeira vez em que ele pediu para que Maya contasse sobre o pai dela, estavam sentados no gramado da praça da cidade, tomando raspadinha de cereja em um dia preguiçoso de verão.

O que quer saber?, ela havia perguntado.

A história dele.

E então ele descobriu que tudo o que ela tinha do pai eram histórias.

Ela contou a ele sua favorita, uma que sua mãe havia lhe contado quando ela era criança. Brenda costumava contá-la na hora de dormir, e como muitas das histórias contadas dessa forma, de mãe para filha, havia assumido ares de conto de fadas, aperfeiçoada depois de incontáveis relatos. Alguns detalhes esvaneciam enquanto outros eram exagerados, mas a essência continuava a mesma.

Brenda contava que não sabia quase nada sobre a Guatemala antes de ir para lá, e isso foi parte da atração. Ela tinha 22 anos e nunca havia saído dos Estados Unidos. Três de seus irmãos haviam se mudado para diferentes estados, deixando-a sozinha para cuidar dos pais, ainda enlutados pela morte da primogênita e a

A CABANA NA FLORESTA **159**

caminho da velhice. Parte de Brenda sempre soubera que nunca realmente sairia de Pittsfield, e talvez fosse por isso que uma outra parte menos responsável estivesse desesperada para escapar. E a Guatemala lhe parecia o mais longe possível de Pittsfield que ela poderia chegar.

A viagem havia sido organizada por um grupo afiliado à igreja que ela decidiu parar de frequentar assim que isso se tornou uma opção. Não que ela não fosse religiosa, ela simplesmente não acreditava no que a igreja dizia. Ela não foi para a Guatemala pregar a mensagem de Cristo, mas para descobrir o que poderia aprender. Como poderia deixar a experiência transformá-la. Em outras palavras, foi fazer o oposto de um trabalho missionário, o que era típico de Brenda. Ela era uma rebelde. Sempre fora, mas de um modo silencioso.

Era para Brenda ter ficado lá durante um mês. Ficou hospedada com uma família na Cidade da Guatemala, um casal na meia-idade com dois filhos: uma filha que já havia saído de casa e um filho universitário, que ainda morava com eles.

O casal eram os avós de Maya.

O filho era Jairo.

Desde o início, Brenda se sentira tímida perto dele. Ele também era tímido ao redor dela, o que significava que eles mal se falaram na primeira semana dela lá, apesar de passarem muito tempo juntos na sala de estar. Foram se conhecendo lentamente dessa forma, por meio de olhares roubados, espanhol mal pronunciado e silêncios que se tornavam cada vez mais confortáveis. Logo se tornou claro que sentiam algo um pelo outro, mas parecia que isso não daria em nada. Vinham de mundos diferentes. E nunca tinham a chance de ficar a sós.

Até que uma noite Brenda acordou ao ouvir um barulho estranho do lado de fora da janela. Um batuque rápido seguido por momentos de silêncio, como um pica-pau, mas havia algo artificial no som, como se fosse mecânico. Era alto o suficiente para acordá-la, mas não o suficiente para mantê-la acordada. E, apesar de ficar curiosa, logo voltou a dormir.

Esqueceu o assunto até a noite seguinte, quando aconteceu novamente. Desta vez, Brenda levantou da cama e foi até a janela. Colocou a cabeça para fora — não havia tela — e prestou atenção. O som vinha do telhado. Ela olhou para cima e não conseguiu ver nada, mas caiu no sono escutando o barulho. Sonhou com um pássaro mecânico feito de penas de cobre e engrenagens no lugar do coração, sonhou que ele estava bicando um galho, tentando lhe dizer algo em seu código estranho e em *staccato*. As articulações rangiam quando ele abria as asas e voava.

Pela manhã, ela tentou explicar o som para a família que a hospedara, mas seu espanhol era ruim e ninguém conseguiu entendê-la. Na terceira noite, Brenda saiu da cama assim que ouviu o barulho, deixou a casa na ponta dos pés e subiu as escadas enferrujadas que levavam ao telhado.

O ar era diferente lá em cima, mais livre e arejado do que no térreo, onde um muro de blocos de concreto cercava a casa por todos os lados. Brenda olhou ao redor com medo, sem ter ideia do que encontraria, mas seu medo desapareceu quando viu que era ele.

Jairo. Estava sentado na beirada do telhado de costas para ela, as pernas penduradas para fora. Havia algo no colo dele. A fonte do barulho. Quando Brenda se aproximou viu que não era um pássaro mecânico que fazia todo aquele barulho, e sim uma antiga máquina de escrever. Os dedos dele se moviam rapidamente pelas teclas.

Jairo esperava até que todos dormissem, então levava sua máquina de escrever para o telhado, onde o som não acordaria ninguém. Era o que ele pensava.

Ele se desculpou por ter acordado Brenda, mas ela não se incomodou. Ficou ali, e eles conversaram até que as estrelas desapareceram e o sol nasceu e, depois disso, ela começou a se juntar a ele durante várias noites da semana. Foi assim que se apaixonaram. No telhado de uma casa da Cidade da Guatemala, observando a cidade além do muro protegido por arame farpado. Conversavam de tudo, e todos elogiavam como o espanhol de Brenda havia melhorado. Ninguém sabia sobre os dois, mas eles planejavam contar para a família dele em breve. Queriam ficar juntos e teriam noivado se Jairo não tivesse sido assassinado três semanas depois do primeiro encontro deles no telhado.

Brenda não sabia que estava grávida quando arrumou as malas e se despediu com tristeza da família que a hospedara. Só descobriu três semanas depois, quando começou a vomitar todas as manhãs.

Sempre quisera ter filhos, mas não era bem isso que imaginara. Ela sabia que seria difícil criar uma criança sozinha, sem mencionar que levaria anos para seus pais católicos a perdoarem, mas não tinha dúvidas de que teria a criança. A história acabava com o que sua mãe chamava de o dia mais feliz da vida dela. O dia em que Maya nasceu.

Posso entender por que esse livro é tão importante para você, Frank havia dito.

Ele aparentava ser um ótimo ouvinte, mas agora Maya compreendia que ele apenas sabia o valor das histórias nas vidas das pessoas. Aquelas que dizem quem você é e de onde veio. Nossos próprios mitos de criação, os quais celebramos todos os anos. Maya praticamente entregou a Frank a chave de seu cérebro e de seu coração no dia em que lhe contou a história sobre o falecido pai.

Sob a luz clara da manhã, quando parou de andar de um lado para o outro para beber água na pia da cozinha, tudo fez sentido. Disse a si mesma que precisava manter o foco. Esperava que ler o livro trouxesse algo à tona, despertasse alguma memória — e despertou, mas ainda era muito tênue. Pousou o copo, fechou os olhos, e pressionou as palmas das mãos nas cavidades oculares. Podia invocar o cheiro de uma lareira aconchegante e o som de uma correnteza, mas quando tentava se lembrar do que realmente *viu* naquela noite — o que aconteceu depois que foi procurar pela cabana — a única imagem que seu cérebro conjurou foi a chave de Frank.

Você não entende, não é?

A caminho de casa, as palavras de Aubrey fervilham na mente de Maya. Está tão distraída que atravessa na frente de um carro que está saindo do posto de gasolina. O motorista buzina. O ar tem cheiro de gasolina. O plano dela era abrandar as coisas com Frank, mas o oposto disso aconteceu. Ele estava bravo quando foi embora do Dunkin' Donuts — mas foi ele quem fez questão de ver Aubrey novamente.

Por quê?

Brenda levanta a cabeça e olha para Maya quando ela entra pela porta da frente. Está sentada no sofá com os pés apoiados na mesinha de centro, pintando as unhas de amarelo. Um documentário sobre a vida selvagem passa na TV.

— O que foi? — pergunta ela.

— Nada. — Maya não quer ouvir que Frank não será mais importante quando ela for para a universidade. Ela vai para o quarto.

Brenda bate na porta com delicadeza.

— Oi. — Ela coloca a cabeça para dentro. — Isso tem a ver com Frank?

Maya começa a chorar. Nunca foi boa em conter os sentimentos. Conta para mãe que pegou Aubrey e Frank no Dunkin' Donuts.

— Mas é a Aubrey — comenta a mãe dela. — Desde quando vocês brigam por causa de garotos?

As palavras doem porque Maya sabe que é verdade.

163

— Conhece ele há o quê? Duas semanas?

— E? — pergunta Maya apesar de entender o que a mãe está tentando lhe dizer. — E daí?

— Não acha que pode estar obcecada demais por ele? Quando foi a última vez que deu uma olhada no livro de seu pai?

Maya não tem como argumentar, então nem tenta, e a mãe dela desiste e volta para a sala e seu documentário sobre vida selvagem.

Ainda bem que ela não sabe sobre o possível trancamento da matrícula na Universidade de Boston, pois Maya odiaria que sua mãe compartilhasse de sua incerteza horrível sobre o futuro. Ela nunca foi uma dessas adolescentes que mal podem esperar para se afastar da família. Talvez seja porque a dela parece pequena demais: a mãe fica longos períodos sem falar com os pais, que continuam encontrando motivos para estarem decepcionados com ela, mesmo agora que a perdoaram por ter tido Maya. Sempre foi ela e a mãe contra o mundo. Essas últimas noites morando em casa teriam sido sentimentais sob qualquer circunstância, mas em vez de tentar aproveitar esse tempo que têm cozinhando e jantando com a mãe, Maya só pensa em Frank. Mal sente o gosto do manjericão fresco na berinjela salteada, ou do leite de coco no arroz.

Relembra o sorriso que Frank lançou para Aubrey, como se ele fosse o motorista do carro de fuga em um romance sobre um casal de assaltantes. Maya costumava pensar que esse sorriso era só para ela; agora não sabe o que pensar. Frank havia se mostrado tão vulnerável com ela na noite anterior, contando-lhe coisas tristes sobre sua infância, e parecera tão sincero quando confessou seus sentimentos. *Passo todo esse tempo com você porque não tem ninguém com quem eu preferiria estar.* Ela decorou as palavras assim que elas deixaram os lábios dele. Mas ele havia falado sério?

Você não entende, não é?, havia dito Aubrey; e ela estava certa. Maya não tinha ideia. Mas, depois de remoer tudo durante o jantar com a mãe no jardim ao pôr do sol, Maya decide que precisa de uma resposta. Porque, se Frank acha que pode beijá-la e trocá-la por sua amiga (mais bonita), vai ter que dizer isso na cara dela. Maya não vai sair da cidade sem saber. Se a biblioteca abrisse no dia seguinte, esperaria até lá. Mas, já que estará fechada, simplesmente terá que ir até a casa de Frank e perguntar.

Tem uma ideia geral de onde é (nos limites da floresta) e provavelmente conseguirá o endereço exato na lista telefônica. O único problema é chegar até lá. É longe demais para ir pedalando. Terá que pegar o carro da mãe emprestado — mas Brenda emprestará ao saber de seus planos?

— Sentiu isso? — pergunta a mãe.

— Sentiu o quê?

Uma gota de chuva na bochecha. Maya olha para o céu. Está levemente nublado.

— Será que é melhor entrarmos?

Elas esperam. Mais nenhuma gota. Trouxeram uma mesa dobrável, uma jarra de limonada e copos.

— Acho que não precisa — responde Brenda.

Maya tem uma ideia.

— Ei, esta noite posso te deixar no trabalho e pegar o carro emprestado?

Brenda encara a filha.

— Sabe — diz Maya —, já que parece que pode chover. Estava pensando em ir na Aubrey esta noite.

— Claro — concorda a mãe, sem desconfiar de nada.

Outra gota cai no ombro de Maya. Ela sente o rosto ficar quente.

O clima se mantém estável quando Maya passa pelo lago Onota, onde as casas se tornam mais espaçadas e as árvores mais juntas. Mal há iluminação nessas estradas estreitas. Ela encontrou

166 ANA REYES

o endereço do pai de Frank na lista telefônica, e o comparou ao número de telefone que Frank havia lhe dado — o número que ninguém nunca atendia. Ela quase perde a entrada para a rua Cascade. Nos limites da floresta estadual, parece mais com uma trilha pavimentada do que com uma rua. Os dois lados são repletos de árvores. Maya está nervosa. Frank nunca chegou a dizer o que o pai dele tinha. Usou palavras como *maligna* e *terminal*, mas nunca deu nome à doença, e ela nunca o pressionou para que explicasse. Porque quem era ela para fazê-lo falar sobre algo doloroso?

Agora ela queria saber mais sobre onde está se metendo. Aqui, nesta estrada de cascalho escura, sente-se menos irritada do que estava em casa. Lembra-se dos problemas que Frank mencionou, das brigas que o levaram à floresta quando criança. Tem tanta coisa que Maya não sabe sobre ele, tanta coisa que ele escondeu.

Ela pensa em dar meia-volta quando a caixa de correio aparece à direita. Consegue ver o número nela; a casa em si é invisível desse ponto da estrada, posicionada no fim de uma longa entrada de carros. Para decidir morar aqui, a pessoa deve valorizar privacidade — aparecer do nada assim pode parecer uma invasão.

E ainda assim ela havia vindo até aqui. E Frank nunca viu problemas em aparecer do nada na casa *dela*.

Ela diz a si mesma que irá bater com cuidado para não acordar o pai do Frank, caso ele esteja dormindo. Se ninguém responder, dará meia-volta e retornará para casa.

A casa é maior e mais impressionante do que ela havia imaginado. Maya havia considerado as roupas gastas e o trabalho de meio-período de Frank como evidência de que ele e o pai não tinham muitos recursos. Mas agora ela está vendo que eles moram em uma casa de arquitetura inglesa, com janelas grandes e telhado de duas águas. O carro de Frank está estacionado na entrada, e todas as luzes do andar inferior estão acesas.

A CABANA NA FLORESTA 167

Maya estaciona na entrada da garagem e coloca o celular no bolso traseiro antes de sair do carro. Agora que chegou, mal consegue acreditar que está fazendo isso. Mesmo estando brigadas, queria que Aubrey estivesse com ela.

Relvas altas roçam seus calcanhares conforme atravessa o gramado. Faz tempo que ninguém apara a grama ali. Ela escuta o som de grilos. O vento soprando nas folhas. A lua está cheia, mas praticamente toda escondida, o ar tem uma atmosfera pesada. Ela respira fundo antes de bater.

Ouve passos imediatamente. Eles se apressam até a porta, então param. *Que seja Frank, por favor, que seja Frank.*

O pai de Frank — uma versão mais velha, mais baixa e mais pálida dele — abre a porta. Tem o cabelo grisalho e uma barriga protuberante, mas o mesmo queixo pequeno. Os mesmos lábios finos. Os olhos dele se estreitam quando ele tenta, e não consegue, reconhecê-la.

— Quem é você?

— Oi, eu sou a Maya. Gostaria de saber se...

— Por que está aqui? — diz ele em uma voz baixa, mas urgente.

— Estou procurando o Frank.

O pai dele fica surpreso.

— Frank? Está aqui por causa do Frank?

— Sim, mas... se for um momento ruim... — Ela não consegue ver o que há de errado com ele. É desconfiado e estranho, mas não parece doente.

— Ele não está. Vou avisar que você passou.

Mas o carro de Frank, pensa ela, está bem ali na entrada.

— Pode me dizer onde ele está?

Ele acena para a floresta desdenhosamente.

— Ah, em algum lugar nos fundos.

Algum lugar nos fundos?

— Está na cabana?

A pergunta parece pegá-lo de surpresa. Então o espanto o abandona e ele abre um sorriso que é tão arrepiante quanto o do filho, porém o dele não contém o afeto, e é como a diferença entre rir com alguém e rir de alguém.

— É — diz ele —, acho que ele deve estar lá.

— Como chego lá? — Ela tenta soar confiante, mas o homem a deixa nervosa.

— Na cabana? Tem que ir andando, e já está escuro.

— Eu sei — diz ela. Mas, mesmo estando praticamente toda coberta, a lua cheia está brilhando e há uma minilanterna no chaveiro de sua mãe.

— A estrada começa logo ali — diz ele com uma alegria estranha na voz, que a deixa desconfortável. Ele aponta para a lateral da casa. — Siga por ali até chegar a um riacho e o atravesse. Vai encontrar meu filho do outro lado. Não é longe, mas vai precisar de uma lanterna. Tem uma?

Ela mostra a lanterna no chaveiro.

— Isso não vai ser suficiente. Espere um pouco.

Quando ele se afasta, ela espia o hall de entrada bagunçado através da porta semiaberta. Há uma escrivaninha embutida sob a base de uma escadaria alta e escura, seu tampo lotado de correspondências fechadas. Pilhas de jornais e o que parece ser revistas ou jornais sobre o mercado financeiro cobrem as paredes. Ela tem um pressentimento ruim. Sabe que deveria ir embora, mas se sente atraída por algo mais sombrio do que a curiosidade, um impulso que ela nem tenta nomear.

Uma luz se acende — um forte feixe branco — diretamente em seus olhos. A luz a cega, e ela cambaleia para atrás, as mãos se movem para cobrir o rosto.

— Desculpa — diz o pai de Frank, agora na frente dela. — Só estava me certificando de que funciona.

A luz se apaga, mas suas vistas continuam ofuscadas pela luminosidade. Ele coloca a lanterna pesada na mão dela. Ainda está confusa quando ele a leva para o lado de fora e aponta para estrada abandonada dos fundos. Uma antiga estrada para o transporte de madeira, tomada pela floresta, mas com a forma ainda preservada. O cheiro da chuva paira no ar: rico, terroso. Há muito tempo ninguém passa por essa estrada de carro, o velho asfalto coberto por folhas mortas e vegetação. Brotos, samambaias e musgos. Ela fica feliz por ter a lanterna conforme as árvores ficam mais espessas ao seu redor. Aponta o feixe luz a frente enquanto anda. Um coelho cruza seu caminho e ela estremece. Há perigos aqui que vão além de se perder e ainda assim ela não consegue desistir.

Tenta pensar em como Frank reagirá quando ela aparecer do nada. Por que ele mantém tantos segredos em relação a esse lugar?

Você não entende, não é?

Maya aperta o passo. Escuta o riacho antes de vê-lo, um leve gorgolejo logo a frente, e isso faz com que ela se lembre da história de Frank, de como foi esse som que o guiou de volta à estrada quando ele se perdeu. Na descrição de Frank, o som da água foi tão claro que ela sente algo parecido com uma lembrança quando começa a seguir em direção à ponte.

Uma nuvem cobre a lua. A lanterna pisca em sua mão.

A porta fecha às suas costas.

— Uau — diz ela.

Frank acaba de deixá-la entrar e, apesar de ela não ter alimentado expectativas, nada poderia tê-la preparado para isso. A quantidade de esforço e amor que ele deve ter depositado naquele lugar. O nível de habilidade. É difícil acreditar que essa seja a primeira cabana que Frank já construiu. Inclinando a cabeça para trás, ela olha para cima e se lembra de como ele usou o termo *teto de catedral*, e ela não havia entendido o que ele queria dizer, mas agora vê como um simples teto pode dar a um lugar um ar sagrado. A altura, as vigas de madeira, tudo feito de pinheiro, reluzindo em tons de *rose gold* sob a luz da lareira. Com o fogo e todas as velas acesas nos peitoris das janelas e nas bancadas, e a luz do luar adentrando pelas vidraças, Maya consegue ver tudo, e é lindo.

— O que acha?

— É... — Ela se vira para ele. — Incrível. — Não era sua intenção falar tão lentamente. Há poucos segundos caminhava apressada pela floresta, toda irritada porque Frank e Aubrey tomaram café juntos. (E então o que aconteceu? Por que ela não conseguia se lembrar de cruzar a ponte? Ou de bater à porta, ou de Frank a deixar entrar? Era como se ela tivesse pulado os últimos minutos, como a faixa de um álbum.) Mas isso não parece importar muito agora. Tudo o que Maya sabe é que se sente melhor aqui. Segura. Está pronta para esquecer todo o resto.

Está tão feliz de estar aqui com ele.

— Vem — diz ele, oferecendo a mão. — Deixa eu te mostrar o lugar.

É estranhamente difícil levantar a própria mão, então ele a pega. Frank entrelaça os dedos nos dela. Maya dá passos inseguros pela área aberta e arejada. Sente-se pesada. Prazerosamente zonza. Deve ser o fogo.

A lareira de pedra é embutida à parede. As pedras cinza chegam até o teto, são lisas e redondas e o tamanho varia de igual a seu punho a tão grande quanto um melão. Maya e Frank param, desfrutando do calor. Ela fecha os olhos, sentindo as chamas no rosto. Sente o cheiro da madeira queimando.

Ele a leva até uma escada de mão no meio do aposento. É feita do mesmo pinheiro cor de mel das paredes. Os degraus são firmes sob suas mãos, polidos e reluzentes, mas, assim como no resto da cabana, os desníveis naturais da madeira foram preservados. Os degraus são rústicos como galhos.

O sótão é como uma casa na árvore que ela desejaria ter quando criança. As vigas do teto descem até o chão em cada lado de uma grande cama coberta por almofadas e cobertores. É o lugar perfeito para deitar e observar o céu através da claraboia curva e redonda do telhado. Frank também acendeu velas aqui, e ela vê flores arrumadas em um vaso de vidro acima da mesa de madeira em frente à cama. Ele provavelmente já sabia que ela viria.

Quando sente a mão dele em seu ombro, pensa que ele a levará para cama. E que ela o obedecerá. Mas, em vez disso, ele a leva gentilmente de volta para a escada, dizendo que há algo no fogo.

Está preparando o jantar e, quando levanta a tampa da panela, um vapor perfumado sai. O cheiro de carne cozida, vegetais aromáticos e terrosos e o aroma reconfortante de especiarias. Ela fica com água na boca, apesar de já ter jantado. Frank coloca duas tigelas na mesa. É um cozido, mas ela não sabe de que tipo. Algum tipo de carne com vegetais.

— Se lembra — diz ele antes de levantar a colher — de quando eu disse que nunca mostrei este lugar a ninguém?

Ela assente. Quer começar a comer, mas acha que seria educado aguardar.

— Bem, é verdade — diz ele. E a encara do outro lado da mesa, a luz da vela cintilando em seus olhos. — Você é a única pessoa que já esteve aqui.

— Ah... eu... fico honrada.

— Eu não convido qualquer um — continua ele. — Esta cabana... significa muito para mim. É o único lugar em que meu pai não consegue me achar.

Maya se lembra do pai dele. Seu olhar ansioso. Sua saúde. Não consegue explicar por que tem um pressentimento ruim em relação a ele.

Frank se inclina para frente e apoia os braços na mesa.

— Dei tudo de mim neste lugar. Achei que tinha tudo o que eu precisava. Mas quer saber? Parecia vazio, solitário. Eu precisa-

172 ANA REYES

va trazer outra pessoa aqui, mas nem todo mundo conseguiria chegar. Mas você, Maya. Assim que te vi, sabia que te traria aqui algum dia.

— Por quê... — pergunta ela. Coloca a mão na colher, mas não a levanta.

— Por quê? — repete ele. — Pela maneira que te vi lendo o livro do seu pai, dia após dia. Era como se nada mais existisse. Acho que você nem sabia onde estava.

Maya inclina a cabeça.

— E, é claro — adiciona ele. — Te escolhi porque... bem, olha só para você, Maya. Você é linda.

As palavras a fazem enrubescer. Ela já foi chamada de "uma gracinha" antes, até de bonita algumas vezes, mas só a mãe dela já disse que ela era linda.

Frank parece que está prestes a dizer outra coisa — algo importante, como *eu te amo*. Ele parece vulnerável. Cheio de esperança.

— Acho que você deveria ficar — diz ele.

Ela pisca.

— O quê?

— Fica.

Ele sorri e recosta na cadeira, relaxado. Pega a colher e começa a comer.

— Está... me convidando para mudar para cá?

— Aham — diz ele com uma colherada de cozido na boca. — Estou pedindo para você pensar a respeito. Pensa como seria fácil. Não precisaria pagar aluguel ou lidar com uma colega de quarto aleatória. Não teria que se preocupar com nada. Não teria que tentar se virar na cidade grande, ou achar um emprego. Aqui... — Ele abre os braços, convidativo. — Teria tudo isso.

— Frank, eu...

Com certeza há algo de errado nessa situação. Ela chegou até aqui praticamente movida por um acesso de ciúmes, e agora está pensando em ir morar com ele.

A CABANA NA FLORESTA **173**

Vapor sobe de sua tigela e libera um aroma que faz cócegas em seu nariz, distraindo-a e seduzindo-a, e ela pensa em como, afinal, *já estava* pensando em adiar os estudos. Sua mãe não gostaria da ideia de a filha ir morar com Frank, mas logo Maya fará 18 anos e poderá fazer o que quiser. E talvez seja isso o que ela quer. Ficar com Frank. Morar nesta linda cabana construída por ele.

Ela saliva. O estômago ronca.

— Não precisa decidir agora — diz ele —, vamos simplesmente aproveitar o jantar. Você ainda nem experimentou.

Maya coloca a colher na tigela, mas não a leva até a boca.

Há algo na cena de Frank do outro lado da mesa, com o rosto envolto pelo vapor. Uma imagem disforme de pessoas andando em meio a nuvens. Rostos emergindo da névoa. Onde ela viu isso antes? Em um filme?

— Maya?

Ela o encara, incapaz de explicar a crescente inquietação. A imagem, lembrar de onde vem, tudo parece urgente, como quando do se esquece o fogão aceso na cozinha. Algo que ela deve entender, que precisa resolver antes que algo de errado aconteça.

— No que está pensando?

— Alguma coisa está... errada.

— Ah, querida... — Ele sorri gentilmente. — Não há nada de errado.

Ela fecha os olhos, o desconforto se transforma em apreensão. *Caras en la niebla.* As palavras lhe vêm em espanhol, apesar de ela não saber o porquê. *La niebla* — aprendeu a palavra para névoa recentemente, encontrou-a enquanto traduzia o livro do pai.

O livro do pai! O vilarejo nas nuvens. É disso que ela está se lembrando — do verdadeiro lar de Pixán, o lugar do qual ele sente falta. Ela abre os olhos e encontra Frank encarando-a. Sente uma onda de vertigem.

— Me escuta — diz ele —, seja lá qual for o problema, resolveremos juntos. Não precisa se preocupar.

Mas a história parece um alerta. Assim como Pixán, Maya esqueceu algo. Seu coração acelera quando ela pensa no último momento que consegue se lembrar antes de chegar aqui: o barulho de água quando se aproximou da ponte. A lanterna piscando em sua mão.

— Por que... — diz ela, contraindo o rosto. — Por que não consigo lembrar?

Frank pousa a colher. Levanta-se, dá a volta na mesa lentamente sem nunca interromper o contato visual, a expressão calma.

Maya começa a tremer.

Ele se ajoelha ao lado dela, cara a cara, como se fosse pedi-la em casamento.

O tremor se espalha por todo o corpo de Maya. O frio penetra seus ossos.

— Acalme-se — diz ele —, você está tendo uma crise de ansiedade.

Frank pega a mão esquerda dela, que está fechada em um punho, e a abre dedo por dedo. Pousa um objeto pequeno e metálico na mão espalmada. Não precisa ver para saber o que é. Sente a endentação de metal.

A chuva atinge seu rosto, seus braços, seu peito. Ela inspira forte. As gotas são como um balde de água fria jogado repentinamente em sua cabeça. Ela abraça os cotovelos, cambaleante.

Frank está lá para segurá-la. Está ao seu lado, um braço em volta de seus ombros, a lanterna do pai na outra mão. Ele ilumina o chão diante de Maya para que ela não tropece em algo enquanto eles voltam pela estrada abandonada. A floresta está escura.

A CABANA NA FLORESTA   175

— O que... o que aconteceu? — Mas a voz dela se perde sob o tamborilar da chuva nas folhas, nos galhos e no chão. A chuva encharca sua roupa, escorrendo pela barra desfiada de seu short. Suas mãos estão ásperas e, quando olha para elas, vê terra. Há terra nas palmas e nos joelhos. Para de andar, solta os ombros do peso do braço de Frank. Vira para encará-lo.

Ele parece preocupado.

— O que foi? — A voz dele é estável, mas seu maxilar está contraído, como se ele estivesse mais irritado do que deixasse transparecer. Ele não tenta se proteger da chuva que gruda seu cabelo ao couro cabeludo.

— Que diabos está acontecendo? — pergunta ela.

Ele parece confuso.

Ela não consegue parar de tremer.

Frank abre os braços, oferecendo calor, mas ela recua de seu toque, e ele parece magoado. Mas desta vez ela tem certeza. Desta vez há terra em suas mãos e em seus joelhos, e o fato de ela não saber como isso aconteceu causa mais arrepios do que a chuva fria.

— O que você fez comigo?

A pergunta o surpreende. Ele levanta a mão como se quisesse mostrar que está vazia, que não quer machucá-la.

— Disse que queria ir embora — diz ele. — Pediu que eu te levasse de volta ao seu carro, então é isso o que estou fazendo.

Desnorteada, ela olha por cima do ombro, como se o caminho que fizeram pudesse ter alguma pista dos últimos minutos, mas só o que vê é a estrada desaparecendo em meio à floresta escura.

— Por que não consigo me lembrar? — pergunta. O vento aumenta, fazendo a chuva piorar. Ela não deveria estar aqui. Aubrey estava certa: Frank é estranho. E pela primeira vez ela sente que ele pode ser perigoso.

Maya se vira e continua andando na mesma direção de antes, torcendo para que seja, realmente, o caminho de volta ao seu carro.

— Maya, espera. — Mas a pontada de súplica em sua voz faz com que ela acelere o passo. Ele a segue, iluminando o caminho mesmo enquanto ela tenta se afastar. Ela começa a correr no momento em que vê o contorno da casa do pai dele, a chuva forte, seus tênis escorregando na lama. Ela está encharcada e sem fôlego quando cruza o gramado descuidado até a rua onde o carro está estacionado e destranca a porta com as mãos trêmulas. Vira-se esperando ver Frank, mas ele se foi, e os únicos sons são da chuva e de seu coração e respiração acelerados.

OBRIGADA, ENVIOU MAYA PARA STEVEN ÀS NOVE HORAS DA MA- nhã, o que pareceu um horário razoável para mandar mensagens para alguém que não conhecia muito bem.

É lindo, adicionou, referindo-se ao quadro de Cristina e ao lar caloroso que ela retratara. Maya havia se esquecido.

Atualmente, quando pensava na cabana de Frank, só conseguia se lembrar dos momentos perdidos, da terra em seus joelhos e suas mãos e do medo que sentiu enquanto correu pela floresta em direção ao carro.

O que se esqueceu foi do deslumbramento que sentira quando entrou na cabana de Frank pela primeira vez, mas a pintura de Cristina a fizera lembrar — os detalhes delicados da lareira, os degraus de madeira natural. De alguma forma, apesar de sonhar com a cabana com frequência, Maya dificilmente se lembrava (enquanto acordada) da aparência do lugar e de todos os pensamentos que passaram por sua mente quando ela a viu pela primeira vez. Agora, a mesa no quadro trouxe à tona a memória de se sentar diante de Frank, tomando a sopa que ele havia preparado. Aquele aroma tentador, sua fome repentina — era como se a cabana a tivesse enfeitiçado.

Mas Maya não havia chegado a experimentar a sopa, não é?

Na época — assim como agora — a história de seu pai ecoou em sua mente.

Desta vez surgiu na forma do hino. *E eles lidaram comigo com astúcia... e me deram do seu alimento para comer... esqueci que era um filho de reis.* Assim como antes, a história parecia um alerta. O que ela havia esquecido? A última coisa que se lembrava daquela noite — antes de se ver na chuva — era de pensar no verdadeiro lar de Pixán e de começar a perceber algo, mas nunca chegou a uma conclusão porque Frank a impediu.

O celular dela emitiu um alerta, atrapalhando sua linha de pensamento.

Era Steven, que havia respondido à mensagem com um sinal de positivo.

Será que poderíamos sair para conversar mais tarde?, respondeu ela. *Posso te pagar uma bebida?*

Aguardou.

Ela ainda não havia dormido. Tinha caminhado pela vizinhança com as pernas doloridas, tentando se exaurir, e seu corpo certamente estava cansado o suficiente, mas sua mente e seu coração seguiam na ativa. As ruas estavam frias e silenciosas. A neve das sarjetas havia derretido e congelado novamente em uma lama irregular da mesma cor cinza do céu.

Dan ainda não havia respondido, e já se passaram dois dias. Se as redes sociais dele não fossem públicas Maya estaria preocupada, ou melhor, estaria preocupada de uma forma diferente. Tentou se convencer de que ao menos sabia que ele estava bem e tentou esquecer o assunto. Porque não podia se permitir pensar sobre o silêncio dele e o que isso significava. Não agora. Em casa, estremeceu sentada no chão do box, envolta pelo vapor, mas sem conseguir se aquecer. Disse a si mesma que essa tinha de ser a pior parte. A partir de então, seus sintomas de abstinência só poderiam melhorar. Em seguida, foi para a cama e dormiu por 45 minutos, despertando ao ouvir o barulho do telefone.

Era a resposta de Steven: *Claro.*

Maya se desvencilhou dos lençóis e digitou: *Ótimo! Que horas?*

Saio do trabalho às 17h. Que tal no Patrick's? Patrick's era o bar que ficava na esquina do museu.

Ótimo!, respondeu Maya. *Obrigada!*

Ela arriscou sair do quarto escuro e encontrou a mãe montando uma árvore de Natal na sala de estar.

— Aí está você — disse Brenda sorrindo —, bem a tempo de ajudar com a decoração.

Maya fez uma careta.

A mãe pareceu decepcionada. Sempre decoraram a árvore juntas quando Maya era criança. Um caixote com decorações estava no chão, enfeites prateados saindo pelas frestas das ripas. Brenda estava fazendo o possível para fazer as pazes com a filha. Menos se desculpar, ao que parecia.

Maya ainda estava brava, mas sem vontade de continuar discutindo. Sua mãe não era a única que sabia fingir que não havia nada de errado.

— Tenho planos — disse —, vou me encontrar com Erica O'Rourke.

— Erica do jornal da escola? Não sabia que ainda tinham contato.

E de fato não tinham. Não tinha contato com ninguém do ensino médio além de e-mails infrequentes, mas Erica era alguém de quem ela havia sido amiga e que ainda morava na cidade. Era uma mentira plausível.

— Vamos tomar café. Botar o papo em dia.

Maya a observou por cima dos óculos de leitura turquesa.

Estava de cabelos lavados e roupas limpas e tinha se maquiado. Sentia-se quase revitalizada após o cochilo.

— Quer que eu te leve?

— Não — disse Maya quase rápido demais. Se sua mãe descobrisse o que ela estava fazendo, ligaria para o Dr. Barry.

Brenda estreitou os olhos.

— É que caminhar vai me fazer bem. Vamos nos encontrar naquele café novo da rua Norte, é perto. — Não esperou que a mãe tentasse impedi-la. — Não vou demorar muito — disse ao passar pela porta.

O Patrick's era um bar irlandês que existia desde que Maya se entendia por gente. Era agradavelmente escuro, com tijolos aparentes e uma extensa fileira de torneiras de cerveja no balcão. O cheiro de *onion rings* pairava no ar. Maya estava alguns minutos adiantada, então pediu um martini extrasseco, apesar de ainda sentir a ressaca do gim da noite anterior. Ela sabia que o álcool era a única coisa que afrouxaria as garras da abstinência pressionando sua mente. Levou o martini até uma pequena mesa em um canto e bebeu tudo em pequenos goles que queimaram sua garganta, mas se transformaram em um calor agradável. O bar estava silencioso, a maioria das mesas vazias. Rock clássico ecoava das caixas de som. Ela levantou a mão ao ver Steven entrar.

Ele pediu uma cerveja e foi até ela. Parecia menos cauteloso do que quando se conheceram, mas ainda era bem reservado, ou talvez fosse apenas timidez. Ele era pelo menos uma década mais velho que Cristina e estava ofegante pela caminhada do museu até ali, mas usava um smartwatch e um belo casaco de lã por cima do uniforme de segurança. Ao entrar, retirou o gorro bege respeitosamente, revelando a cabeça careca e lisa. Pela reação dele às suas perguntas no outro dia, Maya teve a sensação de que ele era apaixonado por Cristina, e imaginou quais eram os sentimentos dela por ele.

— Oi, obrigada por vir me encontrar — disse ela.

— Sem problemas, fico feliz em conversar sobre o trabalho de Cristina. Quero que mais pessoas o conheçam. — Ele colocou o telefone na mesa e abriu uma imagem. — Trouxe outro para você ver. — A pintura era de uma paisagem fria, carregada de sombreado, que poderia ser das mesmas salinas, mas desta vez estava inundada, a água prateada refletindo um céu inóspito. — Este é meu favorito — disse Steven —, precisa ver pessoalmente, mas mesmo na foto dá pra perceber como é impressionante.

— É lindo. Ela era muito talentosa.

— Estou tentando reunir todas as suas obras, mas é difícil, já que não sou da família. Suas pinturas deveriam estar em um museu.

— Concordo — disse Maya com cuidado. — Especialmente a última. É interessante como aquela é diferente.

— Não é mesmo?

Maya assentiu, pensativa, e tomou um gole da bebida.

— Alguma vez ela te contou sobre a cabana do Frank?

Steven se desapontou ao perceber sobre qual assunto Maya pretendia conversar, e ela se questionou qual seria o motivo que o levara a se encontrar com ela. Era para conversar sobre as obras de Cristina — mantê-las vivas no mundo — ou será que ele pensou que Maya o havia convidado para um encontro? Afinal, pelo que parecia, ela era o tipo dele.

— Claro — disse ele. — Ela mencionou.

Maya esperou.

Ele deu um gole na cerveja, uma expressão amargurada no rosto.

Ela sentia muito por ele e pararia com as perguntas se não fosse sua própria vida em jogo.

— Cristina devia gostar muito de lá — disse, tentando fazê-lo falar —, para ter pintado o lugar daquela forma...

Steven suspirou, rendendo-se.

— Pode-se dizer quer sim — disse ele. — A cabana foi uma das primeiras coisas que ela me contou sobre ele. Lembro que ela ficou impressionada, e, para ser sincero, também fiquei. Quem na nossa idade possui uma casa própria? Que dirá construída com as

182 ANA REYES

próprias mãos? Mas, quanto mais eu a ouvia falar sobre ele, menos impressionado eu ficava. Sinceramente, o cara é patético.

— Por quê? — perguntou, tentando disfarçar sua concordância.

Os lábios de Steven se contraíram em sinal de repulsa. Ele tomou outro gole da cerveja.

— Bem, para começar, ele não tem emprego. Cristina não sabia como ele ganhava dinheiro, mas, ao que parece, ele tinha clientes de algum tipo.

— Clientes?

— É, mas não me pergunte o que ele fazia para eles. Minha suposição é que, na verdade, ele se sustentava com a herança. Seu pai era um professor importante na Universidade de Williams que morreu anos atrás.

Maya não ficou surpresa ao ouvir que o pai dele havia morrido — mas isso a lembrou de que ela nunca soube qual era sua doença.

— Sem contar — adicionou Steven — que Frank costuma frequentar um bar toda noite. The Whistling Pig. Cristina ia com ele às vezes. Nunca a vi frequentando bares antes de Frank.

Maya guardou essa informação para depois. Olhou para o drink; uma reluzente azeitona repousava no último gole.

— Alguma vez ela comentou sobre algo... estranho ter acontecido na cabana?

Steven pareceu irritado.

— Não que eu me lembre. Por quê?

— Mais uma rodada? — perguntou a garçonete.

— Sim, por favor — respondeu Maya ao mesmo tempo em que Steven recusou. Ele não estava nem na metade da cerveja. Ela o viu observá-la pelo fundo da taça de martini enquanto virava o último gole salgado.

— Estou perguntando porque Frank me levou lá também — disse ela. — Só uma vez, mas alguma coisa aconteceu comigo enquanto estávamos lá. Eu tive um apagão.

A CABANA NA FLORESTA **183**

— *O quê?*

— Quando eu cheguei e enquanto ia embora — disse Maya. Ela nunca viu a ponte ou a fachada da cabana. — Tinha terra nas mãos e nos joelhos, e ainda não sei o porquê.

— Jesus, isso... não sei o que dizer. Sinto muito. — Parecia sincero. — O que acha que ele fez com você?

— É isso que estou tentando descobrir.

A garçonete voltou com o martini de Maya, e ela tomou um gole encorajador antes de continuar.

— Frank era sigiloso em relação à cabana. Nunca soube o porquê. Ele disse que eu era a única pessoa que ele havia levado lá, e agora ele levou Cristina também. E não posso deixar de pensar que o quer que ele tenha feito comigo... também deve ter feito a ela.

Isso claramente desconcertou Steven. Sua cabeça careca enrubesceu.

Maya se inclinou na direção dele.

— Seja lá o que ele está escondendo — disse ela — está na cabana. É por isso que preciso ir lá... é o único modo. Mas tenho medo. Não quero ir sozinha.

— Está pedindo que eu vá com você? — Ele soava ao mesmo tempo espantando e nem um pouco surpreso de que ela pedisse isso para ele.

Ela assentiu.

Ele ficou quieto por um longo momento. O bar havia começado a lotar, e a música tocava em um volume mais alto. Finalmente parecendo chegar a uma conclusão, ele abriu a pintura de Cristina da cabana no celular.

— Olha — disse ele —, não duvido que Frank tenha te machucado. Tive um pressentimento ruim sobre ele desde o início. Mas não acho que Cristina teria pintado *isso* se... ele tivesse feito algo a ela. Como você disse, ela parecia gostar muito de lá.

184 ANA REYES

Os olhos de Maya se encheram de lágrimas, mas ela conseguiu se conter.

— Sei que gostava — disse Steven, o tom de voz tornando-se gentil —, porque ela me deu outra coisa antes de morrer. Na verdade, me deu algumas coisas... como te disse, ela estava se livrando de alguns pertences. Ela lembrou que minha antiga máquina de café estava quebrada, e me deu a dela. — Agora era ele quem estava prestes a chorar.

Maya abaixou a cabeça.

— Ela parece gentil.

— Eu não fiz café na máquina até a manhã seguinte — disse ele —, mas, quando fui enchê-la com água, encontrei um bilhete dentro do reservatório. — Sua boca tremeu. — Não vou te contar tudo o que estava escrito na carta. Mas te digo que ela se desculpou pela maneira que estivera agindo. Me agradeceu por ser amigo dela. E disse que iria morar com Frank na cabana dele.

O sangue de Maya congelou.

— Talvez isso não faça sentido para mim ou para você, mas ela amava o cara. — Steven soava ressentido. Deu um pequeno gole na cerveja, então pousou o copo na beirada da mesa, como se não quisesse mais.

Maya pegou a própria bebida, mas encontrou o copo vazio.

— Vim até aqui — disse Steven —, porque você disse que queria falar sobre o quadro de Cristina. A arte dela. Mas não acho que me faz bem especular sobre o que pode ter acontecido entre ela e Frank. Não tem nada que eu possa fazer a respeito, de qualquer forma.

— Entendo — disse Maya enquanto pegava a bolsa —, desculpe.

Ela deixou a carteira cair no chão.

— Você está bem? — Ele soava cansado, como se só tivesse perguntado por obrigação.

— Estou.

— Veio para cá de carro?

Ela sinalizou que não. A garçonete voltou com a conta.
— Deixa comigo — disse Maya.
— Tem certeza de que não quer uma carona?
— Não, obrigada. Caminhar vai me fazer bem.
— Tenha cuidado — disse ele.
— Não moro longe — assegurou ela.
— Quero dizer, caso pretenda ir até a cabana de Frank. Sei que não pediu minha opinião, mas, se eu fosse você, ficaria longe daquele lugar.

MAYA ACORDA REVIGORADA, AO SOM DE PÁSSAROS CANTANDO EM sua janela. O relógio marca 10h42, muito mais tarde do que ela costuma acordar. Ela boceja e vira para o outro lado, feliz em dormir mais um pouco. Por que não, se é verão? Mas então vê as roupas molhadas amontoadas no chão do quarto e se lembra da noite anterior.

Levanta em um sobressalto. Havia planejado contar à mãe sobre o apagão na floresta com Frank. Sai da cama e se apressa pelo corredor. A casa está silenciosa, a mãe está no quarto com a porta fechada.

Logo quando está prestes a bater, Maya lembra que a mãe trabalhou a madrugada toda. Faria bem deixá-la descansar, e, agora que parou aqui por um momento, Maya se pergunta o que falará.

Está menos confiante hoje, e a noite anterior já começa a parecer um borrão, apenas uma vaga sensação, quase como se Frank a tivesse drogado, mas — como ele teria feito isso? Ela nem sequer experimentou a sopa, ou mais nada enquanto esteve na cabana. Não bebeu ou fumou qualquer coisa. Ficara desorientada por alguns minutos em dois momentos — isso era assim tão incomum para ela? Afinal, ela era conhecida por ficar olhando para o nada em vez de prestar atenção na aula e já perdeu vários pontos de ônibus por sonhar acordada. Já era assim bem antes de conhecer Frank.

Alguém poderia realmente culpá-lo por esses apagões de memória?

Ela volta ao quarto. Talvez conte à mãe mais tarde.

Maya começou a fazer as malas para a universidade há semanas, mas parou quando conheceu Frank. Como era estranho se lembrar disso agora: que ela realmente considerou adiar a ida à universidade. Depois de todo o esforço que fez para conseguir uma bolsa integral na Universidade de Boston.

Que diabos estava pensando?

Volta a empacotar as coisas para se distrair da ansiedade, e funciona. Seus pensamentos voam para o futuro dormitório. As torres de Warren abrigam mais de 1.800 universitários, e daqui a três dias ela será um deles, cercada por pessoas de sua faixa etária, vindas de todo país e do mundo. Sua nova colega de quarto é de São Francisco e se chama Gina; Maya mal pode esperar para conhecê-la.

Cada uma terá, em seu lado do quarto, uma cama estreita, uma cômoda, uma prateleira e um pequeno armário. Não é muito espaço, mas Maya tem planos para o seu lado. Vai pendurar seu pôster do quadro de Salvador Dalí, aquele dos elefantes que parecem estar andando de perna-de-pau, e também o mural de cortiça coberto de fotos, a maioria dela e de Aubrey. Maya só terá espaço para os itens favoritos de cada categoria no dormitório: CDs, roupas, decorações e livros, incluindo, é claro, o que seu pai escreveu.

O livro do pai fica em cima da mesa. Não o leu muito desde que conheceu Frank. Quando o pega, relembra da noite passada, o vapor subindo das tigelas de sopa na mesa. O livro foi a última coisa em que lembra de ter pensado antes de se ver caminhando na chuva com Frank.

Antes essas páginas a faziam pensar no pai, mas agora elas trazem à tona o cheiro da cabana de Frank — a sopa, o fogo, a brisa fria da noite — então ela decide deixar tudo isso para trás. Diz a si mesma que não terá tempo de ler o livro quando as aulas começarem.

Vai até o guarda-roupa e pega um suéter grosso que será bom para o outono, e seus pensamentos se voltam para o outono em Boston. Dias frescos e noites frias e cintilantes. Folhas por toda a cidade. Festas de Halloween. É como se toda a animação que deveria ter sentido nas últimas semanas finalmente a alcançasse, e ela mal pode esperar. É estranho, pensa ela, como basicamente só pensou em Frank desde o dia em que se conheceram, mas hoje é como se todos os seus sentimentos exagerados por ele — a saudade, o ciúme — fossem um castelo de cartas que de repente ruiu.

Aubrey estava certa. Ela desconfiou dele desde o início. E provavelmente foi por isso — percebe Maya, de repente — que ela usou o vestido vermelho: para trazer à tona o que ela havia pressentido sobre Frank antes mesmo de conhecê-lo. Que ele não servia para sua melhor amiga. Maya não consegue explicar, muito menos achar desculpas, pela forma como têm agido nos últimos dias, mas pode pedir perdão. Já discutiram por causa de coisinhas pequenas antes, como qual DVD alugar na locadora, mas nunca algo assim.

Vai se desculpar antes do show do Tender Wallpaper esta noite. O ingresso está preso no mural de cortiça na parede e o adesivo da banda que veio de brinde está colado na mesa de cabeceira. Perto do meio-dia, ela vai na cozinha pegar cereal e suco de laranja. A luz do telefone pisca em vermelho, alertando para chamadas perdidas — ele está no silencioso, como de costume depois de Brenda pegar um turno da madrugada.

Ela tem um mau pressentimento antes mesmo de ver de quem são as dezessete ligações.

Quando vai conferir, o receptor se ilumina com mais uma ligação.

É ele.

A CABANA NA FLORESTA 189

Ela reconhece o número de telefone do pai dele no identificador de chamadas e solta o telefone como se estivesse vivo. Não quer atender, mas sabe que, se não o fizer, ele vai continuar tentando até que alguém o faça — e Maya não quer que essa pessoa seja sua mãe.

— Alô — diz ela.

— Oi, Maya... — Ele sempre foi tão confiante, tão descolado, mas agora soa desajeitado e ansioso. — Como você está?

— Bem.

Ela deveria ter pensado melhor no que ia falar. Como contaria a ele.

— Ontem você pareceu bem chateada. Fiquei preocupado.

Ela pensa em explicar por que estava chateada, mas desiste, porque de que isso adiantaria? Frank é um mentiroso. Ela só precisa fazê-lo parar.

— Maya?

— Estou aqui. — Ela leva o telefone sem fio para a varanda, para não acordar a mãe.

— O que vai fazer hoje?

— Na verdade, estou bem ocupada — diz ela com a maior delicadeza possível. — Tenho muita coisa para fazer antes de ir... Olha, não acho que devemos nos ver novamente. — Essa parece a saída mais fácil: rápida e direta ao ponto. E é verdade que ela quer passar o pouco tempo que tem com as pessoas que mais vai sentir falta: sua mãe e Aubrey. Maya só se arrepende de não ter percebido isso antes.

Frank fica em silêncio por um bom tempo.

— Ok — diz ele —, tudo bem. Sem problemas.

Ela solta o ar.

— Ah, e o outro motivo para eu ligar — adiciona ele —, e espero que isso não seja estranho, mas estava me perguntando se não pode me passar o número da Aubrey?

190 ANA REYES

É inevitável não sentir a pontada da inveja — até ontem essa pergunta seria como um soco em Maya — mas hoje é difícil não rir da triste tentativa de Frank de fazê-la sentir ciúmes.

— Claro — diz ela com uma indiferença proposital e prazerosa. — Não vejo por que não. Tem uma caneta?

— Aham — Frank responde entredentes.

— Quatro, um, três — começa ela. Mas então percebe que Aubrey provavelmente não gostaria que Frank telefonasse para ela.

— Alô?

— Sabe — diz Maya —, acho melhor eu perguntar antes de te dar o número dela.

Frank solta uma risada sombria e irônica.

— Como você consegue — pergunta — sentir ciúmes de Aubrey ao mesmo tempo em que a despreza?

— Não faço ideia do que está falando — responde ela com raiva. — Olha, Frank, tenho que...

— Sabe do que estou falando. Não quer que eu ligue para ela, não é?

Maya segura o telefone com mais força.

— Eu sinceramente não ligo para o que você faz, Frank.

— Você não quer que eu ligue para ela, mas, ao mesmo tempo, também não quer ligar para ela. Vi o jeito que a trata, como se ela não importasse. Como se ela fosse uma caipira e você não se importasse. Como se você fosse mais inteligente e fosse conseguir coisas boas, e ela fosse patética por continuar aqui.

— O quê?! Mas eu...

— E agora está fazendo a mesma coisa comigo. Me desprezando porque não sou bom o suficiente, assim como já vi você desprezar sua melhor amiga e sua própria mãe sempre que tinha algo melhor para fazer.

Os olhos dela ardem com as lágrimas.

— Sério, você é leal a *alguém*?

— Vai se foder, Frank. Nunca mais me ligue de novo. — Ela desliga.

Mas Frank liga de novo. E de novo e de novo.

No fim, ela precisa contar à mãe, que tirou o dia de folga e fica aliviada ao ficar sabendo que a relação acabou.

— Vamos deixar o telefone fora do gancho — diz Brenda —, tenho certeza de que ele vai entender o recado. Vamos sair de casa, fazer alguma coisa.

Maya sente o peso de sua partida no ar enquanto sobem a montanha Bousquet naquela tarde. Lembra-se de quando era pequena e sua mãe precisava carregá-la por parte do caminho. Agora elas sobem tudo sem parar, entrando e saindo da sombra do teleférico. Como de costume, Brenda dá um gritinho de comemoração quando chegam ao topo, algo que costuma envergonhar Maya, mas hoje isso a faz sorrir, e, quando ela olha por cima do mar de tsugas e pinheiros brancos e vê sua cidade natal à distância, a paisagem é mais bonita que os Alpes. Ela não consegue explicar o afeto que sente hoje, não só em relação à mãe, mas em relação à própria Pittsfield. Ser daqui é conhecer o rio Housatonic, ter caminhado em suas margens, talvez o cruzado todos os dias a caminho da escola, mas não poder ter nadado nele porque a General Eletric o contaminou com PCBs. É ter crescido *antes* — na época em que havia vitrines com decorações natalinas na England Brothers, carrinhos de pipoca na praça central e passeios na rua North em noites de quinta — ou depois que a GE deixou a cidade. Maya quisera sair de Pittsfield por tanto tempo, mas agora, mesmo antes de ir embora, sente que está vendo a cidade pelos olhos de alguém que já partiu.

O verão está acabando, o sol alaranjado, e pela primeira vez em algum tempo não está tão calor do lado de fora quando Maya es-

192 ANA REYES

taciona na rua em frente ao duplex de Aubrey. Já está tarde o bastante para que todos os pássaros tenham parado de piar, mas um único tordo-imitador canta empoleirado no pinheiro em frente.

Mais uma vez, Aubrey está tricotando na varanda, os pés apoiados no parapeito de madeira. Está vestindo um short desfiado e uma camisa do PROERD, ainda não se trocou para o show, mas Maya chegou adiantada.

— Oi — diz ela. O piso da varanda range sob seus pés quando ela atravessa a varanda e se senta em uma cadeira de plástico.

— Oi — diz Aubrey. Ela deixa o tricô de lado. Ainda está fazendo o cachecol que começou no dia em que foram à cachoeira Wahconah, quando Maya descobriu que Aubrey sabia tricotar. Agora o cachecol está quase pronto, e é possível ver o padrão. Listras verde-limão e turquesa.

— Cores bonitas — diz Maya.

— Que bom que gostou. — Aubrey relaxa em um sorriso verdadeiro. — Ele é para você. Um presente de despedida.

E, novamente, Maya sente que vai chorar. Ela carregou as palavras de Frank o dia todo, cada uma delas uma pedra pesada que ela aceita como punição, porque a verdade é que ela sentia inveja da beleza de Aubrey, e, apesar de não ter percebido antes de Frank apontar, uma parte de Maya desdenhava sua escolha de ficar em Pittsfield.

— Uau. — Ela solta a respiração. — Desculpa ter sido uma completa idiota nas últimas duas semanas.

Aubrey fica quieta.

— Não sei se idiota, mas sim, foi meio babaca. — Seu tom de voz é brincalhão. Ela dá um gole no refrigerante de laranja que está em cima da mesa, e oferece um gole para Maya, que aceita de bom grado.

Sério, você é leal a alguém?

— Mas — diz Aubrey —, também não estou sendo a melhor amiga do mundo.

A CABANA NA FLORESTA **193**

É verdade, pensa Maya — mas, ainda assim, uma parte dela sempre entendeu que esse simplesmente é o jeito de Aubrey. Ela nunca teve outros amigos de longa data. E não é mais fácil se despedir de alguém de quem se quer distância?

— Então, me desculpa também — diz Aubrey.

As desculpas das duas pairam no ar. Maya nem pensa em citar o vestido vermelho.

Aubrey dá uma risada.

— Somos tão babacas.

Maya ri também, e a risada aumenta até todo o desconforto se dissipar.

Eric, o irmãozinho de Aubrey, chega em casa quando o sol se põe, segurando um montinho de figurinhas.

— Oi — diz ele, demorando-se na varanda. Olha para a irmã adolescente e sabe que pode ser mandando embora a qualquer segundo. — Adivinha? Recuperei meu Charizard!

— Não acredito! — responde Aubrey. — Assim que se faz, cara!

Eric abre um sorrisão e mostra uma figurinha de Pokémon à elas, com um monstrinho laranja na frente. Maya conhece o menino desde que ele tinha 6 anos, os olhos azuis sempre cheios de curiosidade para saber o que sua irmã mais velha descolada e sua amiga estão fazendo. Ela costumava achá-lo irritante, mas agora tem vontade de abraçá-lo.

— Legal! — comenta Maya sobre a figurinha.

— Tem macarrão com queijo no forno — diz Aubrey.

— O que vocês estão fazendo? — pergunta ele.

— Só conversando, pequeno. Vai lá dentro comer.

Ele parece desapontado, mas obedece.

Maya está prestes a contar sobre Frank quando Aubrey fala:

— Decidi me candidatar para a Universidade do Estado da Louisiana. Claro que não para este ano, mas para o próximo.

— O quê? Meu Deus!

— Não é demais?

194 ANA REYES

— Por que lá?

Aubrey acha a Lousiana legal, os *bayous,* a barba-de-velho e o Mardi Grass em Nova Orleans. Ela quer colecionar os colares no alegre desfile de rua. O outro motivo é que ela oferece descontos nas mensalidades para moradores do estado.

— Minha mãe tem uma prima chamada Justina — diz ela —, que mora em Lafayette, e a partir de hoje todas as minhas correspondências chegam na casa dela. Mês que vem vou visitá-la para registrar meu título lá e me inscrever para pegar um cartão da biblioteca. Também tenho olhado anúncios de emprego temporário para quando estiver lá, coisas como preparar envelopes, algo para criar um histórico de trabalho.

— Acha que vai funcionar?

Aubrey parece esperançosa.

— Talvez?

— Aposto que vai conseguir.

— Eles têm uma taxa de aceitação alta. Setenta e cinco por cento ou algo assim. Mas ainda tenho que escolher o que vou estudar.

— Tudo bem, muita gente não sabe quando entra.

— Você sabe.

Maya dá de ombros. É claro que vai se formar em letras para poder estudar o realismo mágico assim como seu pai e se tornar a autora renomada que ele deveria ter sido.

— Você escreve poesia — diz Maya —, talvez também possa fazer escrita criativa?

— Estava pensando mais em algo como psicologia. Sempre fui interessada no porquê as pessoas fazem o que fazem. E também tem filosofia... honestamente, não sei nada sobre isso, mas *quero* saber, entende? Parece ser algo de que eu gostaria.

— Com certeza — diz Maya —, você é *tão* filosófica.

Aubrey sorri, mais feliz do que aparentou o verão todo.

— E — acrescenta Audrey despretensiosamente —, só para o caso de eu não entrar na Universidade da Louisiana, também vou me candidatar para a Universidade de Amherst, de Lowell e, hum... de Boston.

Maya se apressa em incentivar a amiga — Aubrey odiaria que qualquer um, até mesmo Maya, pensasse que ela queria imitá-la.

— Boa ideia... mas tenho certeza de que vai acabar na Universidade da Louisiana. Vai ser incrível e eu vou te visitar e...

— Vamos para Nova Orleans!

— Sim!

Elas sorriem, radiantes. Está escurecendo.

— Sabe — diz Aubrey —, acho que eu não faria isso se não fosse você.

— Ah, não sei...

— Não, sério. Faculdade sempre pareceu algo que outras pessoas fazem. Nunca pensei em me graduar, mas então você entrou, foi visitar os dormitórios e começou a falar sobre as aulas que ia fazer... fiquei com tanta inveja que não sabia o que fazer. E isso me fez perceber que, dã, eu *quero* ir para a faculdade. E por que não deveria?

Vaga-lumes piscam no quintal, uma constelação inquieta que Maya e Aubrey observam por um minuto antes de entrarem para se arrumar. Quando Aubrey pergunta de Frank, Maya pensa em contar tudo — sobre a linda e sinistra cabana e sobre o apagão — mas, a cada hora que passa, tudo isso parece mais improvável. Mais vaga fica sua convicção. Sem contar que esta noite deve ser divertida, e ela não quer transformar este momento em algo sobre Frank também. Não quer relembrar o que ele lhe disse ao telefone.

— Você estava certa. — É tudo o que ela consegue dizer para Aubrey. — É uma longa história... mas Frank com certeza é estranho.

Tender Wallpaper é um trio de irmãs com uma sintonia que apenas irmãs conseguem ter, ao som de sintetizadores e percussão. Tanto elas quanto as músicas são melancólicas e dramáticas, elas vestem roupas de lantejoulas e a iluminação do palco imita o fundo do mar. A música é levemente submarina também, lembrando o canto de sereias, um som de naufrágio ao piano. Maya e Aubrey já estiveram em um show delas, e da outra vez a banda usou o fato de serem irmãs para se fantasiar de Moiras. Um carretel gigante de fio de platina fazia parte da coreografia: uma irmã desenrolava o fio, outra o media e a terceira o cortava com uma grande tesoura.

Mas esta noite Maya não consegue identificar o tema. Ela e Aubrey abriram caminho até a frente da casa de shows e estão próximas do palco, balançando o corpo ao ritmo da música. As irmãs vestem togas longas e justas e capas, uma de verde, outra de vermelho e a terceira de azul.

— Elas deveriam ser quem? — Maya pergunta a Aubrey entre músicas.

Aubrey sorri.

— Sério? Não consegue identificar?

Uma nova música começa enquanto Maya tenta entender o tema do show, mas ela não consegue pensar em nenhum outro trio famoso no qual as irmãs podem estar fantasiadas e começa a se perguntar se Aubrey está zoando com ela. É a cara de Aubrey fazer isso.

Próximo ao fim do show, as irmãs começam a agitar os dedos na direção do público como se estivessem lançando feitiços e as luzes ficam malucas, feixes de verde, vermelho e azul sobrepondo-se em tons mais escuros conforme as vozes se tornam um som dissonante que se assemelha à voz de uma criatura gigantesca, divina e sobrenatural.

— Me fala logo — diz Maya quando a música acaba.

Aubrey coloca a mão na orelha da amiga e diz:

A CABANA NA FLORESTA   197

— Flora, Fauna e Primavera.
É claro! As fadas madrinhas de *A Bela Adormecida*. Maya não assistia a esse filme desde que era criança, mas agora se lembrava dos feitiços coloridos saindo das varinhas mágicas. Um bolo mágico. Um vestido mágico. É claro que Aubrey se lembrava disso. Ela amava contos de fada e mágica. E músicas tristes. Essa última música era sua favorita e, quando começa, ela fecha os olhos e se deixa levar.

MAIS UMA VEZ, MAYA ESPEROU QUE SUA MÃE DORMISSE ANTES DE pegar as chaves do carro e dirigir até a cabana de Frank. Não era ideal ir à noite, mas Brenda nunca deixaria Maya pegar o carro emprestado, não em seu estado atual — febril, agitada e tomada por um senso de urgência que se recusava a explicar. Só torcia para que Frank estivesse no bar de sempre esta noite e não na cabana. Seu plano era ir até lá, dar uma olhada e espiar pela janela se parecesse que não havia ninguém em casa. No mínimo, esperava que estar na cabana a aproximaria da verdade, já que só o quadro, uma única imagem, trouxe à tona memórias que ela pensava ter perdido.

Ela acelerou quando saiu do centro, cheio de semáforos e tráfego. Duas horas haviam se passado desde seu segundo martini no bar do Patrick's — ela se assegurou disso antes de dirigir, e até se forçou a comer um prato de chili do dia anterior, garantindo à mãe que estava tão bom como sempre. Ela só não estava com fome.

Há sete anos, Maya quase perdeu a entrada para a rua Cascade, mas desta vez seu celular facilitou as coisas, indicando a direção do banco do passageiro — pelo menos enquanto tinha sinal. As árvores se adensaram. A estrada florestal, tão verde no verão, era esquelética nesta época do ano, e Maya não teve dificuldades para encontrar a caixa de correio quando ela se aproximou à sua direita. Pelo jeito, ela se lembrava mais do que parecia.

A CABANA NA FLORESTA 199

Ela estacionou no fim da longa garagem e caminhou até onde antes era a casa do pai de Frank. Outra pessoa deve tê-la comprado agora, mas, se Frank realmente tinha herdado uma grande quantia, era possível que ele tivesse ficado com ela. Seu coração acelerou quando ela se aproximou da casa e viu uma luz acesa na janela do piso superior. A casa não era tão bonita quanto ela se lembrava, ou talvez não tivesse sido bem cuidada nos últimos sete anos. A varanda havia empenado, a pintura tinha descascado e duas venezianas estavam faltando.

Ela desacelerou o passo e pisou mais leve, como se quem quer que estivesse lá dentro pudesse ouvir seus tênis triturando a neve. Se fosse no verão, ela poderia se abaixar enquanto atravessava o grande quintal, escondida pela grama alta, mas, se qualquer um olhasse pela janela agora, a veria com clareza contra o branco tapete de neve. O luar dava um toque de azul-ártico. Um álamo antigo pendia sobre a entrada abandonada, sua massa redonda de galhos amontoados lembrava um cérebro.

Ela passou por baixo de seus lóbulos, os galhos ramificando-se como artérias acima de sua cabeça conforme ela entrava na floresta. Desta vez, ela tinha uma lanterna, uma que pegou emprestado da mãe, mas Maya viu que não precisaria dela. A neve brilhava e, se estava frio, ela nem sentiu. A adrenalina a mantinha aquecida. Ela pensou no esforço que fizera para reprimir as memórias da última vez que estivera ali, todos os comprimidos que tomou para que a verdade se escondesse sob aquele falso conforto que nunca fez sentido. Ela deveria estar apavorada naquele momento, e estava, mas também havia um alívio por sentir que finalmente estava chegando à raiz do segredo de Frank — e ela sentia que estava perto, podia praticamente esticar a mão e tocar.

Desta vez, ela não escuta o riacho quando se aproxima da ponte — deve ter congelado — mas não importa. A estrada, apesar de claramente abandonada, é fácil de seguir. Um caminho nítido em meio à floresta.

Porém, agora que a percorria de novo, percebeu algo *estranho* naquela estrada — no simples conceito dela. De repente, não pôde acreditar como não pensou nisso antes. Como podia ser tão estúpida aos 17 anos?

É óbvio — tanto antes quanto agora — que há anos ninguém passa de carro por essa estrada.

Tem que ir andando, havia dito o pai de Frank.

E, naquele exato momento, ela viu a crueldade em seu sorriso. Ele estava mesmo rindo dela. Não teria como Frank ter carregado os materiais de que precisava para construir uma cabana — a madeira, o fogão, duas pias e todas as pedras daquela lareira — a pé por todo esse caminho.

Mas Maya não era realmente tão estúpida naquela época, era?

Ela já *havia* entendido isso antes — lembrava agora. Tudo veio à sua mente no momento em que viu a ponte.

MAYA PARA DE ANDAR IMEDIATAMENTE QUANDO ELA APARECE, UMA ponte que não poderia ser cruzada em segurança nem mesmo por uma bicicleta. A lanterna do pai de Frank pisca em sua mão. Um vento frio serpenteia entre as folhas, afastando o último ar quente do dia conforme ela começa a juntar as peças.

Um arrepio percorre sua espinha.

A ponte à sua frente não está só abandonada — está caindo aos pedaços. Esquecida. Uma ponte que é só um esqueleto enferrujado, torres expostas como as costelas de um gigante. Pedaços enormes de concreto caíram, deixando apenas um pedaço no meio pelo qual é possível passar.

Ela está prestes a voltar, completamente desconcertada, quando vê uma luz do outro lado do riacho. Estreita os olhos. A luz é maior, mais estável e mais difusa do que a de uma lanterna. Ela se aproxima, e agora tem certeza. Tem alguém ali, do outro lado da ponte quebrada. Presume que seja Frank, mas não consegue vê-lo.

Todos os seus instintos dizem para ela ir embora, mas ela não vai. Aquela mesma curiosidade que parece mais uma compulsão aumenta a cada passo, como se ela tivesse sendo puxada por uma corda invisível. Se Frank a cruzou, a ponte deve ser segura o bastante. Maya é extremamente cuidadosa enquanto atravessa. Quando chega à metade, é como se andasse em uma corda bamba, pois as laterais da ponte haviam desabado de ambos os lados.

Nesse trecho, a ponte deve ter cerca de noventa centímetros de largura, a correnteza abaixo é agitada e escura. Parece profundo.

Ela está tremendo quando chega do outro lado, passa pela última fileira de árvores e chega à clareira. Agora entende o motivo de ele agir com tanta estranheza em relação à cabana, mas o que ela vê a deixa sem fôlego mesmo assim.

Não há cabana. Só os alicerces desgastados de concreto, um retângulo largo e quebrado no meio da clareira. É lá que encontra Frank, deitado em cima de um saco de dormir vermelho e fofo a vários metros de onde a lareira deveria estar. Ele colocou uma lamparina movida a bateria no mesmo lugar, o brilho laranja que ela viu do outro lado da ponte, uma réplica grosseira do fogo aconchegante que um dia queimou ali, na época em que havia uma casa em pé.

Ele aperta os olhos para o brilho da lanterna enquanto ela se aproxima, mas não parece surpreso ao vê-la. Abre um sorriso tímido, quase se desculpando, sem se levantar de sua posição confortável enquanto ela olha ao seu redor. A lamparina portátil, o saco de dormir, um galão de água, sua mochila e uma laranja descascada pela metade.

Ele está vestindo uma camisa de flanela e calças jeans, mas está descalço. Os sapatos estão há vários metros de distância, na beirada do retângulo de concreto, como se tivessem sido deixados ao lado da porta da frente para não sujar o chão. A ideia de Frank estar aqui brincando de faz-de-conta, agindo como se a casa fosse real, é tão absurda, triste e bizarra que uma risada de surpresa surge na garganta de Maya, e ela cobre a boca para contê-la.

— Oi — diz ele. E soa acanhado, ou cansado, ou ambos.

— Frank...

— Eu sei... desculpa, Maya.

Mas ela está muito perplexa para ficar com raiva.

— Por que mentiria sobre algo assim?

Ele solta um longo suspiro.

— Acho que não existe desculpa para isso, não é?

A CABANA NA FLORESTA 203

Talvez não, mas ela ainda quer uma resposta. Ela o encara, esperando, a lanterna ao lado do corpo iluminando o alicerce quebrado.

— A verdade — diz ele —, é que sou só um cara que mora com o pai e cuida dele. Não tenho nem meu próprio carro e meu emprego é constrangedor. E você... bem, você claramente pode conseguir alguém melhor.

Outro riso chocado se forma.

— Está dizendo que inventou a cabana... para me impressionar?

Ele abaixa a cabeça.

— Só pode estar brincando.

— Desculpa — diz novamente.

Mas é igual quando Dorothy abriu a cortina e revelou que um homem fingia ser o Mágico.

— Você não precisava fazer isso *mesmo* — diz ela. — Eu estava totalmente a fim de você.

Não era sua intenção usar o pretérito, mas ambos percebem. O vento aumenta, agitando as folhas, e quando fala novamente a voz de Frank é tão baixa que Maya precisa se aproximar mais. Agora ela está na beirada do saco de dormir, olhando para os olhos tristes dele.

— É que você vai para a *Universidade de Boston* — diz ele —, não queria que pensasse em mim como um caipira que não faz nada da vida. Tenho 20 anos e ainda moro com meu pai.

— Nunca pensei em você desse jeito — diz ela.

Mas agora ela não sabe o que pensar. Chegou até aqui movida por ondas de ciúmes e paixão, precisando saber por que ele estava com Aubrey, mas vendo-o agora — descalço e sozinho na floresta — o feitiço havia se quebrado. Ele pode ter mentido sobre a cabana para impressioná-la, mas isso não explica por que está aqui agora. Não explica o saco de dormir, os sapatos deixados em frente a uma porta imaginária.

— Você está bem? Quanto tempo faz que está aqui?

— Não muito — sussurra, desviando o olhar.

— E por que...

Ele inspira de forma trêmula e profunda.

— Porque me sinto protegido aqui.

— Protegido? De quê?

— Do meu pai.

Maya relembra que Frank mencionou ter tido problemas em casa quando era mais novo.

— Ele fez alguma coisa?

Frank exala bruscamente. Poderia ser um suspiro de mágoa ou de escárnio — está olhando para baixo agora, então é impossível saber.

— Ele fez muitas coisas. Comigo... com minha mãe... e com completos estranhos. Esse é o motivo de minha mãe ter me afastado dele quando eu tinha 12 anos. Ele é perigoso.

Maya olha por cima do ombro como se talvez o pai de Frank pudesse tê-la seguido até lá. Agora ela sabe, como deveria ter sabido antes, que Frank pode estar mentindo. Mas, mesmo assim, o pai dele havia a deixado *nervosa*.

— Por que está ficando com ele, então? — pergunta. — Se ele é perigoso, deveria falar com a polícia.

Frank balança a cabeça.

— Eles não entenderiam. Meu pai nunca botou o dedo em ninguém. Machuca as pessoas de outras formas. É manipulador. Controlador. Ele era professor de psicologia, mas então arranjou problemas e perdeu o emprego, o registro de psicólogo, tudo. Foi arruinado. Descontou em mim e na minha mãe.

— Sinto muito, Frank... — Mas agora o sente desviando da situação em questão, da estranheza de tudo, e tenta guiá-lo de volta. Não vai ser arrastada novamente para dentro de mais uma de suas histórias. — Mas ainda não entendi o que está fazendo aqui fora — diz ela.

A CABANA NA FLORESTA 205

Frank coloca os joelhos contra o peito, encolhendo-se. Fala tão baixo que ela não escuta e precisa se aproximar até estar de pé bem diante dele. Parece pequeno daqui. Indefeso.

— O que disse? — pergunta ela com gentileza na voz.

— Disse que para mim era real. Quando eu tinha 10 anos, na noite em que me perdi. Achei que ia morrer sozinho na mata, e sei que parece maluquice, mas a cabana... me salvou. Precisava que ela estivesse aqui para mim. E ela apareceu.

— Imaginei ela com tanta clareza, até os mínimos detalhes, e, quando fechei os olhos, era como se eu estivesse lá. Como se estivesse em casa. Uma casa mais amorosa e segura do que aquela que eu havia deixado. Um lugar sem o meu pai. Voltei muitas vezes depois disso, nos dias e noites em que precisava escapar. Era para cá que eu vinha, o lar mais verdadeiro que já conheci. Sentava aqui, do mesmo jeito que estou agora, e imaginava a porta para minha cabana. Precisava realmente vê-la antes de entrar. A cor do pinheiro, a maçaneta de bronze. Tinha que sentir a maçaneta na mão, mas se pudesse fazer isso, então poderia girá-la e tudo estaria esperando por mim do outro lado. Um lar. Algo gostoso no fogão, o fogo aceso na lareira. O sofá grande e confortável.

Maya assente. Pode imaginar o que ele está descrevendo facilmente — já fez isso antes, e se permite fazer novamente.

Há uma tristeza em saber que não é real, mas entender como ele fez parecer que era é mais triste ainda. O motivo da cabana parecer real para ela é que Frank passou horas e horas a construindo na mente dele. Aqui nesta clareira. Sozinho. Ele conhece cada piso e armário como se ele mesmo os tivesse martelado no lugar, conhece cada veio na madeira. Conhece tão bem que quando fala do lugar, como faz agora, ele ganha vida. O calor do fogo. O cheiro. Ela não sabe por que ele está dizendo isso agora que ela sabe que não é real. Mesmo assim, sente-se relaxada ao ouvir. Ela entende. Não o culpa por nada que fez. Todos precisam de um lugar para se refugiar.

Ela já não sabe mais o que ele está dizendo, e agora ele ficou em silêncio.

Maya escuta o que parece ser uma porta batendo atrás dela. Um barulho que não faz sentido aqui, mas é inconfundível — dobradiças rangendo seguidas pelo estalo baixo de uma porta batendo na soleira — diretamente às suas costas. Algo lhe diz para não se virar, mas o faz mesmo assim. Ela precisa saber. Vira lentamente e vê Frank atrás dela.

Bem em frente à porta de entrada — o vento deve tê-la fechado. Ela fica boquiaberta enquanto observa o trabalho dele. Ele foi muito modesto quando falou sobre a cabana. É perfeita. Com os dedos entrelaçados, ele lhe mostra a casa, e Maya não consegue parar de sorrir. Então vêm a fragrância tentadora da sopa que ela nunca prova porque a lembrança repentina do livro de seu pai ameaça romper a ilusão.

E Frank não quer que ela vá embora. Ele quer que ela venha morar com ele.

Ele diz para ela relaxar e tomar a sopa. Quando ela não obedece, ele coloca a colher na mesa com força. Ajoelha-se como se fosse pedi-la em casamento, mas há raiva queimando em seus olhos e, em vez de um anel, ele coloca um objeto um pouco maior em sua mão. Ela sente a endentação de metal contra a palma e olha para baixo, deparando-se com a chave para a cabana. E, por um breve momento, fica confusa.

Por que Maya precisaria da chave de uma cabana em que já está?

Mas assim que pensa nisso a questão se esvanece, e o que acontece nos próximos minutos permanecerá enterrado sob o porão mais profundo de sua mente por sete anos.

A CABANA NA FLORESTA 207

Ela relaxa.

A respiração desacelera.

E o coração também. É bom estar aqui. Ela se aconchega, relaxando na cadeira em frente à mesa.

— Ótimo — diz Frank. — Ótimo. — Ele levanta de onde estava ajoelhado e sorri para ela. — Está se sentindo melhor agora. Mais calma.

Ela se sente melhor agora. Mais calma.

— Talvez gostaria de se sentar em frente à lareira? — A maneira como ele diz, não parece uma pergunta. — Aconchegue-se, relaxe as pernas cansadas.

Tudo o que Maya gostaria é de se sentar em frente à lareira, aconchegar-se e relaxar as pernas cansadas.

— Você se sente segura aqui — diz ele.

Um lento espasmo percorre seu corpo quando algo frio e molhado atinge sua nuca. Ela franze a sobrancelha.

— Você se sente segura aqui — diz ele novamente.

Outra gota gelada atinge seu joelho. O líquido refrescante escorre por sua panturrilha nua e Maya se concentra nela. Na sensação de formigamento que se move até seu tornozelo. Então cai outra gota e outra — em seu ombro, testa e pulso — guiando-a de volta ao seu corpo. A chuva interrompe a voz de Frank o suficiente para ela entender que precisa correr.

Ele levanta.

— Vem comigo.

Ela não tem intenção de obedecer, mas (ah, Deus) é exatamente o que faz. Levanta de seu lugar à mesa como se suas pernas e pés pertencessem à outra pessoa. Não pode impedi-los de seguir enquanto ele a guia para mais perto do fogo, a luz alaranjada oscilando em seu rosto. Ela sente o cheiro doce da madeira queimando.

Olhe para a luz, ela pensa que ouve ele dizer, ou talvez seja a correnteza, o som suave a atraindo cada vez mais perto até que o fogo é tudo o que vê. E que experiencia. E que sente. É como se abrigar do frio, como de repente alcançar tudo o que procurava. Confiança. Aprovação. Amor. A luz parece felicidade, como raios de sol em seu rosto, e cheira à neve derretida. Ressoa como sinos. *Agora você está segura*, diz a correnteza. *Está em casa*. E essa é a sensação, é como chegar em casa. Mas ela sabe. Mesmo desejando o calor do fogo, o brilho vermelho, laranja, azul e dourado das chamas, parte dela sabe que casa não é a palavra certa para este lugar.

Como na história. Como Pixán, abrigado por impostores, olhando para a névoa, Maya sabe que seu verdadeiro lar é em outro lugar.

— Você... — sussurra, apesar de ter intenção de gritar.

Uma gota de chuva na bochecha!

Cada parte dela quer se dissolver na luz. Mas ela desvia o olhar para encarar Frank.

— Você me enganou.

— Relaxe — diz ele. Porém não parece tão confiante agora.

Ela balança a cabeça, a raiva aumentando, ameaçando romper qualquer feitiço que ele tenha lançando.

— O que fez comigo?

— Me escuta, Maya, precisa se acalmar...

— Eu *sei* — diz ela.

E, como mágica, os troncos grosseiramente entalhados que formam a parede atrás dele começam a ficar ainda mais rústicos. Começam a se parecer com árvores. Ervas-daninhas começam a crescer entre as tábuas do assoalho, e ela não vê mais um teto acima da cabeça, mas o abismo infinito da noite, e a sensação é de subitamente estar à beira do Grand Canyon. Um medo enorme e estonteante. Uma vastidão esmagadora.

— *Maya* — suplica ele.

Ela olha para o rosto dele. Frank estivera falando com ela esse tempo todo, enquanto ela estava ocupada olhando para o céu, ou para a parede, ou para o fogo, ou para a sopa.

A CABANA NA FLORESTA 209

Mas Maya não tem que escutar. Agora sabe disso. Frank implora com os olhos para ela não falar, mas isso só adoça as palavras em sua língua.

— Não existe cabana — diz ela, e na mesma hora o que sobrava se desfaz e o teto se transforma em céu, e o piso, em terra. Fica desorientada quando tenta correr. As pernas não querem funcionar, ou ela esqueceu como usá-las. Com a força que lhe resta, tenta avançar, mas a parte inferior de seu corpo parece presa em uma posição estranha. O problema se revela assim que ela olha para baixo. Maya na verdade não está sentada em frente à lareira, mas no escuro, na chuva. Não é para menos que não consegue sair correndo — suas pernas estão cruzadas.

Ela e Frank estão sentados sobre o saco de dormir, iluminados pela luz fraca da lamparina portátil, ficando encharcados. Todos os membros dela estão dormentes e ela se levanta desajeitada, o saco de dormir escorregadio sob do corpo.

— Maya, espera...

Uma vertigem escurece sua visão, mas ela consegue vencê-la, quase tropeçando na laranja que Frank não comeu e estava descascando quando ela chegou. Maya sai do retângulo de concreto e pisa na terra molhada, começa a correr. Nuvens cobrem a lua agora. Esqueceu a lanterna e só consegue ver alguns centímetros a frente enquanto abre caminho entre as árvores para fora da clareira.

Não vê o começo da ponte quando corre até ela.

— Para!

Ela o ignora. A estrada está cheia de seixos e molhada. Sinais de alerta piscam em seu peito, e algo diz que ela deveria desacelerar o passo quando se aproxima da metade da ponte, mas o desejo de se afastar dele faz com que ignore a intuição. Além do som da correnteza, escuta seus passos próximos.

— Cuidado! — grita ele.

Uma lanterna acende atrás dela, revelando a parte desmoronada da ponte logo à frente — o penhasco pelo qual estava prestes a correr.

Maya grita, balança os braços. Recua do penhasco direto para os braços de Frank.

— Shhh... — sussurra ele, abraçando-a com força. — Está tudo bem agora. Não precisa ficar com medo. Mas Maya não vai ser enganada de novo. Ela se desvencilha de seu abraço e está prestes a percorrer o caminho estreito da ponte desmoronada quando ele apaga a lanterna do pai.

A escuridão é total.

O vento aumenta, e a chuva também. O que antes começou como pancadas intermitentes se torna um dilúvio, o tipo de chuva em que é necessário gritar para ser ouvido. Sem a lanterna, as margens da estrada desaparecem na escuridão. Se ela atravessasse esse trecho estreito agora, cada passo ou a levaria de volta à segurança, ao seu carro, sua mãe, sua casa, ou para um rio furioso, não mais a correnteza calma que era antes.

Então ela se abaixa e apalpa o chão para conseguir atravessar. Tateia as bordas, o concreto quebrado áspero em suas mãos e joelhos. Sabe que poderia cair facilmente e nunca foi uma boa nadadora; não que se importaria se caísse de cabeça em uma pedra.

Avança com cuidado, mas rapidamente porque ele continua atrás dela — sabe que ele continua falando, mas faz o que pode para não ouvir, escutando apenas o barulho da chuva caindo na ponte e o rio que transforma a terra abaixo dela em lama. Finalmente, a trilha estreita se alarga novamente. Ela se levanta em um instante, sem conseguir ver muito, mas tudo o que precisa fazer é permanecer nessa estrada e conseguirá voltar ao carro.

Começa a correr e ele a segue — escuta seus passos pesados —, mas ela não diminui o ritmo nem mesmo quando a estrada se transforma em floresta.

Então, escuta o tilintar de chaves atrás de si.

Seu coração gela. Ela desacelera e Frank se aproxima até ela conseguir sentir o calor de seu corpo pressionando contra o dela.

— Esqueceu isso — diz ao seu ouvido.

Ela não se vira. Acha que consegue fugir — mas isso não fará diferença, já que Frank está com as chaves de seu carro.

— Me dá isso. — Ela fala com raiva, mas a chuva faz com que sua voz pareça fraca.

— É claro — diz ele, levemente indignado.

Ela abre a mão para receber o pesado chaveiro, cheio de chaves, de sua mãe: da casa, do carro, do armário do serviço, do galpão do jardim e a minilanterna. Mas não é isso que Frank coloca em sua palma aberta.

A única chave que ele lhe dá é a dele.

As lágrimas de Maya pingavam na neve azulada conforme ela caminhava da ponte abandonada até o carro da mãe. Pensou na última vez em que fez este caminho, o braço de Frank envolvendo seus ombros enquanto ela tentava entender o que eles faziam na chuva. Ela se lembrava de olhar para trás, sem conseguir ver a ponte ou conjurar qualquer memória dela ou de como a havia cruzado, só a estrada coberta de folhas serpenteando pela escuridão. Frank havia tentando fazê-la pensar que era ela quem estava agindo estranho, que ele só queria acompanhá-la até o carro, mas ela fugiu dele assim que entendeu onde estava, certa de que ele havia feito algo a ela, e pretendia ligar para a mãe assim que chegasse em casa.

Mas... diria exatamente o que para a mãe?

Brenda estivera trabalhando naquela noite, e Maya, encharcada até os ossos, secou-se. Ainda zonza pelo que passara na cabana, decidiu dormir e fazer o possível para explicar tudo pela manhã. Mas a dúvida surgiu no dia seguinte, como uma semente que ele havia plantado, crescendo durante a noite, uma imprecisão em sua compreensão dos acontecimentos.

Agora Maya lamentava pela versão de si mesma que questionava a própria experiência com tanta facilidade. É claro que Frank havia feito algo a ela! Ele a convencera da existência de um lugar que nunca existiu e de alguma forma a fez acreditar que havia estado lá. Ele manipulou a mente dela. As lágrimas reavivaram as sensações em seu rosto, apesar do resto do corpo permanecer dormente, a neve derretendo em seus sapatos conforme ela caminhava pelo pátio vazio da casa que antes pertencera ao pai de Frank. Agora era óbvio quem morava lá.

Onde mais Frank dormiria? Como encontraria abrigo embaixo de um teto que só existia em sua mente? A luz na janela já não estava mais acesa. Quando ela entrou no carro, o imaginou dormindo no quarto de infância na casa do pai, indefeso, sozinho, tão vulnerável agora quanto ela aos 17 anos.

Imaginou-se na beira da cama dele com uma faca.

Em círculos atordoantes, Maya tentava encontrar a palavra para o que Frank havia feito a ela, como um cachorro correndo atrás do próprio rabo — a enlouquecedora sensação de se aproximar da resposta, mas sem conseguir tocá-la. Segurava o volante com as duas mãos e pisava no freio a cada curva. Exausta como estava, tinha que ter cuidado nessas estradas, especialmente nessa época do ano.

O dilúvio de memória a deixara esgotada, próxima ao colapso, mas ela sabia que, quando se deitasse, não dormiria. Essa era a crueldade da abstinência de um benzodiazepínico. Comprou uma garrafa de gim a caminho de casa por motivos puramente medicinais. Precisava pensar, mas não conseguia desfazer o emaranhado que se formara em seus pensamentos, e ela entendeu que devia ser efeito da privação de sono.

Quando chegou em casa, Maya ficou aliviada em ver que a mãe não havia acordado nas poucas horas em que saíra de carro sem permissão. Ela serviu um pouco de suco de laranja, pela vitamina C, e completou com gim, para ajudá-la a dormir. Levou a bebida com ela para a cama, bebeu rapidamente e se deitou no colchão confortável. Suas mãos e seus pés formigaram conforme seu sangue descongelava, e não demorou muito para apagar.

214 ANA REYES

Ficou tentada a ignorar os toques do celular, deixar cair na caixa-postal, deixar o gim ajudá-la a voltar a dormir, mas então se lembrou de que não havia ligado para o trabalho esta manhã para dizer que ainda estava doente. Se fosse a chefe dela ao telefone, Maya precisava atender — não podia ser despedida, já bastava tudo o que estava enfrentando. Esticou a mão para fora da coberta.

Quando viu o nome no identificador de chamadas, o alívio a atingiu com tanta força quanto o gim.

— *Dan!* — comemorou.

— Oi...

— Como... como você está?

— Bem, eu acho. Já fiz metade das provas.

Ele não parecia tão feliz ou aliviado quanto ela.

— Tenho certeza de que está se saindo bem — disse ela timidamente.

— Olha, desculpa não ter respondido às mensagens.

Sentiu um aperto no peito.

— Tudo bem, sei que está bem ocupado.

Ele não disse nada.

Ela não conseguia respirar. Talvez, se nenhum dos dois falasse, a conversa acabaria e a relação deles voltaria ao que era antes.

— O que está acontecendo com você, Maya?

Ela queria contar tudo de que havia se lembrado... havia carregado esse fardo sozinha por muito tempo. Mas, se contasse isso agora, corria o risco de que ele tivesse a mesma impressão que ela há sete anos, como se estivesse sugerindo que Frank havia lançado algum tipo de feitiço, feito ela ver coisas que não existiam.

Ainda era verdade que o que ele havia feito parecia mágica.

— Viu? — disse ele. — Não quer me contar, não é?

— Por favor — disse ela, a voz embargada. — Eu quero, é só que...

A CABANA NA FLORESTA · 215

— Certo — respondeu friamente. — Tenho certeza de que tem seus motivos, e olha, respeito isso. Mas, sinceramente, não é isso que eu quero. Não quero estar num relacionamento em que sentimos que temos que esconder coisas um do outro...

— Estou em abstinência de Rivotril.

— Desculpa, o quê?

Ela estivera procurando a hora certa para contar a ele, sempre em um momento futuro, mas a hora certa nunca chegou, e, apesar de a palavra exata para o que Frank tinha feito a ela ainda estar perdida em um nebuloso emaranhado de pensamentos, o resto do que estava acontecendo em sua mente pareceu surpreendentemente claro conforme as palavras saíam de seus lábios.

— Meu Deus — falou Dan quando ela terminou. — Não entendo. Por que escondeu tudo isso de mim?

— Não sei — respondeu. — Não pareceu importante quando nos conhecemos, então não falei nada, mas aí... continuei não falando nada, até que começou a parecer estranho. Tipo, por que eu havia esperado tanto tempo.

Dan suspirou.

— Queria que pudéssemos conversar sobre isso pessoalmente — disse ela, querendo abraçá-lo, mas feliz por ele não poder vê-la no estado em que estava.

— Então foi por isso que passou mal na casa dos meus pais.

— Sim.

Ele ficou em silêncio novamente.

— A questão é que eu estava mentindo para mim mesma também. Não *queria* mais tomar os comprimidos de Wendy. Sabia que estavam atrapalhando meu raciocínio, me deixando esquecida. Sabia que era perigoso misturá-los com álcool, mas eu venho fazendo isso basicamente toda noite há anos. E não queria que essa realidade fosse verdade, então fingi que não era.

— Ah, Maya...

— Sinto muito.

— Bebeu esta noite, não foi?

Ouvir a decepção em sua voz dói. É claro que ele conseguiu escutar as quatro doses de gim que ela havia acabado de virar. Pensou em explicar que precisava disso para dormir, mas estava lúcida o bastante para saber que isso era uma desculpa esfarrapada.

— Sim — sussurrou.

Desta vez, ele ficou em silêncio por tanto tempo que ela pôde vislumbrar os dois caminhos que ele poderia tomar. Já que ela obviamente precisava de ajuda, por um lado, ele poderia escolher ficar ao seu lado não importava o que acontecesse, e ajudá-la a superar isso.

Ou poderia dizer que isso tudo era demais para ele, que *ela* era complicada demais, jogar a toalha e ir embora.

— Você está com um problema — disse ele lentamente. — O que vai fazer?

Estava chorando descontroladamente agora, o nariz escorrendo e o peito cheio de gratidão porque havia gentileza em sua voz.

— Vou procurar ajuda — disse ela. — É sério. Assim que voltar para Boston.

— Que tipo de ajuda?

— Não sei, um psiquiatra. Ou um psicólogo. Algum tipo de médico.

— Um tio meu frequenta o AA. Acho que deveria fazer isso.

— Mas não sou alcoólatra — disse ela, defensiva por instinto.

— Sério? Ficou bêbada no aniversário da minha mãe na outra noite. E hoje está de novo.

Não podia argumentar contra isso.

— E essa semana toda... é claro que eu sabia que tinha algo de errado. E você... você escondeu de mim. Tem tomado comprimidos sem que eu saiba, passando mal de tanto beber. Está fazendo mal a si mesma, Maya. Não dá mais pra ignorar.

Maya ficou em posição fetal, trazendo os joelhos ao peito.

— E, de qualquer forma — disse ele —, esses programas não são só para alcoólatras. São para todos os tipos de adictos.

A palavra a fez estremecer. O primeiro passo de uma jornada que Maya não tinha interesse em percorrer. Não queria ir a reuniões, ou encontrar Deus, e, quando pensava em ficar sóbria o tempo todo, não tinha certeza se valia a pena viver. Sentiu vontade de lembrar a Dan que foi um *médico* quem lhe receitou o Rivotril pela primeira vez — que isso era culpa *dele*. Ou que, nos últimos dias, havia diminuído a quantidade de bebida drasticamente. Ou que podia — que *iria* — dar um jeito em si mesma sozinha, sem necessidade de algo tão radical quanto um programa do Alcoólicos Anônimos.

Mas, em vez disso, falou:

— Tá bem, eu vou.

O problema com a palavra *adicto* é que significava que ela precisava fazer algo a respeito disso, como se Maya já não tivesse coisas o suficiente para lidar. Mas falou para Dan que o faria, então, depois de deitar no escuro por um tempo e não se sentir mais tão cansada, pesquisou por reuniões do AA no celular. Encontrou uma filial não muito longe do apartamento deles em Boston e mandou uma mensagem, avisando a Dan. Ele respondeu com um coração e ela com dez, e disse a si mesma que iria às reuniões se isso fosse fazê-lo feliz. Faria muitas coisas por ele.

Mesmo se ainda não estivesse pronta para admitir que era uma adicta, sabia que era fisicamente dependente da medicação. Havia alguma diferença?

A noite era longa. E ela estava bem consciente do gim restante na garrafa em sua cabeceira. Jogou fora na pia da cozinha. Não seria fácil, mas era o melhor a se fazer. Ela precisava ficar alerta.

218 ANA REYES

Sentou em frente à escrivaninha clássica de seu antigo quarto com a caneta e o bloco de notas floral que sua mãe havia deixado para futuros visitantes e começou a listar o que havia descoberto hoje, começando pelo que Steven havia lhe dito no Patrick's:

1. *Cristina estava planejando se mudar para a cabana de Frank.* Um pensamento arrepiante agora que Maya sabia que o lugar não existia.

2. *Ele tem clientes de algum tipo.* Estremeceu ao pensar em que tipo de serviços ele poderia oferecer.

3. *O pai dele era professor na Williams.* Não sabia quase nada sobre o pai de Frank além de que seu nome era Oren. Havia pesquisado por ele na internet há sete anos, mas não encontrou nada e desistiu quando Dr. Barry a convenceu a esquecer o assunto. Não havia pensado muito em Oren Bellamy desde então.

4. *Oren...* Ela se lembrou da aparente felicidade que ele sentiu ao guiá-la para uma cabana que ele sabia que não era real na noite em que ela o conheceu.

Frank não havia lhe dito algo sobre ele na clareira? Maya franziu as sobrancelhas. Sua compreensão dessas memórias recém-recuperadas era tênue, ainda mais imperfeita do que poderia ser esperado de uma noite de sete anos atrás. Mas de alguma forma escrever lhe ajudava a pensar, ajudava a trazer à tona o passado enterrado. *Oren...* escreveu, *era o motivo pelo qual Frank construiu a cabana.*

Agora se lembrava disso. Frank construiu a cabana para fugir do pai.

Pegou o celular. Adicionar "Faculdade Williams" à pesquisa para "Oren Bellamy" não resultou em nada, mas acabou encontrando referências a dois artigos acadêmicos que ele publicou em

A CABANA NA FLORESTA 219

1980. Um artigo se chamava "Traços de Personalidade Observáveis Associados a uma Alta Pontuação na Escala de Absorção Tellegen", mas, quando Maya clicou no artigo, ele não estava mais ativo.

O outro artigo que ele havia publicado também não estava mais disponível, mas era possível adquirir exemplares impressos de edições anteriores da revista acadêmica pelo site. O nome da revista era *Neuropsicologia Experimental*, e o site não era atualizado há mais de uma década. Maya pegou o cartão e comprou o Volume 17 de outubro de 1983, a edição em que o artigo de Dr. Bellamy aparecia, digitando as informações do cartão de crédito no site bege com aparência quase retrô.

Então Oren era psicólogo, e ou a Universidade Williams havia apagado toda sua conexão com ele ou ele nunca foi professor lá de verdade.

Ela pesquisou por "Dr. Oren Bellamy", "psicólogo", e, ao olhar para a lista, adicionou a palavra "clientes", e lá estava ele. Dr. Oren Bellamy, PhD, HC. Não só seu nome, como também seu rosto, uma foto de seu busto em um blazer quadriculado, sorrindo para a mesa com uma estante atrás. Na foto, ele parecia estar na casa dos 50, mais novo do que quando ela o conhecera.

O site era de um lugar chamado Centro de Bem-estar Horizontes Livres. O site parecia atual, mas não muito profissional. O design era feio, a fonte espalhafatosa e a logo — um sol laranja surgindo em um horizonte azul — parecia ter sido tirada de um acervo de domínio público. Era difícil definir exatamente que tipo de serviços o centro oferecia.

Ler a seção "Sobre Nós" não ajudou muito. O "método patenteado de terapia" do Dr. Oren aparentemente tinha uma margem de sucesso de 100% quando se tratava de curar uma longa lista de "doenças incapacitantes" como vícios, fobias, ansiedade e depressão, assim como facilitar perda de peso, abandono ao tabagismo e "superar o luto".

Havia muitos depoimentos de clientes: "Não é exagero dizer que o Horizontes Livres salvou minha vida" — Carol M. "Finalmente, algo que funciona! — Mike R. "Nunca pensei que poderia superar a perda de minha irmã, mas então conheci o Dr. Hart" — Susan P.

O último testemunho vinha em forma de vídeo. Maya clicou no ícone, e um homem idoso começou a falar. Ele estava sentando no que parecia ser uma sala de terapia, em frente a uma janela que dava para uma floresta. Música suave tocava ao fundo.

— Quando minha Diane morreu — disse —, achei que seria melhor morrer também. Eu pensava: qual o sentido de continuar? — O homem sorriu, os olhos vagos e desfocados. Maya sentiu o sangue congelar. — Eu não estaria aqui se não fosse pelo Dr. Hart — continuou o homem. — Ele me ajudou a seguir em frente.

Nada no site ajudou a esclarecer a identidade do Dr. Hart — apesar de Maya ter suas suspeitas — ou a natureza do tratamento oferecido. Tudo que ficou sabendo era que o método patenteado de terapia de Oren Bellamy continuava a ser oferecido no Centro de Bem-estar Horizontes Livres e apenas lá. Eles não aceitavam convênio médico.

Maya leu tudo de cada página do site, sem saber o que esperava encontrar, mas continuou procurando. Na página "Sobre Nós", ela observou as siglas que vinham depois do nome de Oren e percebeu que não sabia qual era o significado de HC. Pesquisou e a primeira coisa que apareceu foi Holisticoterapeuta Certificado.

Terapia holística? Era isso mesmo?

Adicionou "psicologia".

O que aconteceu em seguida fez Maya questionar se havia algo de errado com seu celular. Um problema na tela. Uma expressão apareceu na tela — uma palavra ou segmento, um título profissional — que ela não conseguia distinguir.

— ...terapeuta certificado.

Não conseguia ler o começo. Seus olhos pareciam não conseguir compreender, como se as letras fugissem de sua visão. Não importava como segurava a tela, ou onde clicasse, não conseguia ler o que vinha antes de "terapeuta".

A visão de Maya já havia evitado palavras vez ou outra nos últimos anos, mas isso era raro o suficiente para que ela culpasse o cansaço nos olhos e seguisse em frente.

Mas era óbvio que agora era uma palavra específica — ou um pedaço de palavra — que ela não conseguia ler. Saiu da cama, acendeu as luzes e olhou ao redor. Pelo que parecia, não havia nada de errado com sua visão. Nenhuma mosca volante ou turvamento. Mas, quando olhou novamente para o celular, o problema continuava. "...terapeuta certificado". Era como uma ilusão de ótica. Alguma coisa a impedia de ver. Sentiu náuseas. Nada nisso parecia possível. Talvez realmente estivesse louca.

Sentou-se na beirada da cama. Segurou a cabeça nas mãos. Então teve uma ideia e pegou o celular novamente. Criou um documento online. Copiou "...terapeuta certificado" e colou no documento.

Selecionou a opção "Ler em voz alta".

O que ela ouviu fez seu sangue gelar. O começo da palavra soou truncado. Não podia ouvir assim como não podia ler na tela. "*#@^-terapeuta certificado". A distorção era sutil — talvez não teria notado se tivesse escutado só uma vez — mas continuou acontecendo. "*#@^-terapeuta certificado." O coração de Maya acelerou. Diminuiu a velocidade de leitura. Colocou o celular junto ao ouvido e escutou várias e várias vezes. Escutou até ouvir. E um sol escuro raiou em seu peito.

Oren Bellamy era um hipnoterapeuta certificado.

Maya ainda não havia contado a Aubrey sobre o apagão.

Quanto mais tempo passa, mais incerteza sente, não tem sequer um machucado para mostrar nem pode afirmar com certeza que a culpa foi dele, então não falou de Frank depois do show do Tender Wallpaper na noite anterior ou antes de voltar à casa de Maya e irem dormir.

Mas sonhou com a cabana. Não aconteceu muito no sonho — Frank estava sentado à sua frente, havia tigelas na mesa — mas o terror pairava no ar e ela não conseguia se mover, não conseguia abrir a boca para liberar o grito em sua garganta. O sonho era tão perturbador que, pela segunda manhã seguida, não conseguiu voltar a dormir depois.

Anda até a cozinha em silêncio. Aubrey e Brenda ainda estão dormindo. A janela em frente à pia foi deixada aberta. O aposento está fresco com a luz da manhã. Ela se serve de um copo de suco de laranja e tenta afastar a sensação de pavor do sonho, mas então vê o número piscando no telefone sem fio. Oito. Oito ligações e ela sabe de quem são. O registro de chamadas confirma: Frank passou a manhã toda ligando.

O medo obscuro que ela vem tentando afugentar emerge com toda força. Ela percebe que não faz ideia de quem Frank seja.

— Acordou cedo.

Maya leva um susto.

A CABANA NA FLORESTA **223**

A mãe entra na sala de estar vestindo uma camisola de algodão com estampa de rosas, seus cachos loiros formando uma aréola bagunçada em sua cabeça.

— Não quis te assustar.

Maya coloca o dedo em frente aos lábios.

— Aubrey tá dormindo.

— Ela está aqui? — Brenda parece descansada depois de uma noite inteira de sono, uma raridade em seu emprego. Ela vai de aposento a aposento, abrindo as cortinas, inundando a casa de luz.

— Aubrey! Que bom te ver.

Maya as escuta conversando no corredor. Aubrey devia estar a caminho do banheiro, provavelmente querendo voltar para a cama depois, mas agora foi vista acordada.

— Oi, Brenda. — A voz de Aubrey é sonolenta, mas calorosa. Ela passou muito tempo aqui durante os anos, incluindo um mês inteiro no ano anterior, quando sua mãe a expulsou de casa por ter levado um garoto escondido para o quarto.

Brenda faz rabanadas para todas e as serve com o xarope de bordo local, uma extravagância. A rabanada é crocante por fora e macia por dentro. A casa cheira à massa frita e ao café que Maya recentemente passou a tomar com a mãe no desjejum. Quando era mais nova não tinha permissão para ingerir café, mas agora gostava da sensação que ele causava e logo aprendeu a amar o gosto amargo.

Depois de terminarem, ela lava a louça e Aubrey seca. Elas conversam em meio ao som da água corrente e ao cheiro de detergente.

— Então, sobre o Frank...

— Finalmente! — diz Aubrey. — Achei que nunca ia me contar.

Maya não queria ficar remoendo isso na noite passada, mas agora precisa saber quão assustada deveria estar.

— Você estava certa. Ele é muito bizarro.

Aubrey não era do tipo de pessoa que diz: *eu te avisei*. Faz apenas um biquinho para demonstrar empatia.

— O que ele fez?

Maya ensaboa um garfo enquanto conta a Aubrey sobre as três vezes que pareceu apagar perto de Frank. A primeira vez, na Pedra do Equilíbrio, pensou ter sido a maconha medicinal do pai dele, todo mundo sabe que esse tipo é forte. A segunda vez, na noite que beijou Frank, estava tão animada que não pensou muito nas horas perdidas.

— *Horas?*

Maya, constrangida, mantém o olhar nas mãos cheias de sabão.

— Mas como...?

— Não faço ideia... — Ela espera Aubrey duvidar da história, mas, quando isso não acontece, Maya conta sobre a noite anterior. A cabana na floresta. Os minutos perdidos entre a chegada e a partida. Andar na chuva sem ter ideia de como chegou lá. As ligações. O jeito como ele manipulou a mente dela.

— Vou sair para correr — avisa a mãe de Maya, surgindo de repente atrás delas, de bermuda ciclista e uma camiseta com os dizeres TRIATLO FEBRE DE ABÓBORAS.

Aubrey quase derruba o prato que passou os últimos dois minutos secando.

— Nossa, vocês duas estão tensas. — Brenda sai, deixando a porta da cozinha aberta.

Maya não teria culpado Aubrey se a amiga se recusasse a acreditar. Mas, quando consegue olhar para ela, não há uma centelha de dúvida em sua expressão. Nenhum julgamento. Acredita em Maya, e dá para ver; parece estar com medo. Com mais medo do que a própria Maya sentiu até este momento, até ver o medo nos olhos de sua amiga corajosa e a maneira como ela fica congelada em frente à pia.

— Eu sabia — diz Aubrey baixo. — Acho que ele fez a mesma coisa comigo.

A CABANA NA FLORESTA **225**

Maya a encara.

— No Dunkin' Donuts, logo antes de você nos ver. Senti que algo estranho havia acontecido aquele dia, mas aí pensei... — Ela balança a cabeça. — Pensei que tinha imaginado.

— Meu Deus! Eu também.

Agora as duas parecem assustadas.

— Foi depois de ele separar aquele livro para mim... — Aubrey parece revirar algo em sua mente. — Era uma biografia sobre um médico que vivia na Londres vitoriana. Um mesmerista...

— Um o quê?

— Mesmerismo... era uma prática medicinal no século 1800. Basicamente *glicose*. Esse médico ficou famoso por fazer demonstrações públicas. Ele tinha essa paciente, uma criada, e ele a tratava enquanto as pessoas assistiam. Era parecido com um show de mágica, mas, em vez de truques, as pessoas pagavam para vê-lo humilhar a pobre garota, que provavelmente estava inconsciente o tempo todo.

Maya franze a sobrancelha, presa na palavra *glicose*.

— Desculpa... o quê?

— Que parte?

— *Glicose?*

— *Glicose* — diz Aubrey —, sabe tipo *hipos no turismo.*

Maya quase cai na risada. Ela fecha a torneira, e a cozinha fica em silêncio.

— De que diabos você está falando? — Aubrey começa a ficar irritada.

— Sério?

Maya não pede para que ela repita. De qualquer forma, não importa que livro Frank emprestou a Aubrey — precisa saber o que ele fez a ela, o que fez a ambas. Balança a cabeça para clareá-la.

— O que aconteceu no Dunkin' Donuts?

226 ANA REYES

— Falamos sobre mágica — diz Aubrey —, ele me falou que já praticou um pouco, truque de mãos, com moedas, esse tipo de coisa. Como se isso fosse me impressionar.

O rosto de Maya queima. Já ela era tão fácil de impressionar.

— Ele perguntou — continuou Aubrey — se eu queria ver um truque. E realmente me convenceu, sabe?

Maya sabia.

— Disse que era um truque muito antigo e que poucas pessoas o conheciam. Bem, é claro que eu queria ver. Concordei e ele tirou a *chave* do bolso e colocou na mesa.

— A chave era estranha? Tipo, bem afiada?

— Ele te mostrou o truque?

Maya balançou a cabeça.

— O que ele fez?

— Disse que faria a chave levitar. Para que eu concentrasse toda minha atenção nela. Disse que eu veria a chave levantar da mesa.

— Você viu?

— Ele nunca chegou a essa parte. Primeiro me falou *tudo* sobre o truque, tipo como nunca foi escrito e que costuma ser passado de mágico para mágico há gerações. Blá-blá-blá. Eu sabia que nada disso era verdade. Truques de mágica geralmente começam com algum tipo de história. Mas a dele simplesmente não acabava nunca. — Uma expressão estranha toma conta de seu rosto. — Continuei ouvindo, pensando que alguma coisa aconteceria. Mas nada aconteceu. A chave permaneceu onde estava, e eu... a encarei... até que você chegou.

— Fui para casa depois disso — disse Aubrey —, e, quando cheguei lá, vi que fiquei no Dunkin' Donuts por mais de uma hora.

— Toc-toc — diz Frank atrás da porta de tela.

Elas se viram, os olhos arregalados de medo.

Não há como saber há quanto tempo ele esteve lá. Quanto escutou.

A CABANA NA FLORESTA 227

Por instinto, Maya pega uma faca que estava na pia. Frank olha para a faca afiada. Ela não tem certeza do porquê a pegou, e parece um exagero, mas tenta empunhá-la com confiança. Ele levanta as mãos em um gesto de rendição.

— Só quero conversar.

— Eu disse que não quero te ver.

— Só quero esclarecer as coisas sobre a noite passada.

De pé perto da porta, Aubrey o encara através da tela. Ela é alguns centímetros mais alta do que ele e, ao contrário de Maya, não parece assustada.

— Você precisa ir embora, Frank. Agora.

— Isso não tem nada a ver com você, Aubrey. Fica fora disso.

— Ou o quê? — Aubrey o encara. — *Eu sei de tudo* — diz ela.

Um lampejo de medo surge no rosto dele, seguido rapidamente por raiva. A voz dele permanece calma.

— Não sei do que está falando.

— Sei o que fez com a gente.

Maya não sabe se ela está blefando.

Frank avança. Para a um centímetro do rosto dela.

— Como eu disse, não sei do que está falando. — As palavras saem carregadas de ameaça.

Sinais de alerta ressoam no peito de Maya. Pergunta-se se Aubrey está falando a verdade.

De qualquer forma, está claro que Frank se sente ameaçado.

— Vai embora — diz Maya —, ou vou chamar a polícia.

— Chama.

Ninguém se mexe.

Os olhos de Maya dardejam para o telefone na parede da cozinha, mas alguém se esqueceu de colocar o aparelho no carregador. Ela procura na sala de estar, a faca ainda em mãos. Não vê o telefone, então corre para pegar o celular no andar de cima. Encontra-o no quarto, no bolso traseiro da calça jeans que usou no show de ontem à noite. Abre o telefone e está prestes a ligar para a emergência quando para e se pergunta se realmente quer fazer isso.

O que, exatamente, planeja dizer? Qual é a emergência? Um homem que ela conhece está falando com sua amiga na porta dos fundos? Frank não está armado e não fez nada para ameaçá-las. Maya vai com o celular até a janela e abre a cortina. Quando pressiona o rosto no vidro e olha para baixo, consegue ver Frank falando com Aubrey através da tela. Não consegue ver Aubrey, que está dentro de casa, mas parecem estar conversando calmamente. Então ele tira algo do bolso e mostra para Aubrey.

A chave.

Maya não tem motivos para acreditar que Frank a machucaria, ainda assim seu corpo reage como se ele tivesse sacado uma arma e apontado para a cabeça de Aubrey. Maya segura a faca com mais força. Afasta-se da janela. Aubrey está do lado de fora agora e Maya precisa levá-la de volta para dentro. Mesmo que ela pareça estar bem. Mesmo que tudo que Maya tenha seja um pressentimento — precisa tentar. Corre para o andar de baixo, mas seus passos desaceleram quando entra na cozinha.

Maya vê Aubrey e Frank pela porta de tela. Parecem calmos, lado a lado, mas sem se tocar. O céu está azul e os pássaros cantam. Os braços de Maya estão ao lado do corpo, o celular em uma das mãos e a faca na outra. Quando se aproxima, escuta o murmúrio baixo da voz dele. Não consegue distinguir as palavras, mas identifica um ritmo estranho semelhante a um cântico. Está quase na porta quando Aubrey caí de lado. Não faz nenhum esforço para aparar a queda. Os ombros atingem o concreto, então a cabeça.

Frank vira para ela, uma expressão chocada no rosto.

A porta abre com tudo. Maya sai correndo.

— Que diabos?! — diz Frank. — O que aconteceu com ela?

Maya solta a faca e o celular e cai de joelhos ao lado da amiga.

— Aubrey?! Aubrey! Acorda!

— Ela tem algum problema médico?
Maya o ignora.
Os olhos de Aubrey estão abertos quando Maya a segura pelos ombros e a chacoalha.
— Meu Deus, meu Deus.
A cabeça de Aubrey pende sobre o concreto, tão sem vida quanto uma boneca de pano.
Maya olha para Frank.
— O que você fez?
Frank parece perplexo.
— Do que está falando? Estávamos só conversando e ela... ela simplesmente... — Ele gesticula para o corpo caído sobre os degraus da entrada, dobrado em uma pose artificial, os olhos verdes recusando-se a retribuir o olhar de Maya, apesar de parecerem encará-la.
— Não pode me culpar por isso — diz Frank, o pânico aumentando em sua voz. — Não pode.
— *Aubrey! Acorda! Acorda!* — grita Maya, o rosto molhado por lágrimas enquanto Frank se afasta.

33

Não só Maya não via ou escutava a palavra *HIPNOSE* há anos, como também não havia pensado ou considerado o que a palavra significava. A indução de um estado de transe altamente sugestionável. Era como se o conceito em si tivesse sido apagado de sua mente. Mas agora que havia conseguido escutar uma parte — *hipno* — o resto da palavra veio à tona junto com o significado. E então pareceu óbvio.

Frank a havia hipnotizado, não só uma, mas repetidas vezes, então escondeu as memórias dentro da mente dela. Em retrospecto, Maya sentia que estivera rodeando a resposta há muito tempo, mas era como se a ideia em si tivesse sido distorcida, e finalmente ela havia compreendido. Agora, enquanto lia sobre hipnose na internet, ficou sabendo de novas pesquisas que surgiam no campo da neurociência, novos desenvolvimentos na compreensão de que o que acontece com a mente pode surtir efeitos reais no corpo.

Quando se deparou com um artigo sobre sugestão pós-hipnótica, ficou zonza. Arrumou o edredom em volta dos ombros. Estava com muito calor, então havia tirado a roupa, mas então ficou com muito frio, e se enrolou em cobertores. Seu cabelo comprido estava grudado nas costas encharcadas de suor.

As sugestões feitas durante a hipnose, leu, poderiam afetar o comportamento do paciente na vida normal. O hipnotizador poderia dizer a uma pessoa com o desejo de parar de fumar, por exemplo, que seu próximo cigarro teria o gosto da pior coisa que já comeu na vida. Para algumas pessoas, isso funcionava — ao que parecia, uma sugestão feita sob hipnose tinha o poder de alterar a percepção futura.

Poderia ser por isso que os olhos de Maya pareciam evitar a palavra *hipnose* e seus ouvidos pareciam incapazes de escutá-la? Frank havia implantado uma sugestão pós-hipnótica em sua mente para impedi-la de descobrir o que ele havia feito? Ela quase podia senti-la, intrusa, invasiva. Uma semente cujas gavinhas pálidas haviam crescido e se emaranhado em seu cérebro.

Maya largou o celular na cama. Não aguentava mais olhá-lo. Queria esfregar o interior do cérebro, podia praticamente sentir as palavras dele rastejando dentro dela. Agora ela tinha uma palavra para o que ele havia feito.

Mas era possível matar alguém com hipnose? Isso era possível? Mesmo com todas as pesquisas recentes que encontrou na internet, a palavra a remetia a truques para uma plateia, em um homem de terno fazendo falsos voluntários grasnarem como patos. Fez ela pensar nos shows de mágica que Aubrey amava, e que Maya sempre achou bregas. Mas claramente esse não era o tipo de hipnose que o pai de Frank praticava. Steven havia dito que ele era professor na Universidade Williams, e se isso fosse verdade a faculdade, assim como as duas revistas que haviam publicado sua pesquisa, apagara qualquer vestígio de sua relação com Oren Bellamy.

Ainda assim — de acordo com o site do Horizontes Livres — ele havia criado sozinho um "método terapêutico patenteado" de tratamento, com "taxa de sucesso de 100%". Frank havia dito que seu pai era brilhante, mas perigoso, que havia machucado pessoas, mas não fisicamente. Agora Maya achava que entendia. Oren não precisava encostar em uma pessoa para a machucar. Fazia isso com palavras, assim como o filho. Frank aprendera com o pai.

Maya precisava contar a alguém. Deveria contar à mãe. A Dan. À polícia. Acendeu a luz, vestiu a calça de moletom e a camiseta novamente.

232 ANA REYES

Brenda não acordou quando Maya colocou a cabeça para dentro da porta do quarto. Ela dormia de barriga para cima, de boca aberta, cobertores até os ombros. O relógio marcava 09h17. Maya parou por um momento.

Alegar que Frank a havia hipnotizado faria com que ela soasse tão delirante quanto há sete anos. *É como se ele tivesse um tipo de poder.* Ninguém havia acreditado nela na época, e não acreditariam agora, nem mesmo a mãe, a não ser que ela tivesse provas. Ela voltou para o próprio quarto, os pensamentos acelerados. Apagou as luzes, e as acendeu de novo. Balançou para frente e para trás, abraçada a si mesma. Falar que o pai de Frank era hipnoterapeuta não era suficiente. Ela tinha que provar que Frank também era, e que a hipnose que praticavam era, de alguma forma, fatal. Começou a chorar. Era como se um animal enjaulado tivesse se libertado de seu peito. A verdade que não a deixava dormir, que a espreitara pouco além de seu alcance pelos últimos sete anos, finalmente veio à tona.

Era isso ou ela havia enlouquecido novamente.

A única pessoa que poderia saber, sem dúvidas, era Frank.

Steven havia dito que ela poderia encontrá-lo no Whistling Pig na maioria das noites. O bar ficava há menos de dois quilômetros de distância. Ela baixou um aplicativo de gravação de voz no celular. Fez um teste, falando em volumes diferentes com o celular preso à bainha da calça, coberto pela camisa, depois ao seu lado, escondido na bolsa. O som ficava melhor quando estava escondido na bolsa. Encontrou o suéter de caxemira creme que havia usado no jantar com os pais de Dan enfiado na mochila, seria melhor do que a camiseta desbotada que estava usando. Fingiria que estava de passagem e decidira tomar uma bebida no Whistling Pig. Agiria como se estivesse feliz em vê-lo.

Como se nunca tivesse cogitado que talvez Frank tenha matado sua amiga ou que era ele ligando insistentemente noites atrás, talvez preocupado que ela estivesse começando a se lembrar. Ela foi ao banheiro para usar a maquiagem da mãe, mas o espelho deixou claro que não daria para fazer milagres. Seus olhos estavam profundos, os lábios pálidos e ressecados.

Maya parecia doente, mas não se sentia forte assim havia anos. Finalmente sabia o nome do que havia acontecido com ela. Frank a havia hipnotizado, plantado sugestões em sua mente, então a fez esquecer, o que a fez pensar que havia sofrido apagões. Talvez nunca descobrisse exatamente o que ele havia lhe dito durante aqueles momentos, mas agora tinha certeza de que sua paixão quase instantânea por ele, sua cegueira pelos sinais de alerta, que para Aubrey haviam sido tão claros, tudo era parte da programação mental. Ele a havia transformado na companheira perfeita para habitar a cabana de sua mente.

Ou, pelo menos, havia tentado. Apesar de parecer ter tido sucesso com Cristina, que, afinal, nunca o deixaria, machucaria ou decepcionaria. Maya jogou água fria no rosto, cerrou os dentes para impedir que batessem. Ela aparentava estar derrotada e fraca, ainda mais vulnerável do que devia aparentar quando ele a seduziu na biblioteca.

Mas não estava.

Desta vez, a vulnerabilidade seria uma armadilha. Ela deve ter sido um alvo fácil para ele na época, fascinada por suas palavras. Agora ela sabia a verdade. Não seria sugada por uma de suas histórias.

Escreveu um bilhete para a mãe no verso de um envelope. *Mãe... se encontrar isto, significa que preciso de ajuda. Estou no bar Whistling Pig.* Colocou o bilhete em cima do relógio do quarto, então programou o alarme para meia-noite.

Ela tirou uma faca do suporte na cozinha. Enrolou a lâmina brilhante em um pano de prato e a colocou na bolsa.

Fechou a porta em silêncio quando saiu.

O Whistling Pig ficava no térreo da Companhia de Seguros de Vida de Berkshire, um imponente edifício cinza do século 1800. O bar ficava espremido entre um restaurante e uma copiadora. Maya foi a pé para que a mãe pudesse socorrê-la de carro, caso ela precisasse. Parou para recuperar o fôlego antes de abrir a porta vermelha e pesada.

O bar era pequeno e cheirava à cerveja. O som da Weezer ecoava dos alto-falantes. Três homens olharam para ela quando entrou. Eles deviam ter sua idade, pareciam irlandeses, caras com quem ela poderia ter feito o colegial. O único outro cliente era um homem corado na casa dos 40, sentado sozinho no balcão.

O cardápio escrito em um quadro negro listava cervejas artesanais e alguns uísques de pequenas destilarias.

— Olá — disse o bartender, um adepto do coque samurai.

— Vou querer uma lager — disse ela. Era a coisa mais barata no cardápio. Ela não aparecia no trabalho há mais de uma semana, logo teria que pagar o aluguel, então não podia gastar com uma cerveja que nem planejava beber, mas não queria chamar mais atenção do que já fazia sendo a única mulher ali. Entregou o cartão de débito para o bartender.

O homem sentado no balcão a encarou. Parecia bêbado, um brilho de desafio em seus olhos desfocados. Maya o ignorou.

— Quer que eu abra?

— Não, obrigada.

Levou a garrafa para uma mesa nos fundos, de frente para porta, assim poderia ver todos que entrassem. Picou o guardanapo que envolvia a cerveja para se distrair, enquanto o homem bêbado do balcão continuava a encará-la. Fingiu não notar. Olhou os nomes e as frases que a clientela havia anotado à giz nas paredes, a pilha de jogos de tabuleiro disponível. A decoração era uma mistura casual-chique.

Observou as fotos coladas à mesa e percebeu que todas eram de mulheres seminuas. Mulheres em lingeries, biquínis; recortes de revistas. Closes de partes de corpos, bronzeados, depilados. Rostos cobertos pelos corpos de outras mulheres. Maya as examinou por um momento, então olhou para cima e encontrou o homem do balcão rindo dela.

Um sorriso surgiu nos lábios do bartender.

Maya podia entender por que Frank gostava deste lugar. Era bem a cara dele.

A porta se abriu, atraindo o olhar de Maya. Um homem de casaco escuro e capuz, o rosto coberto. Ele assentiu para o bartender, que retribuiu e começou a lhe serviu uma cerveja.

O homem encapuzado sentou ao balcão, trocou cumprimentos com o cara que rira dela. Tinha o tamanho de Frank, mas sua postura era diferente. Esse homem era curvado, parecia abatido, mas se aprumou um pouco assim que pegou a caneca de cerveja. Abaixou o capuz.

Era Frank.

Ele parecia cansado. Mais magro. Envelhecido. Mais velho do que deveria — vendo-o agora, era óbvio que ele havia mentido sobre a idade. Ele havia dito a Maya que tinha 20 anos, mas a conta não fechava: esse homem de olhos vazios e cabelos ralos poderia facilmente ter 40 anos. Agora entendia por que ele nunca quis conhecer a mãe dela.

Maya viera sem saber se conseguiria encará-lo, com medo de perder a coragem se ele realmente aparecesse, mas, agora que o vira, sentiu uma onda de raiva incandescente e pensou na faca em sua bolsa. Pensou em enfiá-la em seu pescoço. Esse homenzinho patético havia arruinado a vida dela.

Maya enfiou a mão na bolsa. Tocou o botão de gravar no celular e então colocou a bolsa na beirada da mesa.

Aproximou-se do balcão.

— Frank? É você?

Os olhos dele se arregalaram quando ele se virou e a viu. Sua expressão fechou. Desta vez não tinha nenhuma história preparada.

— Nossa! — Ela sorriu. — É você *mesmo*!

— Maya! Que bom te ver. O que está fazendo aqui?

— Vim passar o Natal na cidade e senti vontade de sair para beber alguma coisa. Ei, quer sentar comigo?

Ele a encarou.

— Você está sozinha?

Ela assentiu, e percebeu que ele a observava, o que os últimos sete anos fizeram com seu rosto, as bolsas nos olhos, a palidez. Ela provavelmente estava tão abatida quanto ele.

— Claro — disse ele.

Frank seguiu Maya até a mesa.

Sentaram um de frente para o outro.

— Saúde — disse ela.

— Pelos velhos tempos.

Brindaram, então ficaram em silêncio, como um gesto de reverência. A última vez que se viram foi no dia em que Aubrey morreu. De certa forma, Maya nunca havia superado esse dia, presa naquele medo espesso e nebuloso, mas vendo-o agora entendeu que, de outras formas, havia se tornado uma pessoa diferente. Era uma adulta capaz de enxergar a pessoa patética sentada à sua frente, desesperada por amor e que achava que precisava enganar os outros para obtê-lo.

— Vem aqui bastante? — perguntou.

— Às vezes. — Deu de ombros. — Está vindo de onde?

— Boston. Fiquei por lá depois da faculdade.

— Fico feliz por você.

— Boston não é tudo que parece — acrescentou Maya. — E na verdade... — Fez uma expressão de tristonha. — A verdade é que não moro mais lá. Deixei meu noivo recentemente. Estávamos morando juntos e ele ficou com o apartamento, então... é. Esse é o motivo verdadeiro de eu estar aqui. Estou na casa da minha mãe. — Ela abriu um sorriso triste.

Frank demonstrou gentileza.

— Sinto muito. Por que o deixou?

— É uma longa história... Mas me conte sobre você. Como estão as coisas?

Frank deu um gole na bebida.

— Acredite ou não, estou no mesmo barco. Acabei de sair de um relacionamento longo.

— Sério? Nossa, sinto muito. — Ela sentiu que ele a observava, mas não deixou transparecer que sabia de tudo. — O que aconteceu?

— Uma longa história. — Um sorriso repuxou seus lábios.

— Deve ser algum tipo de vírus — brincou.

Frank riu como se sua namorada não tivesse acabado de morrer, e por um momento pareceu sua antiga versão novamente. Magnético, divertido. Ele a cativava com o olhar.

— É difícil acreditar que já faz sete anos.

— Pois é. — Abaixou a cabeça. — Pensei sobre aquele dia tantas vezes...

— Eu também.

— Sério?

— É claro — disse ele. — Vi uma garota morrer aquele dia. É claro que não a conhecia como você, mas ainda assim. Não consigo evitar pensar se não poderia ter feito algo para ajudá-la.

Os olhos de Maya brilharam com emoção quando ela se inclinou sobre a mesa. Não era mais uma adolescente.

— Oh, Frank... Achei que você poderia se sentir culpado. Depois daquilo que eu disse...

— Perguntou o que fiz com ela. — Ele soava magoado, como se fosse ele quem tivesse sido ferido. — Foi como se você tivesse pensado que eu...

238 ANA REYES

— Eu estava errada. Agora sei disso. — Tocou os dedos dele em torno da caneca. — Estava assustada quando disse aquilo, não estava pensando direito.

Ele moveu a mão para perto dela.

— Faz muito tempo que quero me desculpar — justificou Maya.

— Obrigado. Significa muito para mim.

Maya sorriu.

Ele se recostou no assento e ela fez o mesmo. Ele pareceu acreditar nela. Relaxar. Maya tentou relaxar também, mas a adrenalina corria por suas veias e seu coração batia como um tambor de guerra. Outra música do Weezer começou.

— O que faz hoje em dia? — perguntou.

Ele tomou um grande gole da cerveja.

— O que faço?

— Sabe, como trabalho.

— Ajudo as pessoas.

— Queria poder dizer o mesmo — disse ela —, mas simplesmente trabalho numa floricultura. Atendimento.

— Ainda escreve?

Maya balançou a cabeça.

— Por que não?

— Não sei. Acho que por preguiça.

— Devia voltar. Tenho certeza de que é boa.

Ela sorriu.

— Como saberia?

— Você tem uma boa imaginação.

Frank levantou o copo. Bebeu. Estava quase vazio.

Maya tomou um gole. Precisava manter o controle, mas seria suspeito se ao menos não experimentasse a cerveja.

— Falando em ajudar as pessoas — disse ela, a voz enchendo-se de afeto. — Seu pai... lembro que estava cuidando dele. Ele...

A CABANA NA FLORESTA **239**

— Morreu.

— Ah, Frank... Sinto muito...

Ele não parecia muito abalado por isso.

— A hora dele havia chegado.

— Só o conheci aquela única vez — disse ela —, na noite em que te visitei na cabana, mas lembro que o achei uma boa pessoa.

Uma careta tomou os lábios de Frank, mas ele fingiu ser um sorriso.

Maya pressionou.

— O que ele fazia mesmo?

A expressão de Frank ficou tensa.

— O que ele *fazia*?

— Sim, sua profissão. Você disse que ele era um professor?

Ele contraiu o maxilar.

— Quer saber sobre meu pai?

— É, quer dizer... só estou curiosa. — Uma gota de suor desceu por suas costelas. Viu um movimento pelo canto do olho, mas manteve o contato visual.

— Bem, se quer saber — respondeu —, meu pai era professor de psicologia e pesquisador. Um homem brilhante. Me ensinou tudo o que eu sei.

— Nossa, isso é... incrível.

Os olhos dele cintilaram.

— Não tem nada de incrível nisso — falou ele calmamente, mas havia raiva por trás de suas palavras —, nunca foi a intenção do meu pai me ensinar coisa alguma.

Maya inclinou a cabeça. Deu uma olhada no movimento no canto do olho e viu que era a mão dele na mesa, em cima da colagem de partes de corpos. Estava segurando algo pequeno, virando e revirando na mão direita, como um mágico prestes a fazer um truque com uma moeda.

240 ANA REYES

A chave — tinha de ser. Ela fez questão de não olhar. A chave para a cabana de Frank era um ponto cego — ainda não sabia como, ou se, estava ligada ao seu método.

— Então como aprendeu?

— Do jeito difícil. Participando.

As palavras a confundiram, do canto de seu olho, a mão dele continuava a girar, mas Maya não se permitiu distrair.

— O que você quer dizer com isso... participando?

— Fui a cobaia dele.

Ela engoliu em seco. Todos os seus instintos diziam para ir embora.

— Ele desenvolveu um método — disse Frank —, um sistema de sugestões, a maioria imperceptíveis.

O sorriso no rosto dele era um velho conhecido, o mesmo que a seduzira aos 17 anos. Havia perigo logo abaixo da superfície.

— Essas sugestões — continuou ele — induziam um tipo de transe em pessoas com certos tipos de personalidades vulneráveis. Pessoas que se perdem em um livro ou uma série... que precisam saber como a história termina. Que são capazes de bloquear tudo ao seu redor até ter uma resposta. — O sorriso dele ficou triste. — Pessoas como eu.

Maya sentiu um arrepio percorrer seu corpo.

— Meu pai nunca falou o que estava fazendo — prosseguiu ele —, mas eu descobri. Tinha 10 anos quando começou. Ele estava falando comigo e, de repente, haviam se passado horas e eu estava assistindo TV ou jantando. E vi a mesma coisa acontecer com minha mãe. Ela sempre fora tão esperta, tão feliz, mas nessa época ela começou a ficar confusa e estranhamente passiva. Parou de sair de casa e não fazia nada que meu pai não mandasse. Então, um dia eu o vi sussurrando no ouvido dela. Falando e falando enquanto ela encarava a parede.

A mão dele na mesa começou a se mover com mais rapidez, como se ele estivesse ficando aflito.

A CABANA NA FLORESTA **241**

— Comecei a invadir o escritório dele à noite — explicou Frank
—, olhava suas anotações, lia tudo. Comecei a entender o que meu
pai fazia comigo. Seu método. Com o tempo, aprendi como fazer.
Era a única forma que eu tinha de me defender.

O fato de ele estar contando tudo isso a ela não podia ser um
bom sinal, pensou Maya. Mas ela não o impediu.

— Eu era melhor do que ele — disse Frank, um sorriso surgindo em sua voz —, mais intuitivo, muito mais sutil... quando
usei nele, meu pai ficou completamente indefeso contra o próprio
método.

De repente, a mão que agitava parou. Ele abriu os dedos pálidos, e Maya sabia o que veria quando olhasse para baixo. Sabia,
mas era tarde demais para voltar atrás, e ela era do tipo que precisava saber como a história terminava.

Os nervos de Maya estavam tensos como cordas de um piano
desde o momento em que entrou no bar, na verdade, fazia muito
tempo. Desde que ficou sem os comprimidos. Mas no momento
em que viu a chave de Frank, ela relaxou, um calor delicioso percorrendo seu corpo, um sentimento não muito diferente de uma
alta dose de Rivotril. O aconchego. Os membros pesados. A sensação de que tudo ficaria bem, apesar da prova em contrário bem
na sua frente.

— Eu venci — disse ele.

Ela quase riu. Quase chorou. Mas lhe faltavam forças para ter
qualquer uma dessas reações. Encarou a chave, a endentação afiada, e sabia que estava em perigo, mas não conseguia se importar.
O bar havia ficado em silêncio, e a mesa sob a mão de Frank havia
mudado. Em vez de partes de corpos, viu pinheiros.

A única parte do corpo que conseguia mover eram os olhos.
Olhou para cima.

Estava na cabana. Lá estava a lareira alta de pedra. O teto de
catedral. As paredes de madeira rústica. Em vez de cerveja velha,
sentia o cheiro de fogo, e, em vez de Weezer, ouvia o som do riacho.

242 ANA REYES

Frank estava sentado diante dela com a porta às suas costas.

— Se quiser pode falar agora — disse.

Dentro dela, uma voz profunda gritou, mas sua boca obedecia a Frank.

— Você... — Até mesmo sua língua estava pesada. Até mesmo os pensamentos. — Você me hipnotizou.

Ele parecia quase orgulhoso dela.

Maya pensou na faca em sua bolsa. Mas a bolsa não estava mais na mesa. Ele havia levado? (Ou havia levado *ela*? Se sim, para onde?) A voz em sua mente gritou, mas sua boca salivou com o aroma do que Frank estava cozinhando. Sentia o cheiro de alho. Ervas frescas. Carne cozida.

— Parabéns por perceber — disse ele —, você é muito parecida comigo.

— Você... matou essas pessoas.

Frank levantou a sobrancelha com a palavra *essas*, no plural.

— Era ele ou eu.

Maya percebeu que ele estava falando do pai. Ficou boquiaberta. Seu maxilar parecia desconectado. E o sentimento era bom, como um longo suspiro, como o alívio que estivera buscando desde que foi forçada a parar o Rivotril — ou melhor, desde que começou a tomá-lo. Desde que viu Frank matar a melhor amiga, esse suspiro tentador, esse relaxamento celestial, era tudo o que ela queria. Mas agora ela lutava contra essa sensação com todas as forças.

— Aubrey — conseguiu falar.

O sorriso dele desapareceu.

— Acha que eu queria matá-la? Não queria. Mas ela descobriu. Dá pra acreditar? Cometi o erro de recomendar um livro sobre um mesmerista famoso e ela chegou à conclusão de hipnose. Juntou as peças no último minuto. Aubrey era esperta, não dá pra negar. Só fiz o que era preciso.

— E Ruby?

A CABANA NA FLORESTA 243

A expressão de Frank era como se tivesse levado um tapa.

— Não fale sobre ela. Não sabe merda nenhuma sobre a Ruby.

Maya esperava que seu celular, seja lá onde estivesse, estivesse gravando tudo isso.

— E a Cristina? — questionou Maya.

— Então viu o vídeo. — Ele fez uma careta.

— Falei com Steven.

— Foda-se aquele cara. Ele não a conhecia como eu.

— Ela deixou uma carta para ele antes de morrer.

A careta desapareceu quando um lampejo de preocupação cruzou seu rosto.

— Uma carta?

— Ela... contou tudo para ele.

O rosto de Frank transparecia sua incerteza.

— O que isso quer dizer?

Maya tentou levantar, mas seus membros pareciam feitos de concreto. Não iria a lugar nenhum; o controle dele sobre ela era total.

Frank se aproximou.

— Me diga o que havia na carta.

Ela tentou se esquivar, enrolar. Deixá-lo na dúvida.

Em vez disso, para seu horror, a verdade saiu de seus lábios obedientes. Ela era mera espectadora dentro de seu corpo.

— Cristina disse a Steven que sentia muito por ter sido uma péssima amiga. Disse que iria morar com você, em sua cabana. Ele disse que parecia que ela estava se despedindo.

Frank relaxou. Recostou-se na cadeira e Maya fez o mesmo. Estiveram sentados em posições idênticas o tempo todo, mas ela só percebeu agora.

— Acho que já é o suficiente para você tirar as próprias conclusões — disse ele.

— Ela... — A resposta lhe veio facilmente neste estado mental.

— Ela sabia que ia morrer.

— Era o que ela queria. Eu a havia levado para minha cabana muitas vezes e, assim como você, ela percebeu. Sabia exatamente o que era este lugar. — Sua voz exalava amor, mas não estava claro se esse amor era por Cristina ou pela cabana. Ou por si mesmo. — Só dei o que ela queria.

Maya sentia que estava afundando, os ossos fundindo-se ao assento, o assento fundindo-se à terra.

— Ela não queria mais voltar ao mundo real. Havia passado a vida toda tentando escapar. Primeiro por meio da pintura, que aprendeu sozinha quando era criança. Disse que, quando pintava, a tela se tornava uma saída de emergência. Pensando bem — disse Frank, como se tivesse acabado de pensar nisso —, ela me lembrava um pouco você nessa parte. O jeito que se perdia no livro do seu pai.

— Deixa ele fora disso.

Frank continuou como se ela não tivesse falado, o que fez Maya se perguntar se falou mesmo ou se havia apenas pensado.

— Então, ela descobriu as drogas — prosseguiu ele —, e se drogar era uma saída mais fácil. Mais divertida. Ou, pelo menos, é o que dizem... — E lá estava aquele sorriso, aquele que a fazia se sentir como se estivessem rindo de uma piada boba, mas agora ela sabia que esse nunca fora o caso. A piada sempre fora à sua custa. Ela teria rido se não tivesse com dificuldades em manter a cabeça levantada.

— O problema — acrescentou —, é que sempre chega a hora de ficar sóbrio. Essa era a parte com a qual Cristina não sabia lidar. Seu coração. Sua mente. Sentia tudo em excesso, era isso que o babaca do Steven não entendia. Cristina *sempre* procuraria por um escape, até chegar ao derradeiro. O mundo nunca foi seu lar. Toda vez ela implorava para que eu não a fizesse voltar, então eu disse que precisava de uma prova de que ela queria ficar aqui para sempre. — Ele se inclinou na mesa. — E ela me provou. — Frank

A CABANA NA FLORESTA **245**

deslizou o dedo pelo pulso de Maya. — Ela tatuou a chave deste lugar... bem... aqui. Ela mesma quem fez, bem na minha frente.

— Não acredito em você — disse Maya. Mas parte dela acreditava.

— Foi ideia dela morrer diante da câmera naquela lanchonete — continuou ele —, para que o mundo soubesse que eu nunca encostei um dedo nela. Porque ela sabia como o meu trabalho é importante, como meus pacientes precisam de mim. Eu os guio de volta para os lares que carregam dentro de si. Ajudo-os a construir uma casa do zero.

Reconheceu essas palavras do site do Horizontes Livres e entendeu que o Dr. Hart realmente era Frank. Pensou nos testemunhos dos clientes e sentiu uma centelha de esperança — muitas pessoas haviam sobrevivido ao "tratamento" de Frank. Até diziam que os ajudou.

— Cristina sabia disso — acrescentou —, não queria que eu me metesse em problemas. Olha, não preciso te dizer isso, e com certeza não devo uma explicação para o Steven. Mas você deveria saber que o que aconteceu na lanchonete foi o último desejo dela. Só fiz o que ela queria.

A cabeça de Maya pendeu para frente, e ela não tinha energia para levantá-la.

— Por favor — sussurrou. A própria voz parecia distante. — Não vou contar para ninguém. Prometo.

— É tarde demais. Não deveria ter vindo aqui esta noite.

— Não pode me fazer esquecer?

— Uma parte de você sempre vai lembrar. — A voz dele estava cheia de arrependimento. — Sei disso melhor do que ninguém.

Ela afundou ainda mais no assento. Frank estava certo: ele venceu. Mas estava errado se pensava que ela era igual a Cristina. Maya podia compartilhar do apreço de Cristina por mundos imaginários e, sim, por se drogar, e talvez fosse verdade que as duas estivessem procurando por um escape. Mas se tinha uma

246 ANA REYES

coisa que Maya sabia — embora só agora percebera — era que seu lar era ao lado de Dan, de sua mãe e de todos que amava ou que um dia viria a amar. Seu lar nunca seria em outro universo, em uma cabaninha perfeita nas nuvens, e Maya só torcia para que, se conseguisse retornar para o lugar ao qual pertencia, se lembrasse disso.

— Você está sofrendo — disse ele —, sei que está. Consigo ver. Está cansada de lutar.

Ela estava cansada de lutar. Sentiu o corpo desacelerar.

— Feche os olhos.

Seus olhos se fecharam.

— Escute — disse ele.

E ela escutou. O crepitar do fogo. O gorgolejo do riacho. A água sobre as pedras. E ao fundo ouviu algo mais, um som que não havia notado antes. Quase como um pica-pau bicando uma árvore, porém mais rápido, e havia algo de artificial em seu ritmo. Em seu estado mental normal, Maya reconheceria o som imediatamente, mesmo que, na sua idade, o conhecesse principalmente dos filmes. Mas agora o som a instigava, distraindo-a da voz. Abafando-a.

— Olha — disse Frank.

Sua palavra foi uma ordem. Os olhos dela se abriram. Seu queixo se levantou. Ele estava sorrindo para ela, e era como se os últimos sete anos nunca tivessem acontecido. Ele estava bonito novamente, e cheio de vida, coberto por aquela linda luz que ela só vira em sua cabana e no último quadro de Cristina.

Agora a porta atrás dele está aberta, luz da lua entrando pela fresta. O som vinha do lado de fora. Algo a atraía para lá, uma saudade que ela não conseguia entender nem aplacar em seu estado atual.

— Vá em frente — disse ele com gentileza.

O peso se foi e Maya se levantou do assento. Sentia que estava flutuando conforme caminhava até a porta, passando por Frank, que continuava sentado à mesa. Deixou-o para trás. O luar a guiava, prismático, vivo. Ela não estava com medo quando tocou a porta da cabana. O volume do som aumentou.

A varanda de madeira rangeu sob seus pés quando ela pisou sob o feixe do luar. Não havia mais neve, a floresta ao seu redor com sua folhagem exuberante. Uma brisa de verão soprou pela vegetação. Viu duas cadeiras de balanço feitas da mesma madeira de pinheiro rústico do restante da cabana. Um homem sentava em uma delas, uma máquina de escrever equilibrada nos joelhos. Martelando-a com os dedos.

Maya não sabia que era possível sentir saudade de alguém que nunca conheceu, mas agora sentia todo o peso da falta que sentira do pai durante toda sua vida. Era como se um enorme fardo tivesse sido retirado de seus ombros. Ela caminhou até ele lentamente. Reconhecia seu rosto das poucas fotos que tinha e por causa da semelhança entre eles. As maçãs do rosto protuberantes e os olhos escuros e amendoados. Os vincos ao redor dos olhos e o grisalho em suas têmporas lhe davam a aparência que teria se não tivesse morrido.

Esticou a mão, em parte esperando que atravessasse o corpo dele, mas não atravessou. O ombro dele era sólido. Ele olhou para ela. Semicerrando os olhos como se tentasse reconhecê-la

Então seu rosto se encheu de surpresa, alegria e tristeza.

As mãos do homem tremeram quando ele tirou a máquina de escrever do colo e se levantou para abraçá-la.

As pernas de Maya pareciam prestes a ceder, mas os braços do pai estavam lá para segurá-la. Ele era só alguns centímetros mais alto do que ela. Ela apoiou a cabeça cansada em seu ombro e chorou. A pele dele cheirava a sabonete e tinta.

— *Mi hija* — disse ele.

— Pai...

— *Bienvenido a casa.*

248 ANA REYES

Um soluço baixo escapou de seus lábios. Perguntou-se se estava morta.

— Senta — disse, gesticulando para uma das cadeiras de balanço.

E só foi necessária essa palavra. Senta.

Uma ordem simples, que a atingiu como um tijolo. Seu verdadeiro pai teria um sotaque. Seu *senta* não rimaria com *deita*. Foi só uma palavra, uma brecha na ilusão, mas foi o suficiente para ela saber que era com *Frank* que estava conversando. Era Frank falando na voz do pai dela. Era Frank manipulando Maya novamente. E isso a enraiveceu o suficiente para se afastar da voz dele, daquelas palavras que evocavam imagens em sua mente, palavras que a cercavam, invadiam. Arrastavam-se dentro dela. Ela se virou e cambaleou para fora da varanda. Para longe da cabana. Longe de Frank.

Correu na direção da floresta escura, mas suas pernas se moviam como se estivessem dentro da água, e as árvores pareciam cada vez mais distantes — *Maya* — a cada passo, então ela se agachou — *Maya!* — como um animal e seguiu em frente engatinhando — *Maya?!* — de um modo que só havia feito em sonhos.

O que tem de errado com ela?

A voz abriu caminho na escuridão.

Não, você *se acalme*, disse. *Que diabos está acontecendo aqui?* A voz era familiar. *Maya, anda. Vamos.*

Era sua mãe!

Brenda estava no bar.

Maya arfou. Piscou algumas vezes, então olhou para cima e viu a mãe de pé em frente à mesa, com as mãos nos quadris. Todos no Whistling Pig olhavam para eles — o bartender, o cara bêbado, os três homens sentados ao lado da porta. O cheiro amargo de cerveja invadiu seu nariz. Uma banda de rock tocava nas caixas de som.

Brenda parecia brava e assustada.

— Está me ouvindo?
Maya soltou um suspiro trêmulo.
Frank, à sua frente, encarava Maya, furioso.
— Oi?
— Sim, mãe. Estou te ouvindo.
— Levanta. Vamos embora.
Maya tocou o rosto. Estava seco, mas a sensação era de que havia chorado. Sentia-se como uma esponja espremida. De repente, muito mais leve. Mesmo sabendo que deveria estar com medo. Frank havia feito de novo. Sabia disso, apesar de não conseguir se lembrar.

Levantou-se com certa agilidade, colocou a bolsa no ombro e lançou um olhar fulminante, mas curioso, para Frank, enquanto seguiu a mãe porta afora.

34

— SE TEM ALGUMA COISA QUE AINDA NÃO ME CONTOU, A HORA É agora — diz o detetive Donnelly. Ele está sentado diante de Maya e Brenda em uma pequena sala branca da delegacia.

Brenda lança um olhar de incentivo para a filha.

Maya balança a cabeça. Explicou da melhor forma que conseguiu, mas não fazia muito sentido. E contou tudo o que sabia sobre Frank.

O detetive parece estar na faixa dos 20 anos, com um bigode e braços musculosos. Está sentado recostado na cadeira e se inclina para frente quando fala.

— Você tem algum remédio controlado em casa, Sra. Edwards? Comprimidos receitados? Remédio para dormir?

— Nada mais forte que Advil. — Brenda soa como se tivesse chorado. Havia voltado da corrida há duas horas, logo depois de Frank ir embora, e encontrou Maya abraçada ao corpo morto de Aubrey na entrada. Brenda tentou reanimá-la com RCP até a ambulância chegar e dois de seus colegas saltarem do veículo. Mas não foi suficiente. Não conseguiu fazer o coração de Aubrey voltar a bater.

— Minha parceira está com Frank na sala ao lado — diz Donnelly. Os policiais solicitaram que ele comparecesse na delegacia depois que Maya contou que ele havia fugido da cena. — Você disse que ele fez algo a Aubrey, que de alguma forma pode ter matado sua amiga. — O detetive olha para o bloco de anotações para ler a declaração. — "Apenas falando com ela."

A CABANA NA FLORESTA 251

Maya engole em seco. Assente.

— É uma acusação muito séria essa que está fazendo. Está afirmando que aquele homem é um assassino. Sabe que pode se meter em encrenca por mentir sobre esse tipo de coisa.

— Minha filha não mente — diz Brenda com firmeza.

— Minha parceira está o interrogando — diz Donnelly, ignorando-a —, mas, se não for capaz de dizer o que ele fez, teremos que liberá-lo.

Os olhos de Maya ardem de frustração.

— Vou falar com a detetive Hunt — diz Donnelly. — Esperem aqui, por favor.

Maya vira para a mãe.

— Acredita em mim, né?

— Estou tentando, querida, mas tem que me contar o que aconteceu. Se está escondendo algo, se está com medo de contar ao detetive, pode me contar.

— Estou tentando! — Maya seca os olhos com o dorso da mão.

— É como se ele... nos enfeitiçasse.

Brenda a encara em descrença.

Maya consegue ver o detetive Donnelly falando com a parceira através da janela de vidro. A detetive Hunt, uma mulher com cerca de 40 anos, parece cética. Balança a cabeça.

— Sei que parece loucura — diz Maya —, não sei explicar como ele fez, mas acho que sei *por quê*. Frank nos pegou falando dele. Ele apareceu bem na hora em que Aubrey estava me contando de algo que aconteceu no Dunkin' Donuts. Ele disse que mostraria um truque de mágica a ela... — Enquanto descreve o ocorrido, Maya se lembra da expressão no rosto de Aubrey, como se tivesse percebido alguma coisa. Mas o quê? A chave não havia levitado — mas *algo* havia acontecido, não é? Algum outro tipo de truque?

— Um truque de mágica? — Espanta-se a mãe. Há lágrimas em seus olhos, mas a sua voz é firme. — Olha, se Frank fez algo com você... ou com Audrey... então precisa me contar. Mas o que está dizendo não faz sentido, Maya.

O detetive Donnelly retorna e se senta diante das duas.

— Minha parceira diz que a versão de Frank confere. E, de certa forma, corresponde com o que você me contou.

De certa forma? Maya sente um aperto no estômago. O tom de voz do detetive faz parecer que ela fez algo de errado.

— Vocês tiveram uma discussão anteontem — diz Donnelly.

— Frank foi resolver as coisas. Você não queria falar com ele, mas não houve uma briga... concordam nisso. Ninguém levantou a voz. Depois, você saiu da cozinha. Segundo seu relato, para ligar para a polícia, mas Frank diz que não sabia que essa era a intenção.

— Ele está mentindo... eu disse que chamaria a polícia. Os dois ouviram. — Mas, quando diz isso, Maya percebe que ninguém nunca saberá o que Aubrey ouviu, ou pensou, ou se realmente descobriu o que Frank havia feito com elas.

— Certo — disse Donnelly —, é nesse ponto que começam a discordar. Você diz que foi chamar a polícia por medo de que Frank as machucasse. Mas não consegue explicar *como* ele faria isso. E nenhuma ligação foi feita à polícia. Esqueci alguma coisa?

Os ombros de Maya se encolhem. Ela balança a cabeça.

— Frank e Aubrey continuaram a conversar através da porta de tela — seguiu Donnelly —, até que ela decidiu se juntar a ele do lado de fora. Eles se sentaram nos degraus e conversaram. Novamente, ninguém levantou a voz. E, que você saiba, nenhum contato físico ocorreu.

Maya assente.

— Os dois haviam saído para tomar um café — continuou Donnelly —, e esse foi o motivo da briga entre você e Frank.

— Não! Quero dizer, sim, mais ou menos, mas isso não teve nada a ver com o que aconteceu.

— Você não flagrou os dois no **Dunkin' Donuts**?

— Sim, mas...

— Ficou chateada com isso?
— Na hora, mas depois superei.

O detetive Donnelly olha as anotações como se para se certificar que entendera a próxima parte direito; então olha diretamente nos olhos de Maya.

— Por que não me contou sobre a faca?
A faca. Ela havia esquecido.
— Isso não teve nada a ver com o resto.
Uma expressão de tristeza toma conta do rosto da mãe.
— Então por que estava com ela?
— Eu só... eu a peguei porque estava com medo... eu sabia que ele ia machucá-la. Queria nos proteger...
— Do quê?
— Desculpa — interrompe Brenda —, mas acho que minha filha está em um estado de choque. Precisamos de uma pausa, por favor.
— Entendo, senhora. Só tenho mais algumas perguntas.
— Sem mais perguntas — diz a mãe dela. — Não sem um advogado presente. Minha filha, ela... claramente não está bem.

A DETETIVE DIAZ ERA DIFERENTE DO DETIVE DONNELLY.
Ela era mais velha e não falava tanto. Apesar de Maya nunca ter visto sequer um sorriso, seu rosto era mais gentil que o de Donnelly. Usava o cabelo grisalho em uma longa trança. Escutou tudo o que Maya tinha a dizer sem dar qualquer indicação do que pensava a respeito, se acreditava ou não. Mas havia anotado tudo, incluindo a data e a hora das ligações feitas à linha telefônica de Brenda. Sentou-se em frente a Maya e a mãe em uma sala pequena bem parecida àquela em que elas haviam conversado com o detetive Donnelly há sete anos.

Escutaram a gravação. O som capturado pelo celular de Maya não ficou tão bom quanto esperado — Frank falou baixo o tempo todo, e a maioria de suas palavras foram abafadas pela música do bar — mas conseguiram ouvir parte da conversa.

Depois da parte que Maya lembrava, ouviu o momento em que parou de falar. Frank havia assumido o controle. Sua voz começou a mudar. Ficou cada vez mais silenciosa, como se alguém estivesse abaixando seu volume.

Era a mesma voz que ela se lembrava de ouvir no dia em que Aubrey morreu. O ritmo de cantigas de ninar. De feitiços. Mesmo agora, sabendo o que sabia, achava a voz dele encantadora. Ouviu as palavras *braços* e *pernas* e *cabeça*. No intervalo entre duas músicas, escutaram quando ele disse que os membros dela estavam pesados demais para serem levantados. Então ele passou a fazer uma descrição vívida do lugar que chamava de casa — *mesa, lareira, hall*

A CABANA NA FLORESTA 255

de entrada — e ela entendeu que, apesar de nunca ter realmente ido à cabana de Frank, parte dela havia.

Enquanto escutava, a detetive Diaz fazia anotações, escrevendo as palavras estranhas que ecoavam pela sala. Seu rosto calmo não deixava transparecer o que pensava.

Frank continuou por vários minutos, depois ficou em silêncio, e tudo que conseguiram ouvir foi a música. A risada de um homem à distância. Alguém pousando um copo na mesa. Depois de um tempo, Maya começou a falar, mas sua voz era quase irreconhecível.

Brenda ficou boquiaberta.

— É você? — perguntou Diaz.

— Deve ser, mas não lembro.

Continuaram ouvindo a conversa entre os dois — e Maya achou ter se ouvido mencionar o nome de *Cristina*. Inclinou-se, tentando ouvir a resposta, mas a música abafou.

— Acho que conseguimos limpar isso — disse Diaz —, recuperar parte do áudio.

Frank ainda estava falando quando a música acabou, e elas escutam as palavras *relaxe, devagar* e *respire* em uma voz ainda mais ritmada. Maya estremece de medo. Brenda e Diaz encaram o celular, atenção total na gravação — e de repente Maya tem certeza de que as palavras de Frank haviam feito sua mágica. Em todas elas. A expressão vazia de Aubrey e de Cristina lhe vem à mente. Ele colocou todas elas em um transe.

— *Liberte-se* — disse a gravação —, *relaxe seu coração*.

Maya olhou para a mãe. Para a detetive. Suas expressões estavam vazias.

A mão dela disparou por cima da mesa — pausou a gravação.

— Mãe — disse em pânico, morrendo de medo das palavras de Frank terem parado o coração de Brenda, assim como devem ter parado o de Aubrey, de Ruby, de Cristina — assim como quase pararam o seu.

256 ANA REYES

Brenda a encarou.

— Você está bem?

A mãe piscou.

— É com você que estou preocupada. Você está bem?

Maya soltou o ar.

— Quer fazer uma pausa? — perguntou Diaz.

— Não — disse Maya —, estou bem. — Deu início a gravação novamente, e um segundo depois ouviram Brenda chegar ao bar.

— *O que tem de errado com ela?* — A voz de Brenda é clara e alta.

— *Não, você se acalme... Sim, mãe. Estou te ouvindo.* — Maya parecia normal novamente. A gravação acaba alguns segundos depois.

Diaz encarou as anotações. Franziu os olhos castanhos de maneira pensativa, apesar de ser impossível decifrar o que estava pensando.

— Disse que tomou uma cerveja lá — disse ela. — Bebeu mais alguma coisa?

Maya afundou no assento. *Lá vamos nós de novo.*

— Bebi um pouco de gim. Umas duas doses, mas foi mais cedo. Não estava bêbada no bar.

— Toma alguma medicação?

Afundou ainda mais. Sabia o que tudo isso parecia. Paranoia era um sintoma de abstinência de benzodiazepínicos. Não conseguia olhar para a detetive nem para a mãe.

— Tomava Rivotril, mas parei.

— Há quanto tempo? — perguntou Diaz.

— Semana passada.

A detetive fez mais uma anotação. Então recostou no assento, tamborilando a caneta no bloco.

Maya não ficou magoada nem com raiva ao perceber que talvez Diaz não estivesse acreditando nela. Estava exausta demais para isso. Desta vez, não discutiria. Se ninguém acreditasse nela, tomaria com prazer quaisquer comprimidos que Dr. Barry a prescrevesse — quanto mais, melhor.

A CABANA NA FLORESTA 257

Enquanto Diaz batucava com a caneta, Maya imaginou passar o resto da vida escondendo-se de Frank. Mudar de nome. Sair do estado. Imaginou-se dizendo a Dan por que não era mais seguro para ele morar com ela. Imaginou a dor que sentiria, mas pelo menos estaria medicada. Precisaria estar.

— Gostaria de uma cópia dessa gravação — disse a detetive finalmente.

Maya olhou para cima. Piscou para afastar as lágrimas.

— É claro.

— Faço esse trabalho há vinte anos. Nunca ouvi nada assim. — Balançou a cabeça. — Ainda não sei o que pensar. Mas vou limpar o som, ver o que mais consigo ouvir. E vou pesquisar sobre esse centro que mencionou. Horizontes Limpos. Também gostaria que conversasse com alguém sobre o remédio que tomava, um psicólogo. Faça uma avaliação.

— Sem problemas — disse Maya, começando a sentir esperanças. Diaz parecia levá-la a sério. Fez mais algumas perguntas e então levou Maya e Brenda de volta ao hall de entrada vazio da delegacia. Eram quase duas horas da manhã, e estava tudo quieto. Havia uma bandeja com biscoitos em formato de árvore de Natal no balcão de recepção.

— Me avise se ele tentar entrar em contato — disse Diaz.

— Certo — respondeu Maya —, obrigada.

Um lampejo de gentileza emergiu da neutralidade de Diaz.

— Sinto muito pelo que passou — disse.

Brenda ligou o carro, aumentou o aquecedor, e assoprou os dedos, esperando o vapor sair do para-brisa. Ainda estava de pijama, saiu correndo assim que viu o bilhete de Maya. Sempre fizera o possível para proteger a filha; Maya sabia disso. Só que tinha medo de cometer erros. Achou que estaria ajudando quando encontrou Dr. Barry e marcou a primeira consulta para Maya, e depois quando comprou os remédios receitados. Mas essa noite havia salvado a vida da filha. Mesmo que ela própria não soubesse — mesmo que achasse que só tivesse interrompido uma conversa — Maya sabia disso e era grata. Estava viva.

— Vou faltar no trabalho amanhã — disse a mãe —, não acho bom você ficar sozinha.

— Eu estou bem.

Dessa vez era parcialmente verdade. Talvez fosse o alívio, o fato de estar acordada há tanto tempo ou o ar quente saindo da ventilação, mas sentia como se finalmente pudesse se aprofundar no tipo de sono que havia lhe escapado desde que parara com o Rivotril. O sono de um bebê no banco do carro. Ela piscou e logo estavam em casa.

Só foi notar que a mãe estava chorando quando entraram, as lágrimas pingando de seu queixo sobre as botas quando ela se ajoelhou para tirá-las. Maya raramente a via chorando e achou preocupante.

— O que foi? — perguntou.

— Eu deveria ter acreditado em você.

Maya sentou no sofá. Não havia chorado na delegacia, mas não conseguiu mais se conter. As duas choraram. Então se abraçaram e riram uma da outra. Brenda envolveu um cobertor nos ombros da filha e a olhou com tanto amor e remorso que Maya quase quis consolá-la. Porque ela também era vítima de Frank. Nada a feria mais do que ver a filha sofrer.

— Não te culpo — disse Maya —, as coisas que eu disse não faziam sentido... — Ela havia falado de truques de mágica. De feitiços.

— Eu poderia ter me esforçado mais para entender. E mesmo se não conseguisse... poderia ter aceitado que... — Uma onda de raiva ameaçou transbordar dos lábios de Brenda. — Ele te *machu-*

cou. Não consigo suportar a ideia de alguém machucar você. Só de imaginar que eu ... — A mãe nunca pareceu tão frágil. — Falhei em te proteger.

— Você salvou minha vida, mãe.

A tristeza tomou conta dos olhos de Brenda quando entendeu isso. Acreditar na filha significava acreditar que Frank havia matado Aubrey e quase matou Maya. Significava acreditar que ainda poderia.

— Não vou te dar uma receita de Rivotril — disse o médico da emergência.

— Não é isso que estou pedindo — disse Maya. Ela havia acabado de explicar por que estava lá, e o médico agora cruzava os braços sobre o peito. Olhava para ela com severidade, como se tivesse a flagrado tentando roubar sua carteira. Ela queria dizer que não voltaria a tomar Rivotril nem se ele a pagasse, mas já que ela não tinha um médico que a acompanhasse, nem convênio, conteve a indignação. Precisava dele. — Estava pensando se não há outra coisa que posso tentar? Algo que me ajude a dormir?

O médico lhe deu uma receita de mirtazapina, um antidepressivo que, segundo ele, a deixaria sonolenta.

Dan ficou aliviado ao saber que ela havia consultado um médico, e Maya ficou aliviada ao saber que ele sentira falta dela.

— A casa fica estranha sem você — dissera ao telefone. Fizeram planos para que ele a buscasse no dia seguinte ao Natal.

Ela voltaria ao trabalho no dia 27 e estava quase ansiosa, a normalidade, as plantas, até os clientes, alguns dos quais haviam se tornado seus amigos com o passar dos anos. Sua chefe havia sido compreensiva com os dias que faltara, e o peso que perdeu daria credibilidade à história de ter pegado uma gripe.

Naquela noite, dormiu por doze horas direto na cama nova de seu antigo quarto. O médico da emergência acertou na mirtazapina. O remédio a derrubou como se uma frigideira tivesse atingido sua cabeça. Seus sonhos foram vívidos, mas, como de costume,

A CABANA NA FLORESTA 261

não se lembrou deles quando acordou, e tudo que restava era a memória muscular do medo. A contração no maxilar. Pernas cansadas como se tivesse corrido. Quando acordou, já era meio-dia, e ela estava babando no travesseiro. Arrastou-se para fora da cama. Ao descer as escadas, notou pela primeira vez como a mãe havia decorado bem a arvorezinha de abeto que ficava no canto da sala de estar. Maya reconhecia todas as bolas brilhantes e os ornamentos feitos em casa. O anjo de plástico. Um homenzinho-de-neve moldado em argila que fizera aos 8 anos. Quando criança, ela e a mãe sempre decoravam a árvore juntas, mas Maya não vinha para casa há alguns anos, então a tradição havia se perdido. Disse a si mesma que não era tarde demais para recomeçar.

Seu apetite voltou com tudo ao sentir o cheiro de bacon. Além de sonolenta, a mirtazapina a deixava faminta. Era véspera de Natal, e elas encharcaram as panquecas de banana com xarope de bordo. O calor do sol irradiando pela janela. Depois do café, ela se deitou no sofá para voltar a dormir.

— Vamos sair para caminhar — disse Brenda. — O dia está lindo lá fora.

O ar fresco interrompeu parte da confusão mental de Maya. Cristais de gelo cintilavam na neve. Passaram ao lado da casa dos vizinhos, acenando para Joe Delaney, que estava limpando a neve da calçada, e para Angela Russo, de quem Maya já fora babá, que estava correndo com seu cachorro. Passaram pela concessionária, com seus vários carros parados e alguns prédios industriais antigos, então caminharam por baixo da antiga ponte ferroviária e foram até o bairro onde os avós de Maya ainda moravam.

Chegaram ao lago Silver e seguiram ao longo da costa norte, na passagem que havia sido construída depois de Maya se mudar. O lago havia passado por uma grande limpeza em 2013, e, apesar de ainda não ser seguro para nadar ou para consumo dos peixes, agora as pessoas podiam velejar ou caminhar pela trilha pavimentada. Árvores e flores silvestres haviam sido plantadas. Maya se perguntou o que tia Lisa acharia disso, desse lago famoso gradativamente voltando ao seu estado natural. Ainda assim, era estranho caminhar tão próximo a água. Estranho ver as antigas placas de aviso substituídas por bancos. Não ter que prender a respiração. Cada passo era como um ato de fé nesse lago e nessa cidade.

— Li o hino hoje de manhã — disse a mãe. — "O Hino da Pérola."

— O que achou?

Brenda ficou em silêncio por um tempo. Nuvens brancas de vapor saíam de sua boca.

— Sinceramente? Gostava mais da história antes de saber no que era baseada.

— Por quê?

— Acho que gosto mais de histórias que não tentam me ensinar nada.

Maya não havia pensado muito no contexto religioso do hino, mas entendia o ponto de vista da mãe, que havia resistido à ideia de converter qualquer pessoa durante sua viagem missionária.

— O que acha que está tentando ensinar? — perguntou Maya.

Sua mãe pareceu pensativa. Então sorriu.

— O que *você* acha?

Maya lutou contra a confusão mental provocada pela mirtazapina para lembrar o que leu na internet, sobre como o hino havia sido adotado por várias religiões.

— Dizem que fala da alma — explicou ela —, sobre como ela começa em outro lugar... onde estávamos antes de nascer, acho. Mas então, quando nascemos, esquecemos nossa casa verdadeira e nossos pais verdadeiros. — Enquanto explicava, tanto para a mãe quanto para si mesma, Maya percebeu que sua reação foi oposta à de Brenda. Saber o significado do hino fez com que ela o apreciasse ainda mais. Entendeu por que ele havia sobrevivido por tanto tempo.

— Exatamente — concordou a mãe. Mas seu tom de voz indicava que isso era algo ruim. Contornaram uma curva no lago. — Não concordo com isso. Não acho que minha casa seja em outro lugar. Acho que é bem aqui.

As palavras emocionaram Maya de um modo que ela não conseguia explicar, como se ela mesma as tivesse dito ou pensado algum dia.

— Olha! — exclamou Brenda.

Maya se virou e viu que vários gansos haviam pousado no lago e deslizavam silenciosamente pela água em uma elegante formação de V.

— Uau — admirou-se Maya. Nunca havia visto gansos, nem qualquer tipo de vida selvagem no lago Silver. — Acha que é seguro para eles?

— Acho — respondeu a mãe. — Acho que um dia seremos nós nadando aqui.

37

DAN ABRAÇOU MAYA COM TANTA FORÇA QUE OS PÉS DELA LEVANtaram do chão da sala de estar da mãe. Ela afundou o nariz no pescoço dele. Sentira falta do cheiro almiscarado da pele dele misturado ao cedro e ao pinho de seu desodorante à base de ingredientes naturais.

— Eu sinto muito — murmurou ele com a boca em seu cabelo. Ela havia contado tudo a ele ao telefone e enviara a gravação feita no Whistling Pig. Assim como todos que ouviram a gravação, Dan havia achado a cadência rítmica de Frank extremamente sinistra.

— Me desculpa também — disse ela. Por ter quebrado a confiança dele. Pelo jantar com seus pais.

Ele a colocou no chão e os dois se olharam. Ela havia tomado banho e lavado o cabelo, e vestia um suéter amarelo que os avós lhe deram de Natal no dia anterior. Dan parecia não ter dormido bem, e suas sobrancelhas estavam tensas de preocupação.

— Ele não tentou falar com você, tentou?

— Não.

— A detetive deu notícias?

— Ela está pesquisando sobre o Centro de Bem-estar Horizontes Livres e aquela terapia que o pai dele desenvolveu.
— Era bom poder falar isso com ele, que a detetive Diaz havia levado Maya e sua história a sério e a mantinha atualizada sobre a investigação.

A CABANA NA FLORESTA 265

A gravação do celular havia sido recuperada, e, apesar da maior parte das palavras de Frank terem permanecido distorcidas pela música, a detetive ouviu o suficiente para convencê-la de que ele poderia ter algo a ver com a morte de Cristina. *Foi ideia dela morrer diante da câmera naquela lanchonete*, ele havia dito, uma das poucas frases inteiras que a gravação captou. Não era exatamente uma confissão, mas com certeza era suspeito.

Diaz também rastreou as ligações feitas para o telefone de Brenda de madrugada. Vinham da casa do pai de Frank, que agora pertencia a Frank — e também abrigava o Centro de Bem-estar Horizontes Livres. A detetive havia ajudado Maya a pedir uma ordem de restrição.

Dan balançou a cabeça, preocupado.

— Não acredito que deixei você enfrentar aquele psicopata sozinha.

— Não sabia que ele era perigoso.

— Devia saber. — Ele parecia irritado consigo mesmo. — Você tentou me dizer.

Maya desviou o olhar.

Ela entendia que era complicado. Dan estaria mentindo se tivesse dito que acreditava nela. A acusação de assassinato parecia sem fundamento, a única evidência que ela tinha era o vídeo da lanchonete — que, quanto muito, era prova de que Frank *não* havia matado Cristina. Era só uma testemunha. Sem contar que Maya já estava agindo estranho antes disso.

Do ponto de vista racional, fazia sentido Dan ter duvidado dela.

Mas será que fazia algum sentido? Como ela achava que fazia? O silêncio deixou o ar entre eles espesso. A mãe dela estava no trabalho. A casa estava fria, e Maya apagou todas as luzes enquanto saía.

Dan pegou a mãos dela, acariciou os nós dos dedos com um beijo. E Maya se lembrou de todas as mentiras que contou a ele. As omissões. Talvez realmente não tivesse merecido sua confiança.

Olhou para seus olhos azuis-claros, cheios de preocupação e amor, e se perguntou se a relação dos dois poderia sobreviver a todo o dano que eles causaram.

Esperava que sim.

Brenda havia separado uma fatia de torta de noz-pecã do jantar de Natal para Dan, junto com um bilhete: *Boas festas, Dan! Parabéns pelas provas! Espero poder te ver em breve!* Havia assinado com o nome e uma carinha feliz.

Maya insistiu em passar na casa dos pais dele no caminho de volta para Boston. Quanto mais tempo levasse para esclarecer as coisas, mais estranho seria quando os revesse. Sabia disso agora. Importava-se demais com Dan para deixar que os pais dele pensassem que ela era uma pessoa disfuncional.

O pai dele, ainda de férias, estava lendo o jornal na mesa da cozinha quando eles entraram.

— Maya! — disse ele calorosamente, levantando-se para cumprimentá-la. Parecia quase tão preocupado quanto o filho.

— Dan nos contou um pouco do que aconteceu. Sinto muito. Você está bem?

— Estou bem melhor agora — disse ela. — Obrigada. — Ela não sabia bem como Dan havia explicado a situação com Frank, mas sabia que ele não contara por que ela passou mal no jantar. Eles ainda não sabiam por que ela havia saído tão cedo na manhã seguinte, e ela tinha medo de que eles presumissem que fora por vergonha.

Mas, se Carl pensava isso, não deixou transparecer.

— Pensamos em dar uma passadinha, já que estamos voltando para Boston — disse Dan.

A CABANA NA FLORESTA 267

Carl ofereceu café e biscoitos, e Maya aceitou ambos de bom grado.

— Estou ouvindo a voz de Danny? — A mãe dele saiu do escritório no fim do corredor, enrolada em um xale de lã turquesa. A felicidade em sua voz cedeu para uma careta involuntária quando viu Maya, mas Greta se recuperou rapidamente. — Que surpresa! — disse ela, lançando um olhar questionador para o filho. Então virou para Maya, seus olhos avelãs atentos ampliados pelos óculos de leitura pousados na ponta de seu nariz.

— Como você está?

— Bem melhor agora.

— Ótimo — disse Greta. — Ótimo. — Seu rosto e sua voz estavam tensos. Ela preparou uma xícara de chá verde e se juntou a eles na mesa. Quando Carl lhe ofereceu o prato de biscoito, ela recusou.

Os quatro se sentaram nas mesmas posições da semana anterior, Greta de frente a Maya, e embora parecesse que anos haviam se passado desde então, e apesar de seu encontro com a morte ter mudado seu jeito de encarar a situação, Maya ainda estava nervosa. Ela pegou um biscoito.

— Que delícia — disse.

— Queria poder me gabar — disse Carl —, mas comprei no mercado.

— Você parece bem melhor — disse Greta, observando Maya sobre a borda da xícara, a voz transbordando com todas as outras perguntas que era educada demais para perguntar. Assim como o marido, parecia preocupada, mas talvez menos com o bem-estar de Maya e mais com Maya de modo geral. O fato de que estava namorando o filho dela. A ideia de que Dan poderia ser arrastado para os problemas dela.

— Obrigada — disse ela —, desculpe ter ido embora com tanta pressa da última vez que estive aqui.

— Não se preocupe — disse Carl —, o importante é que está melhor.

Maya sorriu, agradecida. Viu em Carl o instinto do filho de amenizar as coisas. Agora sabia de quem Dan havia herdado isso. Não era da mãe.

— Conseguiu ver um médico? — perguntou Greta.

— Sim — disse Maya. Viu Dan endireitar a postura, pronto para encerrar o assunto se necessário.

— Então, qual era o problema... se não se importa que eu pergunte.

Maya estava torcendo para que Greta não perguntasse. Só queria se desculpar, esclarecer as coisas, mas é claro que sabia que os pais dele poderiam fazer perguntas. Especialmente a mãe. Maya deu uma olhada em Dan, que a encarava de olhos arregalados como se dissesse: *Não precisa fazer isso.*

— É isso que acontece quando alguém para de tomar Rivotril.

— Rivotril? — Greta não sabia o que era.

— Ansiolítico. Tomei pelos últimos anos, e então eu... precisei parar. Mas acabou sendo bem difícil, me causou insônia, ansiedade, esse tipo de coisa. É por isso que não estava me sentindo bem aquela noite.

— Ah — disse Greta —, fiquei preocupada que fossem os daiquiris.

— Mãe! — repreendeu Dan.

— O quê? Seu pai faz um daiquiri bem forte.

— É verdade — disse Maya, o rosto queimando. — Provavelmente não devia ter bebido tanto.

Dan saiu em sua defesa.

— Maya passou por muita coisa recentemente.

Carl deu um gole no café e mergulhou o biscoito na xícara.

— Claro — disse Greta. — Nem posso imaginar... O que seu ex--namorado fez, exatamente?

— Querida — intercedeu Carl —, talvez ela não queira falar sobre isso.

— Está tudo bem — respondeu Maya. E estava. Ela entendia por que Greta estava preocupada, e, apesar de suas perguntas serem desconfortáveis, não eram nada comparadas à dor de esconder tudo. De fingir que estava tudo bem.

— Quando eu tinha 17 anos — começou a explicar, mantendo contato visual com Greta — namorei com um homem mais velho chamado Frank por um breve período e ele... — Sua voz quase sufocou. — Assassinou minha melhor amiga. — Era difícil botar para fora, mas, quando o fez, Maya se sentiu mais leve. Havia algo libertador em relatar tudo com tanta clareza.

Greta amoleceu.

— Sinto muito pelo que aconteceu com você, Maya. Sinto mesmo.

Dan se aproximou e pegou a mão de Maya. O momento era tenso, mas, ainda assim, o clima estava muito melhor do que no jantar de aniversário de Greta.

— Só espero — começou Greta —, que meu filho...

— Tá bom — interrompeu Dan —, já chega.

— Só quero que ele fique seguro.

Dan e o pai suspiraram ao mesmo tempo, como se Greta tivesse ido longe demais.

— Minha mãe tem a mesma preocupação comigo — apaziguou Maya.

Greta assentiu brevemente ao ouvir isso, os olhos severos suavizando-se até parecerem um pouco com os do filho.

— Eu sei — disse. Sua voz cheia de afeto. — Eu sei.

MAYA QUERIA SABER MAIS SOBRE A PESQUISA QUE O PAI DE FRANK conduzira nos anos 1980, a que o havia colocado em maus lençóis. E agora ela tinha Dan ao seu lado. Ele pediu um favor para um amigo que trabalhava como escriturário na procuradoria distrital e uma semana depois deu o relatório policial a Maya. O relatório era de 1984. Oren não havia sido preso, mas fora interrogado por algo que acontecera durante sua pesquisa — o motivo de ter sido cancelada, e sua carreira, arruinada.

O objetivo da pesquisa — segundo o resumo do policial Finley, que escrevera o relatório — era testar o método hipnótico experimental proposto pelo Dr. Bellamy. O método fora criado a partir de pesquisas já existentes sobre hipnoterapia para controle da dor, mas tinha potencial de ser muito mais efetivo. Dr. Bellamy afirmava que seria uma grande descoberta para a ciência médica. Funcionava ao empregar uma série de sugestões subperceptivas, tanto verbais quanto não verbais, para ir além da consciência do sujeito e acessar a parte do sistema nervoso que regula processos que geralmente não estão sob o controle do paciente. A parte que recebe as informações sensoriais — tal como uma queimadura na mão — decide o que fazer com essa informação, então envia uma mensagem para a mão — *Tire a mão do fogão* — sem ser necessário pensar nisso de modo consciente.

De acordo com as anotações do policial Finley, o método do Dr. Bellamy controlava o sistema inteiro. Deixava o corpo e a mente do paciente — especificamente o sistema nervoso periférico — vulnerável à manipulação de maneiras que a hipnose tradicional não conseguia. Era, de acordo com o Dr. Bellamy, "um estado de transe com grande potencial de tratar as mazelas da mente e do corpo". Ele provavelmente pensou que estava ajudando o filho quando o submeteu ao método, mas também estava usando-o para aprimorá-lo, submetendo Frank a transes sem seu conhecimento, e implantando sugestões feitas para manipular seu comportamento.

Assim como a hipnose tradicional, o método não funcionava com todo mundo. A porcentagem de pessoas altamente suscetíveis à hipnose é baixa — apenas um dos participantes da pesquisa de Oren se enquadrou na categoria. Russell DeLuca, de 42 anos, pontuou mais alto que qualquer outra pessoa no que é conhecido como a Escala de Suscetibilidade Hipnótica de Stanford. Ele era extremamente hipnotizável.

Maya sentiu um calafrio quando leu isso. Pesquisou "Escala de Suscetibilidade Hipnótica de Stanford" e viu que pessoas mais hipnotizáveis tendiam a compartilhar outras características. Costumavam ser fantasiosas. Perdiam-se em livros e filmes. Sonhavam acordadas.

Russel DeLuca faleceu durante uma sessão de hipnose com o Dr. Bellamy. Posteriormente, determinaram que a causa de sua morte fora um AVC. Já que não era possível provar que o AVC havia sido consequência direta do estado de transe a que fora submetido, Dr. Bellamy nunca foi acusado de assassinato, mas perdeu o emprego e o registro no conselho de psicologia.

Dan concordou com Maya que isso poderia ser uma forte evidência no caso contra Frank. Em 1984, não foi possível provar que o método de Dr. Bellamy havia causado a morte de DeLuca — mas a pesquisa sobre hipnose havia avançado muito desde então. Os estudos de imagem agora confirmavam que a hipnose causa mudanças em certas áreas do cérebro, podendo, dessa forma, influenciar funções corporais como pressão sanguínea e respiração. Agora que médicos de grandes hospitais usavam hipnose para tratar problemas gastrointestinais, a ideia de que algo tão efetivo também pudesse ser usado para causar dano, e até matar, parecia muito menos improvável.

Maya e Dan concordavam que era necessário provar que Frank também conhecia o método do pai, e que o havia aplicado nela. Era aí que entrava o Centro de Bem-estar Horizontes Livres. Assim como Maya suspeitava, o "centro" na verdade consistia em um único funcionário chamado Dr. David Hart. Por isso Maya não conseguira encontrar Frank todos esses anos. Ele estava usando outro nome e fingindo ser um médico.

O único nome e o rosto que apareciam no site eram os do Dr. Oren Bellamy. Lá era o único lugar onde seu "método de terapia patenteado" era praticado. A página de testemunhos, todos clientes felizes, demonstrava a eficiência de Frank quando se tratava da "técnica" do pai.

Frank havia apagado o site, mas Maya já havia tirado prints de todas as páginas e enviado as imagens para a detetive Diaz.

Esperou.

Não demorou muito para a detetive conseguir rastrear a mãe de Frank.

No passado, Maya tentara encontrar a mulher na internet, mas não teve sorte, e agora entendia o porquê: Sharon Bellamy havia mudado de nome, não só uma, mas quatro vezes desde que se divorciou de Oren e levou o filho para morar em Hood Riven. Sharon — que agora se chamava Diana Wilson — parecia estar tentando se esconder. Havia se mudado várias vezes nos últimos vinte anos e fora internada várias vezes por seu diagnóstico de esquizofrenia paranoide.

Mas Maya duvidava que a mãe de Frank fosse paranoica. E entendia por que a mulher antes conhecida como Sharon Bellamy havia se recusado a falar com a detetive Diaz. Esperava que, com o tempo, Dana Wilson conseguisse se abrir em relação ao abuso que certamente sofrera nas mãos do ex-marido, mas Maya não a culparia se ela se recusasse. Ela conhecia muito bem a sensação de ser chamada de louca.

A cachorrinha nova se chamava Totó porque lembrava o terrier de Dorothy, mas essa Totó era menos aventureira do que o personagem de *O Mágico de Oz*. Essa Totó tremia de medo ao ouvir barulhos altos. Seus ossinhos tremelicaram com tanta intensidade na primeira vez que Maya a segurou, que ela achou que havia alguma coisa errada, mas então, quando aconchegou a cachorrinha de meia-idade próximo ao peito, Totó se acalmou.

Ela gosta de você, havia dito o funcionário do abrigo.

— Não! — repreendeu Maya quando Totó latiu e mostrou os dentes para a correspondência que entrava pela fresta para cartas e caía no chão. Era sábado à tarde, três semanas depois de Maya ter retornado ao trabalho. Ela e Dan estavam lendo juntos no sofá, as pernas entrelaçadas em meio a um cobertor azul macio que ela comprara recentemente.

Totó começou a tremer.

Maya a pegou no colo e levou para o sofá, seu paraíso verde aveludado em um dia preguiçoso de inverno. Colocou a correspondência na mesinha de centro, e acariciou o corpo trêmulo da cachorra, murmurando que tudo ficaria bem.

Fazia cerca de uma semana que Totó estava com eles, e era óbvio que Maya era melhor que Dan em acalmá-la. Ele brincava que Maya era a humana de terapia da pobre cachorra. Ele esticou a mão e acariciou atrás da orelha de Totó. Totó bufou.

Maya notou um grande envelope pardo em meio às correspondências esquecidas e aos catálogos de decoração em cima da mesa. Ela deslizou o dedo pelo lacre do envelope e tirou um artigo acadêmico de aparência retrô. *Neuropsicologia Experimental*, Volume 17, outubro de 1983. Quase já havia se esquecido de que comprara o exemplar na internet. A capa da revista era alaranjada e a fonte branca, antiquada. Na capa, no meio da lista de colaboradores, encontrou o nome do pai de Frank. Colocou a revista na mesinha de centro para que ela e Dan pudessem ler juntos. Totó se sentou ao lado dela. O apartamento estava silencioso, os únicos sons vinham da cacofonia da rua, do zumbido da geladeira e, depois de um tempo, do ronco de Totó.

Oren havia publicado o artigo um ano depois da pesquisa que havia culminado na morte de Russel DeLuca. Era o que Oren se referia como a "Indução de Bellamy", uma maneira de induzir o transe hipnótico em sujeitos que já haviam sido hipnotizados anteriormente. Oren alegava que era mais rápida do que a conhecida indução de Dave Elman, que muitos hipnotizadores usavam por sua capacidade de criar um estado de transe em menos de quatro minutos.

A Indução de Bellamy era baseada em condicionamento clássico. Enquanto Pavlov havia treinado cachorros para associar comida com o som de um sino, Oren propunha que um sujeito, uma vez induzido em um transe, poderia ser treinado a associar aquele estado de consciência com um objeto.

Qualquer objeto. Uma moeda. Um relógio. Uma caneta.

Maya assentiu.

— Uma chave — disse ela.

Totó se remexeu enquanto dormia.

Uma vez que o objeto e o estado de transe haviam sido associados na mente do paciente, a mera visão do objeto induziria ao transe. Era praticamente imediato. Dr. Bellamy salientou a importância de escolher um objeto comum o suficiente para não causar distrações e ao mesmo tempo diferente o bastante para não ser confundido com outros objetos do mesmo tipo.

Concluiu, fazendo uma sugestão para uma possível utilização de seu método. Segundo ele, poderia ser usado para exercer controle em populações possivelmente voláteis, como prisioneiros ou pacientes psicóticos. Os indivíduos poderiam ser contidos sem uso da força. A Indução de Bellamy era apresentada como uma "teoria", mas Maya tinha certeza de que era mais do que isso. Oren deve ter usado a indução no filho, assim como sujeitou Frank a seu método de hipnoterapia.

E, assim como o método, Frank deve ter aprendido a realizar a indução. Deve tê-la aperfeiçoado até se tornar mais experiente do que o pai. Então juntou os dois procedimentos no que se resultou em um poder imenso sobre qualquer pessoa que fosse hipnotizada.

Talvez Maya não tivesse exagerado quando chamou o que ele fez de *mágica*. Ele lhe mostrou uma chave estranha e ela entrou num transe. Não fez isso só com ela, mas com Aubrey também. E Cristina. E com o próprio pai. Era como se Frank tivesse lançado um feitiço em todos eles.

Maya começou a cortar os comprimidos de mirtazapina na metade quando o frasco, prescrito a ela na emergência, estava chegando ao fim; e então passou a tomar apenas um quarto. Pouco a pouco, reaprendeu a pegar no sono naturalmente, mas demoraria um pouco para seu cérebro se curar por completo.

Estava indo às reuniões do AA havia quase um mês e não sabia se eram elas ou a mirtazapina que estavam ajudando, ou se na verdade ela não era alcoólatra. Mas não havia tomado uma gota sequer desde que vira Frank no Whistling Ping, e os únicos momentos em que realmente sentia falta, os únicos momentos em que sentia que precisava de um gim e tônica ou enlouqueceria, eram perto do amanhecer, quando acordava de outro sonho que não lembrava e não conseguia voltar a dormir.

Quando isso acontecia, seus pensamentos se voltavam a Frank. Ela podia até dizer a si mesma que ele poderia ser preso a qualquer momento — Diaz a havia assegurado disso — mas em manhãs como essas, tão cedo que poderia muito bem ainda ser noite, Maya imagina que outras sugestões pós-hipnóticas dormentes ainda haviam em sua cabeça. Uma semente maligna esperando pela dica, palavra ou imagem correta, para brotar e dominar sua mente. Imaginava-se entrando em um transe no meio do mercado. Enquanto falava com um cliente. Enquanto dirigia.

O ranger de uma tábua no piso e ela tinha certeza de que era ele. Ela sempre teve uma imaginação fértil. Maya o imaginava entrando por uma janela enquanto ela e Dan dormiam. De pé ao lado da cama. Frank não teria nem que tocá-los enquanto suas palavras preenchiam o quarto como um gás venenoso.

Em manhãs como essas, Maya sabia que a última coisa a se fazer era ficar na cama pensando, então se levantou e foi para a cozinha. Acendeu a luz. Fez uma xícara de café e misturou com um pouquinho de leite. Era nesses momentos que ficava mais grata por ter Totó. Ouviu as garras da cachorra batendo contra o piso da cozinha.

Totó parou com a cabeça inclinada, como se perguntasse o que havia de errado.

Maya acariciou a cabeça peluda.

— Shh... — sussurrou. — Não é nada.

Totó a seguiu até o quarto que antes era ocupado pelo antigo colega de quarto de Dan. Vasos de planta se alinhavam ao peitoril da janela. Um sofá-cama para hóspedes. A bicicleta ergométrica no canto.

A mesa de Maya fica de frente à janela. Essa era a mesa onde ela escrevera suas primeiras histórias, quando estava no ensino fundamental. Havia a resgatado do porão da mãe e colocado no quarto que agora era também seu escritório.

Sentou-se na cadeira confortável, macia e baixa, e Totó se aconchegou aos seus pés, provendo calor.

O manuscrito inacabado do pai ficava em um canto da mesa, junto ao caderno que continha a tradução que ela escrevera à mão aos 17 anos.

Acima dele havia um outro caderno. O novo caderno tinha capa verde-escura. Cor de musgo, de floresta. Esse novo caderno continha rabiscos desordenados, ainda meras anotações e ideias para cenas. Tinha um enredo básico, mas aprendera que isso era apenas a estrutura. Os ossos. O resto — os detalhes, a carne — teria que vir dela. Tinha muita pesquisa a fazer. Queria tudo perfeito. Tinha começado a juntar dinheiro para a viagem à Guatemala que planejava fazer na primavera. Ficaria com a tia Carolina. Maya terminaria a história e levaria Pixán de volta para casa. Totó começou a roncar aos seus pés, ela abriu o caderno e começou de onde seu pai havia parado.

AGRADECIMENTOS

Obrigada Jenni Ferrari-Adler por sugerir que eu transformasse minha tese em um romance de mistério. Sempre amei ler suspenses, mas não tinha certeza se podia escrever um até você sugerir que eu tentasse. Obrigada Maya Ziv pela narrativa brilhante e pela visão profunda de personagem. Este livro cresceu muito em suas mãos. Obrigada Lexy Cassola pelos excelentes apontamentos, Mary Beth Constante pela preparação mágica, e Sarah Oberrender pela maravilhosa capa. Obrigada Christine Ball, John Parsley, Emily Canders, Stephanie Cooper, Nicole Jarvis, Isabel DaSilva, Alice Dalrymple, e todos da Dutton por ajudarem a trazer este livro ao mundo.

Obrigada a todos que leram as primeiras páginas nas oficinas de escrita da Universidade do Estado da Louisiana. Minha gratidão especial a Danielle Lea Buchanan e Hannah Reed por fazerem um pacto comigo de escrever quinhentas palavras por dia, e por me cobrarem. Obrigada aos meus professores e orientadores de tese, Jennifer Davis, Mari Kornhauser e Jim Wilcox por sua ajuda desde aquele primeiro rascunho ruim.

Meus agradecimentos a Jim Krusoe, por dar o exemplo, por seus cortes em frases desnecessárias, e, acima de tudo, pela linda comunidade de escritores que reuniu na Universidade de Santa Monica. Obrigada a todos do 30B que escutaram e comentaram sobre minha escrita, e a Monona, que me trouxe ao universo de tutoria de escritores mais velhos na Faculdade Emeritus em Santa Monica.

Agradeço ao meu incrível grupo de escrita: Catie Disabato, Anna Dorn, Jon Doyle, Maggie Murray, Robin Tung e KK Wootton. Sou muito grata por todo feedback e pela amizade.

Obrigada à minha família. No lado dos Reyes: *Gracias a mis abuelos, Hilda y Guillermo Reyes, por todo lo que han hecho para que sus hijos, nietos, y bisnietos puedan tener oportunidades como la que yo he tenido.* Para minha tia Hilda Reyes, cujo quarto de hóspedes passei muito tempo editando este livro: obrigada por sempre fazer com que eu me sinta em casa. Minha gratidão aos meus tios. *Gracias a Ana María Ordóñez Aldana, Gabriela Villagrán Ordóñez, Juan Pablo Villagrán Ordóñez, Jose Alberto Villagrán Ordóñez, Blanca Rosa Aldana De Alvarez, Wilfredo Alvarez, Carlos Muñoz Ordóñez, y toda la familia por hacerme sentir como en casa en Guatemala.*

Obrigada ao meu pai, Paul Reyes, por compartilhar seu amor por histórias comigo e ser uma das pessoas mais gentis que conheço.

Do lado dos Carey, obrigada aos meus falecidos avós, Patricia e William Carey. Várias das cenas de Pittsfield deste livro são locais que visitei com vocês quando nova. Obrigada a minhas tias e tios por sempre torcerem por mim, e à cidade de Pittsfield, onde morei quando estava no quarto e no quinto anos.

Obrigada à minha mãe, Mary Carey, por contar sobre sua cidade natal, por ler vários rascunhos deste livro, por me ensinar desde nova a valorizar a língua e a escrita. Agradeço a Brian Schultz por se juntar a nós em Pittsfield quando em fui fazer pesquisa, e por dirigir o tempo todo.

Sou grata a meu irmão, Nicolas Reyes, por conversar comigo sobre ideias e ser hilário.

Obrigada a você, leitor, por ler isto.

E obrigada a você, Adam D'Alba, por tudo. Não há lugar no mundo onde eu preferia estar do que no sofá com você, falando sobre histórias.

SOBRE A AUTORA

Ana Reyes possui mestrado em Belas Artes pela Universidade Estadual da Louisiana. Seu trabalho apareceu nas revistas *Bodega*, *Pear Noir!*, *New Delta Review*, entre outros. Mora em Los Angeles com o marido e ensina escrita criativa para adultos na Faculdade de Santa Monica. *A Cabana na Floresta* é seu primeiro romance.

Este livro foi impresso nas oficinas gráficas da Editora Vozes Ltda.,
Rua Frei Luís, 100 – Petrópolis, RJ.